1885

KING SOLOMON'S MINES

所羅門王的寶藏

H. Rider Haggard　亨利・萊德・海格德

余佳玲——譯

本書毫無誇飾地忠實記錄了一場精采的冒險旅程，
故事的講述者艾倫·夸特梅恩（Allan Quatermain），
謹以此書獻給所有大小讀者。

目錄

作者序

筆者冒昧藉此機會感謝各位讀者在過去十二年期間對於本書接連幾種版本的寬容接受，希望最新的版本能夠吸引甚至更多群眾閱讀，並在未來數年內持續帶給讀者歡樂，本書的讀者內心都仍十分年輕，才會喜愛這個述說寶藏、戰爭與離奇冒險的故事。

一八九八年三月十一日於英國迪屈漢姆（Ditchingham）

補記

現在已經是一九〇七年，在本版本發行的這個時刻，我只能說我極為高興這部冒險故事將繼續娛樂眾多讀者。想像已經為事實所證明，我所嚮往的所羅門王的寶藏已經找到，其中的黃金再次現世，而根據最近的報導，一併出土的還包括鑽石在內。庫庫安納人（Kukuanas），或更確切地說馬塔貝列人（Matabele），已經屈服於白人的槍彈之下，但似乎仍然有許多人在這些簡單的紀錄中找到樂趣。他們可能一直如此下去，甚至到了第三、四代或是更久以後都依然如此，我確信這就是我們已經分別的老朋友夸特梅恩所希望的。

海格德

一九〇七年於英國迪屈漢姆

前言

由於本書業已付梓且即將問世，有感於本書在風格與內容兩方面的不足，對此我深感汗顏。就內容而言，我只能說本書並未妄圖一五一十地詳述我們所經歷的一切。關於我們進入庫庫安納王國的許多遭遇，我原本應該很樂於長篇大論地詳加描述，但是如同現在的情況，在本書中卻幾乎隻字未提。其中包括我所蒐集到的各種奇怪傳說，有關於那件在盧城（Loo）大戰中讓我們得以大難不死的鎖子甲的傳說，也有關於位在鐘乳石洞洞口的「靜默之峰」或說「巨峰」的傳奇故事。

此外，假如我屈服於自身的衝動，我應該會更想要檢視祖魯語與庫庫安納語之間的差異，其中有些差異我認為深具意義；另外可能還會用個幾頁來探究庫庫安納王國當地的動植物，這方面的研究十分具有價值。（我發現了八種羚羊，這些羚羊我之前都完全不認識，還發現了許多種新植物，大多是球莖植物。）

接著還有最有趣的主題，就現在的情況，這個主題僅曾偶爾被提及，那就是那個王國現行的先進軍事體系。以我的觀點，該體系比祖魯王國查卡王（Chaka）所建立的系統更優良許多，原因在於該體系具有甚至更迅捷的機動性，而且無須採行強令兵士過獨身生活的有害制度。最後，我也幾乎都沒提到庫庫安納人的習俗與家庭傳統，其中有許多方面都極為奇特有趣，此外我也很少談到他們精湛的金屬熔煉與鍛接技術。他們已經將這項技藝發展至完美的程度，他們的重型飛刀就是一個很好的例子，這些飛刀的刀背是用鍛鐵製作而成，再以精深的技術將精鋼刀刃焊接至刀背上。

儘管如此，但事實是我和亨利・柯蒂斯爵士（Henry Curtis）及約翰・古德上校（John Good）都認為，最好的做法就是清楚直接地陳述我的故事，並將前述事項留待日後，透過不論何種最終可能看來令人滿意的方式加以處理。在此同時，任何人若對前述事物有興趣，我當然也很樂於盡力提供所有相關資訊。

至此我只剩下還必須為我生硬的文筆而向各位讀者致歉。我唯一能作為藉口的就是我更習於手握步槍而非握筆，因而無法妙筆生花，呈現文學作品的文思奔放與華麗詞藻，一如我在小說中所見──有時我也喜歡讀本小說的。我想，文學作品的這些特色，即奔放的文思與華麗的詞藻，是可以為作品加分，而我也對自己缺乏這方面的能力深感遺憾，然而在此同時，雖然就這方面而言我或許無權置喙，但我還是不由自主地認為，簡單的事物往往能帶給人最深的印象，而在寫書時使用平易近人的文字，能夠讓書籍更容易為讀者所理解。庫庫安納人有句諺語是這麼說的：「鋒利之矛不磨也光。」而按照這個道理，我斗膽期盼，一個真正的故事，不論可能多麼千奇百怪，均無須飾以華美的詞句。

夸特梅恩

第一章　遇見亨利・柯蒂斯爵士

說來稀奇，以我已經五十五歲的年紀，我竟然發現自己應該試著提筆寫下過去的一段經歷。我不知道如果真的將這段經歷寫出來，我所完成的會是什麼樣的一部作品。我這一生做過許多事情，或許是因為我從很年輕的時候就開始工作，所以才會覺得自己的人生似乎頗為漫長。在其他男孩還在上學的年紀，我已經開始在舊殖民地做買賣維持生計。從那時起，我做過生意，打過獵，上過戰場，還曾經去挖礦。但直到僅僅八個月前，我才真正發了財。我得到了一筆很大的財富，至今我仍不清楚這筆財富究竟有多大，不過我不認為自己會願意為了這筆財富而再次經歷過去那十五、六個月的遭遇；除非我確定自己最終能夠平安度過一切，帶著財富全身而退，否則我絕不願意再走那麼一遭。

然而話又說回來，我膽子小又不喜歡暴力，加上我幾乎厭倦了冒險犯難，我不知道自己為什麼要寫這本書：這又不是我的專長。雖然我很愛看《舊約聖經》以及《英戈爾茲比文集》[1]，但是我並不擅長與文字打交道。讓我試著列出我寫這部作品的原因吧，只為了看看我是否有任何這麼做的理由。

原因一：基於亨利・柯蒂斯爵士及約翰・古德上校的要求。

原因二：因為左腿疼痛，我正在德爾班（Durban）休養。自從被那頭該死的獅子咬傷後，我就一直為腿傷所苦，而現在的情況相當糟糕，腿傷使得我走起路來比以往跛得更厲害。獅子的牙齒裡必定含有某種毒素，否則怎麼會傷口已經痊癒，卻在一年後大約受傷的同一時刻，傷口又再度痛起來？像我這樣這輩子已經射殺了六十五或甚至更多頭獅子的人，居然會被第六十六頭獅子猶如嚼口菸草般地咬在腿上，這種事情真是令人難以接受，根本有悖常理。而就算不考量其他因素，喜歡事情井然有序的我也不喜歡看到這種情況出現。這是順帶一提。

原因三：因為我的兒子哈利正在倫敦的醫院學習，想要成為一名醫生，我想讓他有東西可以解悶，可以有個把個星期別惹麻煩。在醫院工作，肯定有時會很乏味無聊，即使是解剖屍體，也有可能叫人感到厭煩，而我的這段經歷不論可能帶給讀者什麼樣的感受，就是不會令人感覺枯燥無味，反而會讓哈利在閱讀我們的冒險旅程時，有那麼一、兩天為他的生活注入些許活力。

原因四、也是最後一個原因：因為我所要說的，是在我記憶中最為離奇的一個故事。這個故事說起來可能頗為詭異，特別是考慮到故事裡一名女性都沒有——只有芙拉塔（Foulata）一個例外。不，等等，還有加加歐拉（Gagaoola），前提是她還算是個女的而

1. *Ingoldsby Legends*：英國一名神職人員的作品集，內容涵蓋神話、傳說及詩歌等。

不是魔鬼的話。不過她至少已經一百歲了，早已過了談婚論嫁的年齡，因此我就沒把她算在內。不論如何，我可以很有把握地說，在整段經歷中一個女性都沒有。

好了，我最好言歸正傳。這是段艱難的旅程，我感覺自己好像駕著牛車，車軸深陷在泥沼裡進退兩難。不過，正如波耳人（Boer）所說的「薩特吉斯，薩特吉斯」（sutjes，我根本不知道這個字他們是怎麼拼的）——慢慢來，終能抵達終點。只要有強壯的牛隊，終會突破險阻，意思就是，假如這些牛不會太差勁的話。瘦弱的牛什麼事也做不了。現在，故事開始。

我叫艾倫．夸特梅恩，是來自納塔爾省[2]德爾班市的紳士，在此宣誓我所說的話句句屬實——這是我為了可憐的基瓦（Khiva）與溫特沃格（Ventvögel）的死，在法官面前陳述證詞時的開場白，他們的離世真是令人傷感；不過，以這段話作為一本書的開頭總感覺似乎不太合適。再者，我是紳士嗎？什麼樣的人可以稱之為紳士？我並不是很清楚，然而我曾經必須和黑鬼打交道——不，我不喜歡「黑鬼」這種叫法，我會把這個詞刪掉。我認識許多當地人可以稱得上是紳士，而哈利，我的孩子，在你看完這個故事以前，你必然也會有相同的看法。此外，我也認識許多身懷鉅款、剛從家鄉來到這裡的白人，他們人品低劣，不是紳士。

不論如何，雖然我這輩子一直都只不過是名窮行商兼獵人，但我生來就是紳士。我不知道自己的行事作為是否一直都符合紳士的標準，這點你必須自己來評斷。天知道我已經盡力了。我這一生殺過很多人，但是我從未肆意濫殺，我的手上從未沾過無辜者的血，我殺人純粹是出於自衛。上帝賦予我們生命，我想祂是要我們好好保護自己的性命，至少我一直以來都是遵照著這項意旨在行事，而我也希望，當我的人生走到盡頭，我不會因此而受到老天責罰。這是個既殘酷又邪惡的世界，就連我這麼膽小的一個人，也曾經一次又一次地被捲入戰鬥之中。我無法分辨這件事是對是錯，但是不論如何，我從來沒有偷過東西，只不過有次我從一名卡菲爾人（Kafir）的手上騙到了一群牛。可是他後來也用卑鄙的手段報復了我，讓我至今仍舊為了這件事而苦惱不已。

嗯，我和柯蒂斯爵士及古德上校初次見面，是在大約十八個月以前。當時的情況是這樣的：我到巴曼瓜托（Bamangwato）以北一帶獵象，結果運氣不好。那趟旅程事事不順，最糟糕的是我還發起了高燒。所以待身體一恢復，我便南下來到鑽石區（Diamond Fields），賣掉身上的象牙還有我的牛車和牛，遣散手下的獵人，接著搭乘郵車來到好望角。在開普敦待了一個禮拜後，我發現旅館多收了我的住宿費，加上那裡所有能看的東西我都看過了，包括以我之見可能帶給國家莫大好處的植物園，以及一點用處都沒有的新國會大廈，因此我決定搭乘登克爾德號（Dunkeld）返回納塔爾，當時登克爾德號正停靠在碼頭旁，等待從英國來

2. Natal：原為英國殖民地（一八四三～一九一〇），位於非洲東南部。

的愛丁堡號抵達。我拿了舖位後上船，當天下午，待愛丁堡號上要轉乘去納塔爾的乘客上船後，我們這艘船便起錨出航了。

在這些上船的乘客當中，有兩名乘客引起了我的好奇心。其中一名是年約三十的男士，他的胸膛之寬、手臂之長，可說是我前所未見。他有著一頭黃髮、濃密的黃色鬍子，一雙灰色的大眼深深嵌在他輪廓分明的臉龐上。我從未見過這麼英俊的人，他不知怎麼地讓我想起古丹麥人。不是我對古丹麥人有很深的了解，雖然我的確認識一名騙了我十英鎊的現代丹麥人，而是我記得看過一幅畫，我覺得畫中那些古丹麥人就像是白種的祖魯人，他們舉著大獸角杯喝酒，長髮披在背上。看著那位男士站在升降梯旁，我心想，他只要把頭髮再留長一點，將一件畫中的鎖子甲套上他寬闊的肩膀，再讓他一手執戰斧，一手舉著獸角杯，他就會像是從那幅畫裡走出來的一樣。對了，順帶一提，說來奇怪，後來我發現亨利・柯蒂斯爵士（這就是那位大個子的名字）還真的有丹麥血統，而這正證明了血統會如何地顯現於外。他也勾起了我對另一個人的強烈印象，不過當時我想不起來那個人是誰。3

另一名乘客站在那裡跟柯蒂斯爵士說話，他身材矮壯，皮膚黝黑，外表與柯蒂斯爵士相當不同。我立即意識到他必然是名海軍軍官；我不知道是什麼原因，但海軍是很難錯認的。我這輩子曾經和幾名海軍去打過獵，雖然很可惜地其中有些人經常言詞粗魯，但他們卻一再證明了他們是我所見過的最棒、最勇敢也是最優秀的夥伴。我在之前一、兩頁問過一個問題：什麼樣的人可以稱之為紳士？現在我就來回答這個問題：儘管害群之馬在所難免，但是大體而言，皇家海軍軍官就是紳士的代表。我猜一定是寬廣的海洋洗滌了他們的心靈，上帝製造的海風吹拂去他們心中的苦痛，讓他們成為真正的男子漢。

嗯，回到剛才的話題，我又一次猜對了；那位黝黑的男士確實曾是海軍軍官，三十一歲時是上尉，在服役十七年後，因為升遷無望，只能帶著一個光榮卻無用的軍銜，從皇家軍隊退役。這就是為女王陛下效命的人必須面對的現實：就在他們剛開始真正了解自己的工作，即將攀上人生的高峰時，卻被丟進冰冷的世界裡自謀生路。我想他們對此並不在意，不過對我來說，我寧可以打獵維持溫飽。或許所得稀少，但是失去的也不會這麼多。

我透過乘客名單，找到了這位軍官的名字，他姓古德，約翰．古德上校。他相當壯實，中等身材，皮膚黝黑，看上去有些奇特。他的外表十分整潔，鬍鬚刮得極為乾淨，右眼還一直戴著單片眼鏡。那片眼鏡就像是長在那裡一樣，不見鍊子連著，古德只有在要擦拭鏡片的時候才會將它摘下來。一開始我還以為他連睡覺都戴著這片眼鏡，後來才發現並沒有這回事。要睡覺時，他會把眼鏡連同他的假牙一起放進褲袋裡。他有兩副很漂亮的假牙，而我自己的卻不怎麼好，所以經常讓我想打破《十誡》的最後一誡：不可貪圖他人的財物。不過我還只是想想而已。

3. 原編註：夸特梅恩先生對於古丹麥人的印象似乎偏離真實情況相當遠；就我們一直以來的了解，古丹麥人是一支黑髮的民族，或許他想到的是撒克遜人。

夜色在我們出發不久後降臨，隨之而來的是非常惡劣的天氣。從陸地的方向突然颳來一陣強風，比蘇格蘭的霧還要濃厚的霧氣很快便驅使眾人離開了甲板。登克爾德號是一艘平底船，吃水不深，所以搖晃得很厲害，幾乎就像隨時會翻覆一樣，不過這種情況一直沒有發生。由於想要在船上走動根本是件不可能的事，因此我便站在機房附近，這裡十分溫暖，我盯著固定在對面的擺錘打發時間，擺錘隨著船隻的顛簸緩緩前後擺動，標示出船體每次傾斜的角度。

突然有個稍顯不耐煩的聲音在我背後說：「那個擺錘不準，重量不對。」我回過頭，看到先前乘客上船時注意到的那名海軍軍官。

我問：「確實如此，不過你為什麼會這麼想？」

「這麼想？我根本不用想。為什麼——」這時船又顛了一下，然後又恢復平衡。「這艘船要是真的傾斜到那東西指示的那個程度，船早就翻了，再也搖晃不起來，就這麼回事。不過這些商船的船長就是這樣，做事總是這麼草率。」

就在這時，晚餐的鈴聲響起，我暗自鬆了一口氣，因為必須聽一位皇家海軍軍官談論這個話題，真是件很痛苦的事。而就我所知，要說有什麼事情比前者更令人感到痛苦，就只有聽商船船長針對皇家海軍軍官直言不諱地發表自己的看法了。

我和古德上校一起走下去用餐，到了餐廳，我們發現柯蒂斯爵士已經就座。他的座位與古德上校相鄰，而我則坐在他們的對面。上校與我很快便聊起打獵之類的話題，他問了我許多問題，因為他對所有的事情都非常好奇，我則盡可能一一回答他的問題。沒多久他就提到了大象。

坐在我附近的某個人喊道：「啊，先生，在這方面你算是找對人了。關於大象，獵人夸特梅恩絕對知道的比誰都多。」

柯蒂斯爵士原本一直很安靜地坐在一旁聽我們說話，這時他顯然嚇了一跳。他傾身越過桌子，以相當低沉的聲音問道：「先生，不好意思，冒昧打擾一下，請問你的名字是不是艾倫·夸特梅恩？」他的聲音和他十分相配，對我來說彷彿從他寬厚的胸膛裡就是應該發出這種聲音。

我回答是的。

那位大個子沒再多說什麼，不過我聽見他的嘴巴在鬍子裡嘟囔著：「真是幸運。」

不久後晚餐時間結束，我們正要離開餐廳時，柯蒂斯爵士朝我走來，邀請我去他的客艙抽個菸。我接受了他的邀請，他便帶領我們來到登克爾德號的甲板艙。這是一間非常講究的艙房，原本是兩間，但是當年加內特·沃爾斯利爵士[4]或某位大人物搭乘登克爾德號出航時，隔板就被敲掉了，從此再也沒有裝回去。艙房裡有一張沙發，沙發前面是一張小桌子。柯蒂斯爵士差遣服務人員去拿瓶威士忌過來，接著我們三個人便坐了下來，點燃了

4. Garnet Wolseley：英國陸軍將領，對英軍的現代化有功。

菸斗。

在服務人員送來威士忌又把燈點亮後，柯蒂斯爵士開口說道：「夸特梅恩先生，前年大約這個時候，我想你應該是在特蘭斯瓦爾[5]北方一個叫做巴曼瓜托的地方吧。」

我回答：「沒錯。」心裡相當驚訝這位先生居然如此清楚我的行蹤，就我所知，一般人並不會對我的動向感興趣。

古德上校以他一貫的迅捷風格加入對話：「你在那裡做生意對吧？」

「對，我運了一車貨物過去，在居住區外搭了個帳棚，直到把這批貨物都賣光才離開。」

柯蒂斯爵士坐在我對面的馬德拉椅[6]中，手臂支在桌面上。這時他抬起頭，那雙灰色的大眼緊盯著我的臉。我心想，他的眼神中流露出某種奇怪的焦慮。

「你在那裡有沒有碰到一個叫做納維爾（Neville）的人？」

「喔，有啊，他就在我旁邊卸牛軛，打算停留兩個禮拜讓他的牛好好休息，之後再繼續往內陸走。幾個月前我收到某位律師的來信，問我是否知道他的情況，我當時就回了信，把我知道的所有事情都告訴那位律師了。」

柯蒂斯爵士說：「是的，你的信已經被轉來給我。你在信中提到，那名叫做納維爾的男性在五月初就坐車離開了巴曼瓜托，和他同行的人包括車夫、嚮導，以及一名叫做吉姆（Jim）的卡菲爾獵人。納維爾表示，如果可能的話，他計畫長途跋涉到馬塔貝列人居住區最遠的交易站印雅提（Inyati），他會在那裡賣掉他的牛車，然後徒步繼續旅程。你還說他確實賣掉了他的牛車，因為六個月後你在某位葡萄牙商人手上看到了那輛車。那名商人告訴你，他是在印雅提從一名白人的手中買下那輛車，他已經忘記那個人的姓名，他認為那名帶著原住民僕役的白人已經動身前往內陸打獵去了。」

「沒錯。」

接著房內陷入一陣沉默。

柯蒂斯爵士忽然開口說：「夸特梅恩先生，我想你應該知道，或猜得到我的……納維爾先生往北方走的原因，或是他這趟旅程是朝哪個地點前進的，是嗎？」

我回答：「我略有耳聞。」接著我沒有再說話，我並不想談論這個話題。

柯蒂斯爵士與古德上校互看了一眼，隨後古德上校點點頭。

柯蒂斯爵士繼續說：「夸特梅恩先生，我想跟你說個故事，並請教你有什麼建議，或許還需要請你協助。把你的信轉給我的那位律師告訴我，我可能必須完全仰賴這封信，因為你在納塔爾很有名，每個人都很尊敬你，你尤其知名的就是你謹慎周密的行事風格。」

我為人向來謙遜，因此我躬了躬身表示謝意，喝了幾口威士忌和水以掩飾自己的不解，而柯蒂斯爵士又繼續說：「納維爾先生是我的弟弟。」

5. Transvaal：指在如今南非的瓦爾河以北或更遠處的土地。
6. Madeira chair：源自葡萄牙馬德拉島的一種編織椅。

我吃驚地應了一聲：「喔。」因為現在我知道在我初次見到柯蒂斯爵士時，他讓我想起了誰。他弟弟的身材矮小了許多，又蓄著深色鬍鬚，不過現在我想起來了，他們倆有著相同色調的灰色眼睛，眼神同樣敏銳，輪廓也十分相似。

柯蒂斯爵士接著又說：「他是我唯一的弟弟，而直到五年前，我都一直認為我們之間最少一個月會碰一次面。可是就在大約五年前，如同許多家庭偶爾會遭遇到的情況，不幸降臨在我們身上。我們大吵了一架，當時在氣頭上的我對我的弟弟做了很過分的事。」

柯蒂斯爵士說到這裡，古德上校便對著自己重重地點了點頭。就在這時，船身猛然晃了一下，固定在對面右舷上的鏡子因此有一刻幾乎到了我們頭上，而因為我坐著的時候是把雙手插在口袋裡，眼睛看著上方，所以正好可以從鏡子裡看到他頭點得跟什麼似的。

柯蒂斯爵士繼續說道：「我想你應該知道，如果有人過世時沒有留下遺囑，他的名下又除了土地之外別無其他財產，也就是英國所謂的房地產，這些土地就會全部由他的長子繼承。當時的情況就是這樣，就在我們吵架的那個時候，我們的父親沒有留下遺囑就離開人世。他一直拖著不肯立遺囑，直到最後一切都已經太遲。結果就是我弟弟尚未培養一技之長，卻一毛錢都沒拿到。當然照顧他就會是我的責任，可是當時我們之間吵得實在太厲害，所以我就——說起來真的很慚愧（然後他深深地嘆了一口氣）——撒手不管了。不是我不願意公平對待他，我只是在等他主動跟我和解，但是他卻什麼都沒做。夸特梅恩先生，很不好意思讓你聽我說這些家務事，不過我必須把事情說清楚，嗯，古德，你說呢？」

上校說：「沒錯，我相信夸特梅恩先生一定不會把這些事情說出去。」

我說：「當然不會。」我寧可讓自己謹慎小心一點，正如柯蒂斯爵士所聽說過的，我在這方面有些名聲。

柯蒂斯爵士繼續說道：「嗯，當時我弟弟的戶頭裡有幾百英鎊。他什麼都沒跟我說，就把這點錢都提了出來，然後幫自己取了納維爾這個名字，就出發去了南非，滿心希望能夠在那裡賺到一筆財富。這些是我後來聽說的。約莫三年過去了，雖然我寫過好幾封信，卻完全沒有得到我弟弟的消息。無疑地，這些信根本沒到達他手上。不過日子一天天過去，我愈來愈擔心他。夸特梅恩先生，我發現真的是血濃於水。」

我想起我的兒子哈利，說：「一點也沒錯。」

「夸特梅恩先生，我發現，只要能得知我弟弟喬治（George）平安無事的消息，知道我還能再見到他，我願意拿出自己一半的財產。他是我唯一的親人了。」

古德上校突然蹦出一句話：「柯蒂斯，可是你一直都沒這麼做。」他瞥了那位大個子的臉一眼。

「嗯，夸特梅恩先生，日子一天過一天，我愈來愈焦慮，急著想知道我弟弟是生是死，如果他還活著的話，更要把他帶回家。我四處打聽，你的信就是我得到的其中一個結果。目前的情況還算令人滿意，因為這封信證明了喬治直到最近都還活著。不過光是知道這點還不夠。所以，長話短說，我決定親自出來找他，而古德上校非常好心地願意與我同行。」

上校說：「沒錯，你看，我沒別的事可做。從海軍退役後領半薪的日子不好過。現在，先生，或許你願意告訴我們關於那位叫做納維爾的先生，你知道或聽說過哪些事情？」

第二章　所羅門王寶藏的傳說

我沒有馬上回答古德上校的問題，而是先停下來裝填菸斗。這時柯蒂斯爵士問道：「關於我弟弟的遠行，你在巴曼瓜托都聽說過些什麼？」

我回答：「我聽到某個消息，今天以前我從來沒跟任何人提到過，那就是我聽說他是要去找所羅門王的寶藏。」

我的兩位聽眾立即異口同聲地喊道：「所羅門王的寶藏？在哪裡？」

我說：「我不知道，我只知道它們傳說的位置。我有次看到在它們附近的山峰，但是在我和它們之間卻隔著超過兩百公里的沙漠，而就我所知，沒有一個白人曾經橫越過這片沙漠，只有一個人除外。不過或許我最可以做的，就是告訴你們我所知道的所羅門王寶藏的傳說。你們必須發誓，未經我的同意，你們不會把我告訴你們的任何事情洩露出去。你們同意嗎？我會這麼要求有我的理由。」

柯蒂斯爵士點頭，古德上校則回應：「當然，當然。」

我開始說道：「嗯，如同你們可能的猜想，一般來說，獵象人都是一群粗人，除了關心真實的生活及卡菲爾人的行為模式外，不會在其他事情上費什麼心思。不過，偶爾也會遇到有人不怕麻煩地蒐集當地人的傳說，試圖了解這片黑暗大陸的部分歷史。我第一次聽到所羅門王寶藏的傳說，就是這樣的一個人告訴我的，從現在算起，已經是將近三十年前的事情了。

「當時是我第一次在馬塔貝列人的區域獵象。那個人的名字是艾文斯（Evans），他在隔年就被一頭受傷的水牛頂死了。真是可憐的傢伙，他的屍體就埋在尚比西瀑布（Zambesi Falls）附近。我記得，有天晚上，我正在跟艾文斯描述我在現在的特蘭斯瓦爾省來登堡區（Lydenburg）狩獵條紋羚和巨羚時，曾經發現一些很棒的礦坑。我知道最近有人在探勘金礦時又找到了這些礦坑，但是我在許多年前就知道它們的存在了。在堅硬的岩石中開有一條可供馬車行駛的寬敞大道，通往礦坑或可說是坑道的入口。走進這坑道的入口，可以看到堆積著成堆的含金石英準備焙燒，這顯示不論以前的礦工是什麼人，他們必定是在匆促之中離開這裡。此外，再往裡走大約二十步，還有一小座美麗的石造建築與這坑道交錯。」

「艾文斯說：『哎，不過我要跟你說一個比那更離奇的故事。』接著他便告訴我他如何在內陸深處發現一座城市的遺跡，他相信這座遺跡就是《聖經》裡的黃金之地俄斐[1]。另外，順帶一提，從可憐的艾文斯之後這麼長的一段時間裡，還有其他更有學問的人也講過同樣的話。我記得，因為當時我還年輕，所以對於所有這類奇聞異事，都十分注意聆聽，而這個關於某個古老文明與寶藏的故事，更激發出我的各種想像，這些寶藏都是那些古代的猶太或腓尼基探險家過去長期壓榨某個陷於最黑暗的未開化國家而來，突然，艾文斯對我說：『夥伴，你聽說過穆沙庫朗布威地區（Mushakulumbwe）西北部的蘇里曼山脈（Suliman Mountains）嗎？』我告訴他我從來沒聽過。他說：『啊，好吧，那是所羅門王寶藏的真正所在地，我是指他的鑽石礦。』

「我問：『你是怎麼知道的？』

「『我就是知道！不然「蘇里曼」是什麼意思？不就是所羅門的變音[2]嗎？另外，馬尼卡地區（Manica）一名年老的女巫醫已經把相關的一切都告訴我了。她說住在那些山那邊的是祖魯人的一個「分支」，說的是祖魯方言，不過他們的人長得更好看，身材更高大；有很厲害的巫師住在他們之間，這些巫師在「全世界都處於黑暗之中」時向白人學了法術，還祕密掌握著一個驚人的「閃亮寶石」礦。』

「嗯，當時我雖然對這個故事很感興趣，卻只是一笑置之，因為那時還沒發現鑽石區，不過後來可憐的艾文斯在離開之後死了，所以在接下來的二十年裡，我從未進一步想過這件事。然而，就在二十年後——兩位先生，這是很長的一段時間，不是經常有獵象人能夠在這個行業奮鬥了二十年卻還沒把命丟掉的——關於蘇里曼山脈及位在山脈另一邊的地區，我聽到某個更確切的消息。當時我正要越過馬尼卡地區一個名為西坦達村（Sitanda's Kraal）的

1. Ophir：根據《聖經》記載，所羅門王曾由此處運回黃金。
2. 原註：蘇里曼就是阿拉伯語裡的所羅門。

地方，那裡真是個鬼地方，什麼吃的都找不到，附近也幾乎抓不到什麼獵物。我發起了高燒，整體而言情況很糟。有天，有名葡萄牙人帶著一名混血兒同伴來到這裡。現在我很了解那些來自德拉哥亞灣（Delagoa）的下流葡萄牙奴隸商人了。整體而言，他們比惡魔還要邪惡，透過奴役他人自肥，剝削他人血肉，造成他人的痛苦。不過這個人和前述那些我經常遇到的卑劣傢伙相當不一樣；確實，就外表來說，他更讓我想起我在書上看過的那種彬彬有禮的紳士，他身材高瘦，有著很大的深色雙眼與捲曲的灰色八字鬍。我們聊了一會兒，因為他能結結巴巴地講幾句英語，而我則知道一點葡萄牙語。他告訴我他的名字是荷西．西維斯特里（José Silvestre），住在德拉哥亞附近。隔天帶著那名混血兒同伴繼續上路時，他相當老派地摘下他的帽子對我道別。

「他說：『再見，先生。如果我們再次相遇，我應該已經成為世界上最富有的人了，而我不會忘記你的。』我微微一笑——我的身體太過虛弱，沒辦法大笑——我看著他疾步往西朝一望無際的沙漠走去，心裡懷疑他是不是瘋了，他以為自己會在那裡找到什麼？

「過了一個星期，我的病情好轉。有天傍晚，我正坐在隨身攜帶的小帳棚前方地上啃著最後一隻鳥腿，那隻瘦鳥是我向當地人買來的，代價是原本價值二十隻鳥的一小塊布。我邊吃邊望著沙漠上火紅的驕陽緩緩西沉，忽然間，我在對面的斜坡上看到一個人影，距離我大約二、三百公尺，那顯然是名歐洲人，因為他穿著外套。那個人匍匐在地上艱難地爬著，接著硬撐著站起來，踉蹌著往前走了幾公尺，最後又摔倒在地，繼續慢慢向前爬。我知道那必定是某個落難的人，因此我就派了手下的一名獵人去幫他，那個人很快便來到我面前，你們猜，結果那個人是誰？」

古德上校說：「一定是西維斯特里。」

「沒錯，就是他，或者更精確地說是他的皮包骨。他得了膽汁熱，面色蠟黃，因為臉上一點肉都沒有，以致他的深色大眼幾乎要從眼眶裡掉出來；全身上下只剩下一層羊皮紙一般的蠟黃肌膚、一頭白髮，以及撐起瘦骨嶙峋身軀的一把骨頭。

「他呻吟著說：『水。看在上帝的份上，給我水。』我看到他的嘴唇乾裂，往外伸的舌頭腫脹發黑。

「我給了他一些裡面摻了點牛奶的水，他大口大口地喝下，一口氣喝了大約兩公升的水吧。我不敢再給他更多水喝。然後他再度受到熱病的影響倒下，開始胡言亂語，說些關於蘇里曼山脈、鑽石及沙漠之類的話。我把他扶進帳棚，竭盡全力照顧他，但是沒什麼用，我知道他必然凶多吉少。大約十一點時，他安靜了下來，我躺下休息一會兒結果卻睡著了。黎明時我再度醒來，在熹微的晨光中，我看到西維斯特里已經坐了起來，他向外凝視著沙漠，看起來古怪又憔悴。過沒多久，第一道陽光照過我們面前的寬廣平原，最後照亮了將近兩百公里以外遠方蘇里曼山脈最高的其中一座山的山峰。

「這個垂死的人伸出他瘦長的手臂指著，同時用葡萄牙語大喊：『就在那裡！可是我卻永遠都到不了了，永遠。沒有人能到得了那裡！』

「忽然間他停頓了一下，似乎做了某種決定。他轉向我說道：『朋友，你在嗎？我的眼前一片漆黑。』

「我說：『是的，我在。現在快躺下來好好休息吧。』

「他回答說：『嘿，我很快就能休息了，我有的是時間可以休息——永遠的安息。聽著，我快死了。你一直對我很好，我願意把文件給你。如果你可以活著通過這片沙漠，或許你能到達那裡，這片沙漠害死了我和我可憐的僕人。』

「接著他就在襯衣裡摸索起來，取出一個我看起來像是波耳人用的菸草袋，這個袋子是用黑馬羚皮製作而成，袋口用一條細皮帶紮緊，他試著想解開帶子卻解不開，於是把菸草袋遞給我，說：『解開它。』我照著他的話做，從袋子裡取出一小塊破舊的黃亞麻布，上面用紅褐色的字寫著某些東西。在這塊破布裡還包著一張紙。

「然後他撐著愈來愈虛弱的身體，氣若游絲地繼續說：『這張紙寫明了那塊亞麻布上的一切內容。我花了許多年的時間才看懂。聽我說：我的祖先是來自里斯本的政治難民，也是最早踏上這片海岸的葡萄牙人之一，亞麻布上的字是他在那片山脈裡奄奄一息時所寫下來的，在他之前或之後，都沒有其他白人曾經踏足那片山脈。他的名字是荷西．達．西維斯特里（José da Silvestra），活在三百年前。他的奴僕在山脈的這一邊等他，發現他死了以後，就把他寫的這份資料帶回了家鄉德拉哥亞。從那之後，這份資料就一直保存在我的家族裡，只不過沒人想去看上面的內容，直到最後我去看了。而我也為此付出生命的代價，不過或許下一個人可以成功，並且成為世上最富有的人——世上最富有的人。只是，先生，請不要把這份東西給別人，你要自己去！』

「之後他又再度神智不清，一個小時後便嚥下了最後一口氣。

「上帝保佑他安息。他走得很安詳，我將他埋得很深，上面還放了許多大石頭，所以我不認為豺狼能把他挖出來。而後我就離開了那裡。」

柯蒂斯爵士用很感興趣的語氣說：「哎，那麼那份文件呢？」

上校也問道：「沒錯，那份文件裡面寫了些什麼？」

「嗯，兩位先生，如果你們想知道的話，我會告訴你們。到如今我從來沒給任何人看過這份資料，只有一名酒醉的老葡萄牙商人是例外，他幫我翻譯上面的內容，而且隔天早上就完全忘記這件事了。原來的破布連同可憐的西維斯特里閣下的譯文，都放在我德爾班的家裡，不過我有把英文翻譯記在我的隨身筆記本裡，還有一張地圖的摹本，如果它可以稱作是地圖的話。就在這裡。」

我，荷西．達．西維斯特里，此刻即將餓死在這個小山洞裡，這個山洞位在我取名為示巴女王雙峰山（Sheba's Breasts）的兩座山峰最南峰北面的無雪處，現在是一五九〇年，我是以裂骨為筆，自身鮮血為墨，在衣服的碎布上寫下這封信。如果我的奴僕來了以後發現這封信，並將它帶回德拉哥亞，讓我的朋友（名字難以辨識）向國王陛下稟告這件事，請陛下派

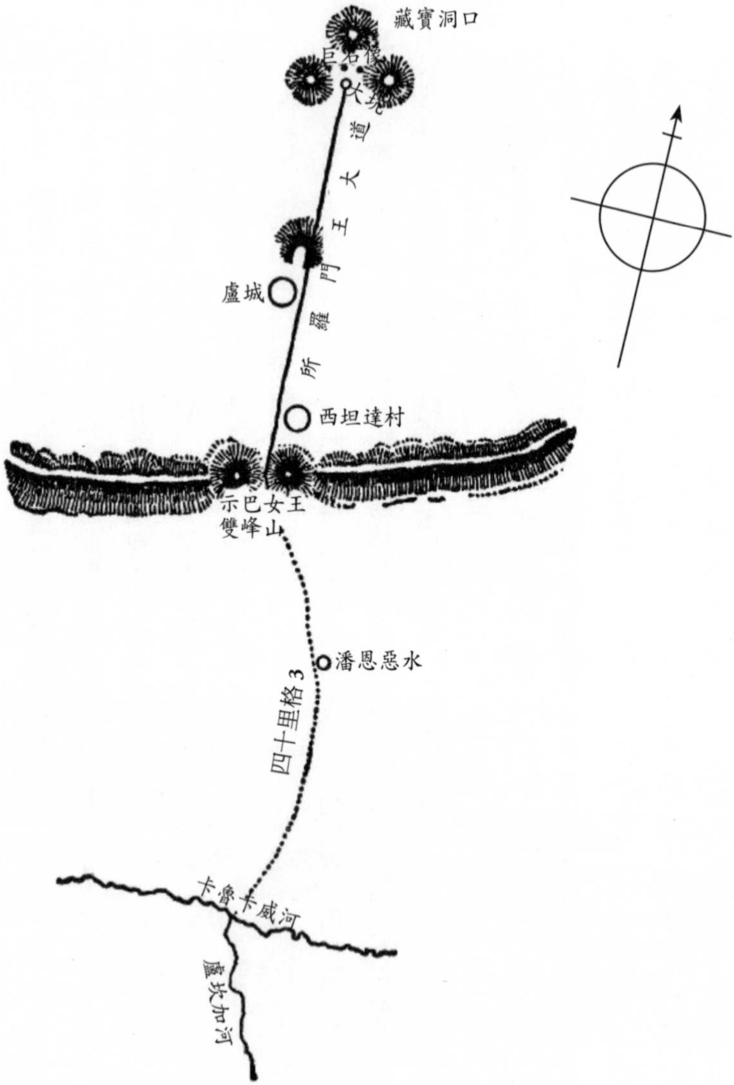
藏寶洞口
巨石像
大坑
所羅門王大道
盧城
西坦達村
示巴女王
雙峰山
潘恩惡水
四十里格 3
卡魯卡威河
盧坎加河

遣軍隊過來。假如軍隊能夠活著越過沙漠與山脈，並且征服強悍的庫庫安納人，破解他們的邪惡巫術（為了達到這項目的，應該隨軍帶上許多神職人員同行），如此陛下將成為繼所羅門王之後最富有的國王。我曾親眼目睹數不清的鑽石存放在白色死神背後的所羅門王藏寶室裡，但由於尋巫者加古爾（Gagool）的背叛，我什麼也沒帶出來，只勉強保住了我這條命。讓來人照著地圖前進，爬上示巴女王雙峰山左峰的雪坡直至峰頂，在峰頂的北面有一條所羅門王所修築的大道，順著這條大道，只要三天的行程即可到達所羅門王的宮殿。讓來人殺死加古爾。為我的靈魂祈禱。永別了。

荷西．達．西維斯特里

在我唸完以上內容，並且展示過拷貝自老西維斯特里閣下在臨死之前以自己的鮮血為墨所繪製地圖的摹本後，眾人一時因震驚而啞口無言。

古德上校說：「嗯，我曾兩度環遊世界，大部分港口我都去過，不過打死我都沒聽過如此奇特的故事，不論是從書上看到的還是親身遭遇過的都是如此。」

柯蒂斯爵士說：「夸特梅恩先生，這個故事的確太過離奇。我想你並不是在誆我們，對吧？我知道有時大家會認為騙騙菜鳥也無可非議。」

3. league：舊度量單位，一里格約五點五五六公里。

我說：「柯蒂斯爵士，如果你是這麼想的，那就當我沒說吧。」我把文件放回口袋裡，同時心裡相當不快，因為我並不喜歡被看作是那些認為聰明人才會說謊的無聊同行之一，他們總是對著新手吹噓子虛烏有的狩獵奇遇，「如果這是你的想法，唔，那這件事就到此為止吧。」然後我便起身準備離去。

柯蒂斯爵士將他的大手按在我的肩膀上，他說：「夸特梅恩先生，請坐下。很抱歉，我很清楚你並沒有欺騙我們的想法，只是這個故事聽起來實在太不可思議，令我難以置信。」

我回應說：「等到了德爾班，你們會看到原始的地圖和信件。」我的情緒稍微平復了一些，因為如果真去考慮剛剛的問題，他會懷疑我的誠信也是情理之中。

我繼續說：「不過，我還沒跟你說關於你弟弟的事情。我認識和他同行的那個吉姆。他是貝川納人（Bechuana），是很棒的獵手，而且就當地人來說，也是一個非常聰明的人。在納維爾先生出發的那天早上，我看到吉姆站在我的牛車旁邊，在車架上切菸草。

「我說：『吉姆，你們這趟旅程是要去哪裡？是去獵象嗎？』

「他回答：『不是的，老板，我們是要去找比象牙更值錢許多的東西。』

「我很好奇地說：『那是什麼？黃金嗎？』

「『不是的，老板，比黃金更有價值的東西。』他咧嘴一笑。

「我沒再繼續追問，因為我不想看似在追根究柢以免有失身分，不過我心裡還是很納悶。沒多久，吉姆切好了菸草。

「他說：『老板。』

「我沒有留意。

「他又喊了一聲：『老板。』

「我問：『嗯？怎麼了，小伙子？』

「『老板，我們是去找鑽石。』

「『鑽石！那你們怎麼往錯誤的方向走？你們應該朝鑽石區前進啊。』

「『老板，你聽過蘇里曼山嗎？』——柯蒂斯爵士，也就是所羅門王山脈。

「『嗯，聽過。』

「『那你聽說過那裡藏著鑽石嗎？』

「『吉姆，我聽過的不過是個荒謬的故事罷了。』

「『老板，那不是故事。我曾經遇到過一個來自那兒的女人，她和她的小孩來到納塔爾，她親口告訴我的；不過她現在已經死了。』

「我說：『吉姆，如果你的主人一定要去蘇里曼地區，他的結局只會是讓禿鷲飽餐一頓，而你也會有同樣的下場，就看禿鷲能不能從你乾扁的屍體上叼到什麼東西吃了。』

「他咧嘴笑說：『也許吧，老板，不過人都會死的。我自己也寧願去探索新的地區，這一帶的大象都被獵得差不多了。』

「我說：『嗯，我說夥計，你就等著死神掐住你的黃脖子吧，到時我們就可以聽見你唱的是什麼調。』

「半小時後，我看著納維爾的牛車出發。沒過一會兒，吉姆跑了回來，他說：『老板，再見。我不想要沒跟你說聲再見就離開，因為我覺得你說得很對，我們應該永遠都不會再往南走了吧。』

「『吉姆，你的主人真的要去蘇里曼山嗎？還是你沒跟我說真話？』

「他回答：『不，他的確是要去那裡。他跟我說，他一定要想辦法發財，或朝著這個目標努力，所以還是去找找鑽石吧。』

「我說：『這樣啊。等一下，吉姆，你能不能幫我帶張紙條給你的主人，但是你一定要等到了印雅提之後再交給他，可以嗎？』印雅提大約在幾百公里外。

「『沒問題，老板。』

「於是我找了張紙，在上面寫下：『讓來人……爬上示巴女王雙峰山左峰的雪坡直至峰頂，峰頂的北面即為所羅門王大道。』

「我說：『現在，吉姆，你把這張紙條交給你的主人後，告訴他最好完全遵照上頭的指示。不要現在就把紙條交給他，因為我不想要他折回來問我一堆我不想回答的問題。現在去吧，你這個偷懶的傢伙，車子都快走得看不見了。』

「吉姆就拿著紙條離開了。柯蒂斯爵士，關於你弟弟的情況，我就只知道這麼多，不過恐怕他……」

柯蒂斯爵士說：「夸特梅恩先生，我要去找我弟弟，我打算跟著他的行蹤前往蘇里曼山脈找他，而如果有必要的話，我會翻越這座山脈，直到我找到他，或直到我確定他已經死了為止。你願意跟我一起去嗎？」

我想我說過我是個很謹慎的人，而且事實上膽子很小，因此他的這項提議令我嚇了一大跳。對我來說，在某種程度上，展開這麼一趟旅程似乎等同於自尋死路，就算不考慮其他因素，因為還有個兒子要養，所以我不能在那時就這麼死了。

我回答：「柯蒂斯爵士，不了，謝謝，我想我還是不去了。我都已經這把年紀了，不適合參加那種只會白費力氣的搜索行動，到頭來我們的下場只會落得跟我可憐的朋友西維斯特里一樣。我還有個兒子要靠我來養，所以我不能不智地拿我的性命去冒險。」

柯蒂斯爵士與古德上校兩人看起來都非常失望。

柯蒂斯爵士說：「夸特梅恩先生，我的經濟情況不錯，而我現在決心要完成這件事。你可以就你提供服務所需要的報酬，提出任何你覺得合理的數字，在我們離開前，你就會拿到這筆款項。另外，我還會安排好，萬一有任何不幸的事情發生在我們或是你的身上，你的兒子將獲得妥善的照顧。從我提供的這些條件，你可以看得出來你的加入對我來說有多麼必要。再者，假如我們出乎意料地平安到達那裡，找到了鑽石，那些鑽石將由你和古德平分。我並不想要。不過當然，這項承諾現在一點價值也沒有，然而這項條件也將同樣適用於我們可能獲得的所有象牙。夸特梅恩先生，你還可以儘管提出自己的要求，而當然，一切的費用都將由我來支付。」

我說：「柯蒂斯爵士，這真是我所接到過最慷慨的請託，像我這樣的貧窮獵人兼商人，照理不應該拒絕。不過，這也是我所遇過最艱鉅的一項工作，我必須花點時間好好考慮。我會在我們到達德爾班以前給你答覆。」

柯蒂斯爵士回應：「好極了。」

接著我便道了晚安回房休息，那晚我夢到了早已死去的西維斯特里以及那些鑽石。

第三章 恩波帕的加入

從好望角往北到德爾班，根據船速快慢與天氣狀況的不同，需要四到五天的時間。有時如果在東倫敦靠岸不順利（東倫敦說了那麼久又投入巨額經費的那個先進港口還沒蓋好），船還會再延誤二十四小時，等待貨船能夠出港卸貨。不過這次我們完全不用等，因為沙灘上沒有足以阻礙船隻出航的碎浪，因此拖船馬上就開了出來，後面拖著長串的難看平底船。

一包包貨物乒乒乓乓地被扔進平底船，不論包在裡面的可能是什麼，是瓷器還是毛織品都無關緊要，它們受到的待遇相同，都是直接被扔過去。我看到有個裝著四打香檳的箱子被摔得稀巴爛，香檳酒冒著氣泡嘶嘶作響，流滿了那艘骯髒貨船的底部。這真是太可惜了，而在那艘船上的卡菲爾人顯然也是這麼想的，因為他們找出了幾瓶沒摔破的香檳，敲掉瓶口就喝了起來。不過，他們並未考慮到酒中氣泡所造成的脹氣問題，所以在感覺到自己腹部飽脹異常後，就倒在船底四處打滾，大聲嚷著那些美味的酒水是「魔水」。我站在自己的船上對他們說話，告訴他們那是白人效力最猛的藥，喝了就會沒命。那些卡菲爾人驚恐極了，連忙回到岸上。我想，他們以後應該再也不敢去碰香檳了吧。

嗯，在我們乘船北上納塔爾的一路上，我一直在考慮柯蒂斯爵士的邀請。有一、兩天的時間，我們沒人再提到這個話題，不過我倒是跟他們說了許多關於打獵的奇聞軼事，都是真人真事。說到打獵，實在無須撒謊，因為專職打獵的獵人碰到過太多稀奇古怪的事情，不過這只是順帶一提。

最後，在這裡最熱的月份，也就是一月某個美麗的傍晚，我們的船通過納塔爾沿岸，預計會在日落以前抵達德爾班角（Durban Point）。從東倫敦起，沿途的海岸漂亮極了，紅色的沙丘，遼闊綿延的鮮綠色原野，卡菲爾人的村莊間或點綴其中，一條白色的碎浪鑲嵌在岸邊，海浪拍打在礁石上，激起一簇簇如柱的浪花。不過，就在快到達德爾班前，尤為壯麗的景色映入眼簾。數百年來的暴雨沖刷，在群山間蝕出了陡峭的峽谷，波光粼粼的河川流淌其中；鬱鬱蔥蔥的灌木叢一片濃綠，彷彿是由上帝親手栽植而成；還有青翠的玉米園與甘蔗田，偶爾可見白屋一幢面迎平靜的大海，為這片景致加上完美的一筆，增添家庭般的溫馨氣氛。在我心裡，不論多麼美麗的風景，都必須有人的存在才算完滿，這或許是因為我長期以來都生活在野外，因此十分清楚文明的可貴，不過文明也的確是獵物之所以消失的原因。在人類出現以前，伊甸園無疑看來十分美好，然而我總認為，隨著夏娃的出現，伊甸園必定因此顯得更加美麗。

話說回來，我們有些估計錯誤，在太陽完全西沉後，我們才在德爾班角外下了錨，接著耳邊傳來槍聲，那是在通知德爾班的居民，英國來的郵件已經到達。當晚因為要考慮上岸已經太晚，所以我們在看過郵件被救生艇運走後，便輕鬆自在地去享用晚飯。

我們再次回到甲板上時，已經是皓月當空，明亮的月光灑在海面與海岸上，讓來自燈塔的強烈閃光幾乎都黯然失色。從岸邊飄來陣陣甜美的香氣，這種味道總讓我想起讚美詩與傳教士，柏里亞山脊（Berea）上家家戶戶的窗戶閃爍著點點燈火。從停泊在附近的一艘大型雙桅帆船上，還傳來了水手幹活時的歌聲，他們正在起錨準備順風出航。總之，這是個完美的夜晚，在南非偶爾可以享受到這樣的夜晚，而如同月光為所有一切披上了銀色的外衣，這樣的夜晚也使得所有人都沉浸在寧靜的氛圍中。即使是某位性好冒險的乘客所飼養的大型鬥牛犬，似乎也深受溫柔夜色的影響，不再興致勃勃地想和關在艏樓籠子裡的狒狒大戰一場，反而幸福地趴在船艙門口打鼾，想必正夢見自己解決了那隻狒狒，沉浸在美夢裡。

我們三人——柯蒂斯爵士、古德上校和我自己——走到舵輪旁邊坐下，接著是一陣沉默。

過沒多久，柯蒂斯爵士開口道：「嗯，夸特梅恩先生，你考慮過我的提議了嗎？」古德上校應和：「是啊，夸特梅恩先生，你覺得那些條件怎麼樣？我希望你能讓我們有這個榮幸在你的陪同下去尋找所羅門王的寶藏，或是去你所知道的納維爾先生可能去的任何地方。」

我沒有作聲，只是站起身來，磕了磕我的菸斗將它清空。我原本還沒有拿定主意，想要更多時間考慮，但是在還有火花的煙灰落入大海中前，我突然就做出了決定；就在那額外的短短一秒鐘內，事情便塵埃落定。當一個人為了某件事而猶豫不決許久後，往往都會像這樣在一剎那間就有了結果。

我又坐了下來，說：「兩位先生，好吧，我答應你們。而在你們離開前，我要告訴你們原因以及我有什麼條件。首先說說我的條件。

「第一，你們必須支付所有開銷，而我們可能獲得的所有象牙或其他有價值的物品，都將由古德上校和我自己平分。

「第二，在我們出發前，你們必須先支付我五百英鎊，當作我為這趟旅程提供服務的報酬，而我保證對你們盡心盡力，直到你們選擇放棄這項行動，或是直到我們成功，或不幸降臨到我們身上為止。

「第三，在這趟長途旅程開始前，你們必須簽署一份有效協議，同意萬一我不幸身亡或有了殘疾，你們將支付我的兒子哈利每年總額兩百英鎊的金額，為期五年。現在哈利還在倫敦的蓋氏醫院（Guy's Hospital）學習，五年後如果他還算能幹的話，應該就能夠自食其力了。我想，全部條件應該就這些了，我猜你們應該也會說這些條件已經相當足夠。」

柯蒂斯爵士回應：「不，我很樂意接受這些條件。我已經下定決心實行這項計畫，而考慮到你特有的專門知識與經驗，我願意為你的協助付出比那些更多的代價。」

「那就可惜了，我並沒有更多的要求，不過我也不會反悔。現在，既然我的條件你們都已經答應，我要跟你們說說我決定要去的原因。

「首先，兩位先生，過去幾天我一直在觀察你們兩位，而假使你們不覺得我莽撞的話，老實說我相當欣賞你們，我相信我們結伴同行應該會相處得十分融洽。我告訴你們，在面臨像這樣的漫長旅程時，這點可說是十分重要。

「至於這趟旅程本身，柯蒂斯爵士、古德上校，不瞞二位，我並不認為這次我們有可能活著回來，也就是說，假使我們試圖越過蘇里曼山脈的話。看看三百年前老西維斯特里閣下的下場；看看二十年前他的後代的下場。還有你弟弟的結果又是如何？兩位先生，恕我直言，我認為他們的昨天就是我們的明天。」

我停頓片刻，想看看我的話造成了什麼影響。古德上校看起來有些不安，柯蒂斯爵士卻面不改色。他說：「我們只得碰碰運氣了。」

我繼續說道：「或許你們會覺得奇怪，既然我的看法如此，那麼就像我之前告訴過你們的，我膽子很小，我這樣一個人為什麼會加入這樣的一趟旅程呢？有兩個原因：

「首先，我是個宿命論者，我相信我什麼時候會死是上天註定的，和我自身的行為與意願並沒有多大關係，如果命中註定我會前往蘇里曼山脈並且死在那裡，那麼結果就必定會如此。對於我，上帝無疑自有祂的安排，所以我無須為此煩惱。

「其次，我是個窮人。我又是打獵又是做生意地過了將近四十年，但一直以來卻都只能維生而已。嗯，兩位先生，我不知道你們是否有意識到，獵象人從入行起的平均壽命介於四到五年之間。所以你們可以看得出來，和我的同行相比，我已經經歷了大約七代人的時間，而不論如何，我認為我的日子應該所剩不多了。因此，如果我在平常獵象時遭遇任何不測，在我的債務都還清後，將什麼也沒有留給我兒子哈利，而他的經濟還沒辦法獨立，可是現在，他將會獲得為期五年的保障。簡單地說，這就是我全部的理由。」

柯蒂斯爵士一直極其專注地聽我說話，他說：「夸特梅恩先生，儘管你認為這項冒險行動只可能以失敗收場，但你還是答應參加了，你的動機顯示出你這個人非常值得信賴。不論你的預估是否正確，當然只能靠時間及這件事本身來證明了。不過不論你的看法是對是錯，我不妨現在就告訴你，這趟旅程不論結局是甘是苦，我都會一直走到底。假如註定難逃一死，我只能說，我希望我們可以先開上個幾槍再說。古德，你說呢？」

上校加入對話說：「沒錯，我們三個人都對面臨危險習以為常，也習慣了透過各種方法將自己的性命掌握在自己手上，所以事到如今不應該再打退堂鼓了。現在，我提議我們下去餐廳欣賞一下夜空吧，你們都懂的，只是為了預祝自己好運。」然後我們就這麼做了——透過酒杯的杯底看天空。

隔天我們上了岸，我將柯蒂斯爵士與古德上校安置在我蓋在柏里亞山脊上的一間小屋裡，也就是我稱之為家的地方。這間小屋是用青磚砌成，上覆白鐵屋頂，裡面只有三間房間及一間廚房，不過它還有一個很棒的花園，其中種有我所知道最好的枇杷樹，以及一些樹齡不久但品種不錯的芒果樹，我對這些芒果樹期望很大，因為它們是植物園園長送給我的。我手下一名叫做傑克（Jack）的老獵人負責照顧這個花園，傑克的大腿在西庫庫納斯地區（Sikukunis）被一頭水牛傷得極為嚴重，他因此再也無法繼續打獵。可是他是個格里夸人（Griqua），天生懂得悠閒度日及蒔花弄草。換成祖魯人，你永遠都無法說服他們對園藝產生多大興趣。這是門文靜的藝術，而文靜的藝術並不是祖魯人的風格。

因為房子裡沒有可以給柯蒂斯爵士與古德睡的空房間，所以我就在我位於花園盡頭的小橘樹園中搭了帳棚，讓他們睡在這頂帳棚裡，而由於有花朵的芬芳以及綠色與金黃色果實所構成的景致——在德爾班，你可以在樹上同時看到這三樣東西——加上在柏里亞山脊這裡很少有蚊子，我敢說他們睡的地方已經夠舒服的了，前提是不要碰巧下起少見的大雨。

好了，言歸正傳——因為哈利，如果我不這麼做，在我們還沒到達蘇里曼山脈前，你必定就已經對我的故事感到厭煩了。我一決定參加這趟旅程，就開始做些必要的準備。我先是確定與柯蒂斯爵士之間的協議，以確保在有意外發生時，我的孩子，你的生活能夠得到保障。由於柯蒂斯爵士在這裡算是初來乍到，而用來支付的財產又位在大海的另一邊，因此想要合法執行這份協議有些困難；不過在律師協助下，這個問題最終還是解決了，律師為這項工作要價二十英鎊——我覺得這個價格實在是獅子大開口。然後，我拿到了我的五百英鎊支票。

我覺得自己能獲得這筆酬金是因為個性謹慎，因此我便以柯蒂斯爵士的名義購買了一輛牛車及一組牛，品質都非常好。這輛六、七公尺長的牛車有著鐵質輪軸，非常堅固輕巧，全車都是以非洲高觀木打造而成，並不是全新的車，曾經來回過一趟鑽石區，不過，就我的觀點，這樣反而更好，因為我可以看得出來，車子的木料都已經完全風乾。如果牛車有任何問題，或是木料不夠乾燥，在跑第一趟車的時候就可以看得出來。這輛特別的牛車就是我們所謂的「半篷車」，亦即只有後面三、四公尺有篷架完全遮蓋，前半部則是敞開著的，用來裝載我們必須攜帶的必需品。在車篷裡有一張獸皮床，大小足夠兩個人睡在上頭，另外還有步槍架及其他許多小型的便利設備。購買這輛牛車花了我一百二十五英鎊，不過我認為這個價格相當便宜。

接著我又買了一組健壯的祖魯牛，一共有二十頭，我看上這批牛已經有一、兩年的時間了。一組牛的數量通常是十六頭，不過我多買了四頭牛以防有意外發生。這些祖魯牛個頭不大，體重也輕，體型不會超過非洲牛的一半，一般用於運輸目的都是非洲牛，不過，在非洲牛無法存活的地方，祖魯牛還是能生存，而且如果負荷不是太重，祖魯牛一天還可以多走八公里多的路，不僅速度更快，也沒那麼容易疲憊。更重要的是，這種牛已經「散布」各處，也就是在全南非都可以看見牠們勞動的身影，由此可以證明，相對來說，祖魯牛對紅水病較具抵抗力，而紅水病極常在牛車來到不熟悉的草區時，毀掉拉車的一整組牛。

至於「肺病」，也就是在這個國家非常流行的某種可怕肺炎，我買的牛已經都接受過預防接種。做法是在牛尾上劃開一條小口，接著將死於這種病的動物的一小塊病肺塞進傷口再包紮好。結果就是牛會生病，但只是輕微發病，牛的尾巴也會因此而斷落，通常是斷在距離尾根三十多公分處，而這也成為牛未來不會再得病的證據。讓這些動物失去牠們的尾巴似乎很殘忍，尤其在這個國家蒼蠅極多，不過犧牲尾巴但保住牛，要比同時失去尾巴和牛來得好，因為如果只有尾巴卻沒了牛，除了可以用尾巴來打掃灰塵外，並沒有什麼好處。可是，一路跋涉時前方的二十頭牛應該有尾巴的部位卻光禿禿的，確實看起來不太順眼。就好像大自然犯了個小錯誤，將許多得獎鬥牛犬的短尾巴都安到了牛屁股上。

接下來要處理的是食物與醫藥問題，這需要經過一番深思熟慮，因為我們除了必須避免胡亂塞滿牛車，更要帶上絕對必需的所有東西。幸運的是，古德略懂些醫療知識，他在前一份職業的某個時刻，曾經設法進修過醫療與外科課程，對於那時所學到的東西多少還記得一些。當然，他並不是名合格的醫生，但是如同我們後來所發現的，相較於許多可以在自己的名字後面加上醫學博士這個頭銜的人，古德在這方面懂得更多，而且他還有個很棒的旅行用藥箱以及一套醫療器具。我們在德爾班時，他幫一名卡菲爾人切掉了他的大腳趾，切除手術做得非常漂亮，不過，那名卡菲爾人原本呆呆地坐在那裡看著手術進行，在他要求古德接上另一根大腳趾，還說不得已的話，即使是「白人的」腳趾也可以接受時，古德簡直哭笑不得。

在這些問題都安排妥當後，還須考慮的只剩下另外兩件重要的事情，那就是武器與隨從。就武器而言，柯蒂斯爵士從英國帶來了不少槍枝彈藥，加上我自己也擁有一些，因此我只需要將我們最終從中選定的武器列成一張清單就好。當時我將這張清單記在我的隨身筆記本上，以下就是我從筆記本裡抄出的內容：

「三把雙管八發重型後膛獵象槍，每把重約七公斤，可裝大約四十公克的黑火藥。」其中兩把槍是由倫敦一家知名公司旗下最頂尖的製造人員所生產，但是我並不知道我自己那把是哪家公司的產品，我的槍並沒有另外兩把那麼精緻。不過我曾在幾次出行時使用這把槍，用它獵到了不少大象，事實證明，這把槍一直都是品質極其優良的武器，完全值得信賴。

「三把雙五百快槍，其結構可承受二十多公克的裝藥量。」這些也是很好的武器，極適合用來打體型中等的獵物，例如巨羚或黑馬羚，也適合打人，尤其是在空曠的地區並搭配以半空心子彈。

「一把火力集中的雙管十二號獵槍，兩根槍管都採用全縮口。」日後證明，在我們為了下鍋的野味而打獵時，這把槍對我們的用處最大。

「三把溫徹斯特連發步槍（並非卡賓槍），備用槍枝。」

「三把單動型柯爾特自動手槍，使用較重的美式子彈。」

這就是我們全部的武器。讀者必定會注意到每一列武器的構造與口徑都是相同的，如此一來，子彈就可以交換使用，這一點非常重要。大家別怪我如此長篇大論地詳述這些武器，因為每位經驗豐富的獵手都知道，提供合適的槍枝與彈藥，對一項冒險行動的成敗有多麼關鍵。

再來就是關於和我們一起走的人員。經過反覆商議，我們決定這些人員的數量應該僅限五人，也就是一名車夫、一名領隊，以及三名僕役。

我沒花多大功夫就找到了車夫與領隊，那是兩名祖魯人，分別叫做戈薩（Goza）與湯姆（Tom）；不過事實證明，僕役就沒這麼好找了。因為在這種行業中，我們是死是活可能完全取決於他們的行為，因此他們必須絕對值得信賴且勇敢。

最後我找到了兩個人：一個是名為溫特沃格的霍屯督人（Hottentot），他名字的意思是「風鳥」；另一個則是名為基瓦的祖魯人，他的個子很小，長處是說的一口很流利的英語。我以前就認識溫特沃格，他是追蹤獵物的頂尖好手，我曾經和他打過交道，他的性格極其堅韌，似乎永遠都不會疲倦。不過他有個缺點，這個缺點在他同族人中極為常見，那就是愛喝酒。只要一瓶杜松子酒下肚，就沒法再信任他了。然而，既然我們要去的地方位在有酒館的地區之外，他的這項小毛病也就沒那麼緊要了。

在這兩個人確定後，我繼續尋找第三個能夠符合我的目的的人，卻都徒勞無功，因此我們便決定就這樣上路，想碰碰運氣，看是否能夠在北上的路上找到合適的人選。

不過，事情就是這樣湊巧，就在我們準備好動身的前一天傍晚，祖魯人基瓦通報我說有名卡菲爾人等著想見我。當時我們正在吃飯，因此待我們用餐完畢後，我便告訴基瓦將他帶進來。不一會兒，一名身材高大的英俊男性走了進來，他年約三十，就一名祖魯人來說膚色很淺，他舉著他的瘤頭杖行了個禮，之後就在角落裡蹲坐了下來，一言不發。接下來一段時間我完全沒有理會他，因為如果我不這麼做才是犯了大錯。假使你立即匆忙開始攀談，祖魯人通常會認為你是個沒什麼地位或重要性的人。然而我注意到，他是個戴箍人，也就是在他的頭上戴著一個黑色頭箍，這種頭箍是用某種樹膠所製成，以油脂增添光澤後再套在頭髮裡，通常只有到達一定年齡或地位的祖魯人，才能戴上這種頭箍。此外，令我訝異的還有，我居然覺得他很面熟。

最後我說話了：「嗯，你叫什麼名字？」

這個人以低沉的嗓音緩慢答道：「恩波帕（Umbopa）。」

「我以前見過你。」

「是的，老板，你在伊桑德爾瓦納（Isandhlwana）那個地方見過我，就在開戰的前一天。」

然後我想起來了。在那場不幸的祖魯戰爭中，我是辰斯福閣下（Chelmsford）的嚮導，有幸在開戰前一天照看一些車輛離開了營地。我在等待牲口套軛時，開始和這個人說起話來，他在當地人的援軍中是一名擁有一定權限的小首領，曾對我表示他對營地安全有些疑慮。當時我告訴他最好保持沉默，把這類事情留給更聰明的人去考慮。不過後來，我曾經想起他的話。

我說：「我想起來了。你有什麼事嗎？」

「是這樣的，『馬庫馬贊』（Macumazahn）。」那是我的卡菲爾名，意思是半夜起床的人，或用通俗的英語說，亦即時刻警惕的人。「我聽說你要展開一項困難的探險活動，和來自大海另一邊的白人老板深入北方。這是真的嗎？」

「是的。」

「我還聽說你們甚至會去盧坎加河（Lukanga River），那裡要過了馬尼卡地區後再走一個月路程才能到達，這也是真的嗎，馬庫馬贊？」

我懷疑地答道：「你為什麼要問我們計畫去哪裡？這和你有什麼關係嗎？」我們這趟旅程的目的地一直都是絕對保密的。

「喔，白人，是這樣的，如果你們真的要去那麼遠的地方，我會和你們一起去。」

這個人說話的口吻中帶有幾分高傲，尤其是他用「喔，白人」而非「喔，老板」這種字眼，這讓我十分訝異。

我說：「你有些失禮了，沒經過思考就開口說話。這不是你應該有的說話方式。你叫什麼名字？還有，你是哪個村莊的？說，這樣我們才知道自己是在和什麼人打交道。」

「我的名字是恩波帕，我既是祖魯人但又不是祖魯人。我的部落位在遙遠的北方，早在『一千年前』，在查卡王統治祖魯王國的久遠以前，祖魯人南遷來到這裡，那時我的家鄉就被拋在了腦後。我沒有村莊，多年來我一直四處流浪。我在小時候就從北方來到了祖魯王國，曾經加入諾馬巴克西兵團（Nkomabakosi Regiment）幫國王塞奇瓦約（Cetewayo）打過仗，期間我是在偉大的首領戰斧安斯洛波加西（Umslopogaasi of the Axe）的麾下服役，是他教會了我如何戰鬥。[1]之後因為想見識一下白人的生活，所以我就逃離了祖魯王國，來到納塔爾。接下來我又參加了反抗塞奇瓦約的戰爭。從那時起我就一直在納塔爾工作。但是現在我

1. 原註：想了解安斯洛波加西和他的斧頭的來歷，請讀者參考兩本書，書名是《白女王與夜女王》（*Allan Quatermain*）及《百合花娜妲》（*Nada the Lily*）。

累了，想要回到北方。我不屬於這裡。我不要錢，而且我很勇敢，只要供我吃住就好，你們會發現這是值得的。我說完了。」

因為這個人還有他說話的方式，我感到有些困惑。對我來說，從他的態度很明顯可以看得出來，他基本上說的都是實話。但不知怎地，他與一般的祖魯人似乎不大一樣，所以他說不要報酬跟我們一起走，對於他的提議，我寧可抱持懷疑的態度。由於不知道如何是好，因此我就把他的話翻譯給柯蒂斯爵士與古德聽，徵求他們的意見。

柯蒂斯爵士要我請他站起來。恩波帕照做了，同時脫下了他穿著的那件軍裝長大衣，露出自己幾近赤裸的身軀，在他身上除了纏繞腰間的腰布與獅爪項鍊外別無一物。他確實是個非常好看的人，我從來沒看過比他長得更好的當地人。他身高大約一百九十公分，比例勻稱，身體線條十分優美。此外，他的皮膚看起來顏色並不是很深，只是有幾處過去被長矛所傷留下來的深色疤痕。柯蒂斯爵士向他走去，盯著他那張自信、英俊的臉龐看。

古德說：「他們可以成為很好的一對，不是嗎？兩個人都同樣高大。」

柯蒂斯爵士用英語說：「恩波帕先生，我喜歡你的模樣，你可以作為我的僕役跟我們一起走。」

恩波帕顯然聽懂了他的話，因為他用祖魯語回應說：「好的。」接著在瞥了眼這名白人高大魁梧的身材後，他又補充說：「我們都是男子漢，你和我都是。」

第四章 獵象

現在，我不打算鉅細靡遺地描述我們北上西坦達村，在這趟長途旅程中曾發生的所有事情；西坦達村位在盧坎加河與卡魯科威河（Kalukwe River）的交匯處附近。這趟超過一千五百公里的旅程以德爾班為起點，在最後大約五百公里，由於有可怕的采采蠅頻繁出沒，除了驢子與人類外，所有動物只要被叮到都會喪命，因此我們必須徒步前進。

我們在一月底離開德爾班，直到五月的第二個禮拜才抵達西坦達村附近紮營。一路上各種奇遇不斷，不過，因為這些奇遇對每位非洲獵手來說都已經司空見慣——其中只有一個例外，後文很快就會加以詳述——所以我就不在此多費筆墨了，以免使得這本書變得太過無聊。

印雅提是位在馬塔貝列人居住區（殘忍的大惡棍洛本古拉〔Lobengula〕是這個地區的國王）的偏遠交易站，我們在這裡百般不捨地告別了舒適的牛車。我在德爾班買了共二十頭健壯的牛，但如今我們手上只剩下十二頭。一頭死於眼鏡蛇的蛇吻之下，三頭因為缺食少水而喪命，一頭走失，還有三頭則是因為誤食名為「玉杯花」的有毒植物而死亡。有另外五頭牛同樣因為這項原因而病倒，不過我們設法治好了牠們，方法是熬煮玉杯花的葉子製成湯劑餵給牠們喝。只要及時救治，這種解毒劑非常有效。

我們將牛車和牛直接留給戈薩與湯姆照管，也就是我們的車夫與領隊，這兩名少年都很可靠，另外還請了一名德高望重的蘇格蘭傳教士幫忙照看他們，這名傳教士就住在這個遙遠的地方。接著，我們就帶著恩波帕、基瓦、溫特沃格，以及六名我們在當地僱用的挑夫，徒步展開我們刺激的探險旅程。

我記得在出發時我們都有些沉默，我想每個人應該都是在懷疑自己是否還能再見到我們的牛車吧；就我而言，我從來就沒抱過這個期望。我們步履沉重地默默走了好一陣子，然後走在前方的恩波帕突然打破沉默，開始唱起一首祖魯歌謠，這首歌是關於幾名勇士厭倦了原本的生活與乏味的一切，於是不畏死亡地進入遼闊的荒野尋找新事物，接著，瞧！他們進入荒野深處，卻發現那裡根本不是荒野，而是一片世外桃源，美女如雲，肥壯的牲畜成群，可以盡情地狩獵與殺敵。

聽了這首歌，大家都不禁開懷大笑，覺得這是個好預兆。恩波帕這位原住民在沒有陷入沉思時，性格十分開朗，談吐作為更帶有幾分高貴的氣質，他很擅長於振奮我們的精神。後來我們都變得非常喜歡他。

接下來，我要來講前文提到的那次奇遇，這對我來說是種享受，因為我真的非常喜歡和打獵有關的故事。

從印雅提出發走了大約兩個禮拜後，我們看到一片出奇美麗、水源充沛的林地。山丘間的峽谷裡長滿了濃密的灌木叢，當地人稱之為「艾多羅」（idoro）灌木，在某些地方則長著「等一下棘」，這裡還有大量美麗的「馬查貝爾」（machabell）樹，樹上掛滿了吃起來爽口、內含巨大果核的黃色果實。這種樹是大象最愛的食物，有充分的跡象顯示這些巨大的野獸曾經出現在附近，除了隨處可見牠們的足跡，在很多地方還可以看到樹枝被折斷或甚至整棵樹被連根拔起的情形。大象在進食的時候破壞力很強。

某天傍晚，在經過一天的漫長跋涉後，我們來到一個景色非常秀麗的地方。有座被灌木叢所覆蓋的山丘，在山腳下躺著一條乾涸的河床，不過在河床上還可以找到幾處清澈的水塘，塘邊都踩滿了動物的蹄印。在這座山丘的對面是一塊猶如公園一般的平地，上面長著一簇簇等高的含羞草，其中間或夾雜著幾棵葉片光滑的馬查貝爾樹。大片的灌木林如海般向四周延伸，放眼望去人跡罕至，寂靜無聲。

我們剛踏上這條河床，就冷不防驚動了一群高大的長頸鹿，嚇得牠們邁著長頸鹿特有的奇怪步伐飛奔而去，或者更應該說是向外遠航。牠們的尾巴捲在背上，四蹄如同響板一般喀喀作響。這群長頸鹿距離我們將近三百公尺，因此實際上已經超出射程，可是古德走在前面，他的手上正握著一把已經裝滿了子彈的快槍，他無法抗拒誘惑。因此古德舉起了他的槍，對準最後那隻小母鹿開槍。在某種特別的機緣巧合下，子彈居然正中那隻長頸鹿的後頸，造成牠的脊柱碎裂，使得牠像隻兔子似的往前一滾栽倒在地。我從來沒見過這等怪事。

古德罵：「該死！」我不得不說古德有個壞習慣，那就是在激動的時候就會罵粗話，這個習慣必定是他在當海軍的那段期間所養成的。「該死！我把牠給打死了。」

幾個卡菲爾人突然喊道：「噢，布格旺（Bougwan）。噢！噢！」

他們稱呼古德為「布格旺」，就是玻璃眼的意思，因為他戴著單片眼鏡。

我和柯蒂斯爵士也跟著喊了起來：「噢，『布格旺』！」從那天起，古德就建立起他神槍手的美名，至少在卡菲爾人之間是如此。其實他的槍法很差，不過看在那隻長頸鹿的份上，後來他每次失手，我們都會視而不見。

我們吩咐那些「小伙子」的其中幾個，去把那隻長頸鹿最好吃部位的肉割回來，然後我們便開始動手在其中一個水塘附近搭建「棚屋」，位置就在那個水塘右方大約一百公尺處。做法是先砍一堆荊棘用來堆成一圈籬笆，接著將圍起來的空間裡面的地整平，再用乾燥的坦布其草（tambouki grass，如果採得到的話）在中央鋪成床，最後升起一堆或幾堆營火。

「棚屋」搭建完成時，月亮已經升上天空，而我們的晚餐長頸鹿肉排加烤髓骨也已經準備好了。那些髓骨好吃得不得了，儘管剖開它們相當費力，但我們還是吃得不亦樂乎。除了隔天吃到的象心外，對我來說簡直就沒有比鹿髓更美味的東西了。我們在月光下品嘗著我們簡單的晚餐，不時停下來感謝古德射出那精準的一槍。吃完飯後，我們開始抽菸、談天，圍著火堆蹲坐成一圈，那必定構成了一幅奇特的畫面。

我頂著一頭向上豎起的灰白色短髮，柯蒂斯爵士則是一頭略長的黃髮，與我形成鮮明的對比，尤其我又瘦又矮又黑，體重只有六十公斤出頭，柯蒂斯爵士則是又高又壯皮膚又白，體重更足達九十五公斤，我們之間的差異可說是一目瞭然。不過，如果將目前環境中的所有情況都納入考量，或許在我們三人中看起來最為奇特的，要數皇家海軍上校約翰．古德。他坐在一只皮袋上，看上去就像是從某個文明地區愉快地打了一天獵歸來，全身上下穿著講究，乾淨整潔。他穿著棕色的粗花呢獵裝，頭上戴著相配的帽子，腳下還蹬著一雙帥氣的長統靴。一如往常，他的臉刮得十分乾淨，單片眼鏡與假牙也看似戴得整整齊齊，總之，他是我在荒野中所見過收拾得最整潔體面的人。他甚至還配戴了用白色馬來樹膠所製成的硬領，而且還準備了一個備用的硬領。

在我對這件事表示驚訝時，古德天真地對我說：「你看，這些硬領根本沒什麼重量，而且我一向喜歡在人前打扮得像個紳士。」啊！如果他可以預見未來，看到日後等著他的是什麼樣的裝扮，不知會做何感想。

嗯，我們三個人就這樣坐在那裡，在美麗的夜色中談天說地，並看著幾公尺外的卡菲爾人用菸斗吸食醉人的大麻，煙嘴是用巨羚角所製成，最後他們一個個鑽進毛毯，在火堆旁安然入眠，所有人都是如此，只有恩波帕除外，他坐在稍遠處，手托著下巴陷入了沉思。我注意到他從未與其他卡菲爾人有太多的交集。

沒多久，從我們後方的灌木叢深處傳來巨大的吼叫聲。我說：「是獅子。」於是大家都立即起身側耳傾聽。我們才剛有動作，在大約九十公尺外的水塘那裡又響起了大象那猶如吹喇叭般的刺耳叫聲。幾個卡菲爾人小聲地說：「大象！是大象！」過了幾分鐘，我們看到接連幾個巨大的身影從水塘方向緩慢地朝灌木叢移動。

古德一躍而起，急著想大開殺戒，或許他以為就跟他上次射殺長頸鹿一樣，殺大象同樣也會是輕而易舉，不過我一把抓住他的手臂，把他拉了下來。

我輕聲說：「這麼做不好，讓牠們走吧。」

柯蒂斯爵士接著說道：「我們似乎來到了野獸的樂園。我建議大家在這裡停留個一、兩天，拿牠們試試身手。」

我有些訝異，因為截至目前為止，柯蒂斯爵士一直都是催促著大家盡快趕路，尤其是我們在印雅提確認了大約兩年前有名叫做納維爾的英國人在那裡賣掉了他的牛車，然後繼續北上，從那之後他就顯得愈發著急。不過我想，這會兒應該是他的狩獵本能暫時佔了上風。

古德聽到這個主意立刻跳了起來，他正巴不得去捕獵那些大象呢，而老實說我也正躍躍欲試，因為一槍不開地就讓這麼一群獵物白白走掉，實在讓我心有不甘。

我說：「好吧，我的夥伴們，我想我們是需要一些消遣。現在大家趕緊睡覺吧，因為我們在破曉前就必須動身，然後或許我們可以趁大象正在用餐還沒離開以前逮著牠們。」

其他人都表示贊同，於是我們各自開始休息的準備。古德將他的衣服脫下來抖了抖，把他的單片眼鏡與假牙放進褲袋裡，然後把每件衣服都整齊地疊好，放到不會被露水打溼的地方，也就是他防水布的某個角落下面。我和柯蒂斯爵士則沒那麼仔細就安頓好了自己，因此很快就蜷縮在我們的毛毯裡睡著了，一夜無夢。對旅行的人來說，無夢的睡眠就是旅途辛勞的最好回報。

睡啊睡，睡啊睡——發生了什麼事？

從水塘的方向突然傳來激烈廝殺的聲音，下一刻我們的耳邊就響起了一陣極可怕的咆哮聲。這些聲音的源頭不可能錯認，只有獅子才能夠發出這樣的聲響。我們全都跳起來朝水塘那邊望去，只見那個方向黃黑交雜亂成了一團，而那團東西正跌跌撞撞掙扎著朝我們而來。我們抓起步槍，把腳套進用未經硝製的獸皮所做成的鞋子裡，接著衝出棚屋。這時那團東西已經倒在地上滾來滾去，等我們抵達那裡時，那團東西已經不再掙扎，只是一動也不動地躺在地上。

現在我們終於看清楚那是什麼東西了。躺在草地上的是一隻公的黑馬羚——是非洲所有羚羊中最漂亮的一種，牠已經斷了氣，而被牠的巨大彎角所刺穿的，是一頭威風凜凜的黑鬃獅，同樣也已經死了。事情的經過顯然是這樣的：這隻黑馬羚來到水塘邊喝水，而獅子早已趴在那裡伺機以待——無疑是我們之前所聽到的同一頭獅子。在黑馬羚低頭喝水時，獅子猛然撲向牠，想不到卻正好被牠尖銳的彎角所刺穿。從前我就看過一次類似的事情。接著獅子因為無法脫身，所以就對著黑馬羚的後背與頸部拚命撕咬，恐懼與疼痛令黑馬羚陷入瘋狂，開始朝前狂奔，直到最後倒地身亡為止。

我們在仔細檢查過這兩頭野獸後，便吩咐幾個卡菲爾人和我們一起設法將這兩具屍體拖到棚屋。而後我們便走進棚屋躺下繼續睡覺，直至破曉都沒再醒來。

天空剛出現第一道曙光，我們就起身為狩獵做準備。我們帶了那三把八發的獵象槍、充足的彈藥及我們的大水壺，裡面裝滿了清淡的冷茶，我一直認為打獵時喝這種飲料最適合。吃了幾口早飯後，我們便出發了，隨行的人包括恩波帕、基瓦與溫特沃格。至於其他的卡菲爾人，我們也留下了指示，要他們剝下獅子與黑馬羚的皮，並將黑馬羚的肉切割成塊。

找到大象所留下的明顯痕跡並沒有任何困難，溫特沃格在經過一番查看之後說，這些痕跡是由二、三十頭大象所造成，其中大多是成年公象。不過這群大象在夜間就已經離開了，而現在是早上九點，天氣已經很熱。透過被折斷的樹枝、殘缺不全的樹葉與樹皮，以及還冒著熱氣的糞便，我們知道我們距離牠們已經不遠了。

過沒多久，我們就看到了象群，如同溫特沃格所說，那群大象的數量介於二十至三十頭之間，牠們已經享用完早餐，正站在一塊窪地裡搧著牠們的大耳朵。那是幅很壯觀的景象，因為牠們和我們之間的距離只有將近兩百公尺。我抓起一把乾草往空中一拋，想試試風向，因為我知道一旦牠們聞到我們的氣味，在我們有機會開槍前，牠們就會逃之夭夭。在發現風是由象群那兒吹往我們的方向後，我們便躡腳悄悄接近，靠著遮掩，我們設法前進到了距離那群龐然大物不到大約四十公尺遠的地方。有三頭身形龐大的公象就站在我們的前方與側面，其中一頭長著又粗又長的象牙。我輕聲對其他人說，我會拿下中間那頭，柯蒂斯爵士對付左邊那頭象，至於古德則負責那頭有著粗大象牙的公象。

我低聲號令：「開槍！」

砰！砰！砰！三把重型獵槍齊聲發射，柯蒂斯爵士的那頭象重重地倒在地上氣絕身亡，子彈正中心臟。我的那頭跪了下來，我本以為牠馬上就要斷氣，可是下一刻牠又站了起來開始逃跑，一路橫衝直撞地從我身邊直接衝了過去。在牠逃跑時，我給了牠第二槍，打中牠的肋骨部位，這次牠終於徹底站不起來了。我迅速裝上兩發新子彈，跑到牠跟前，對著牠的腦袋又補上一槍，讓這頭可憐的野獸不用再繼續掙扎。

接著我轉身去看古德對付那頭巨大公象的情況，因為我在幫我的那頭象解脫時，曾經聽到帶著暴怒與疼痛的嘶吼聲。我來到上校身邊，發現他正處於極度興奮的狀態。原來那頭公象被子彈打中後，轉身就直接衝向了攻擊牠的人，古德幾乎沒來得及往旁邊躲開，而後那頭象繼續盲目地往前衝，從古德的身邊掠過，朝著我們營地的方向衝去。在此同時，受到極度驚嚇的象群已經往另一個方向奔逃而去。

接下來是要去追那頭受傷的公象，還是跟著象群走？我們討論了一會兒，最後決定採取第二項方案，然後便動身了，心想我們以後再也見不到那對粗大的象牙了。直至今日我還經常在想，要是我們的確再也沒見過那對象牙那該有多好。追蹤象群無須費多大的功夫，因為牠們留下的痕跡猶如在牠們身後開出了一條馬路一般，牠們在狂奔中輾壓過濃密的灌木叢，就像這些灌木叢是平坦的坦布其草一樣。

不過要追上牠們就是另外一回事了，我們在烈陽下奮力追趕了超過兩個小時後才發現牠們。除了一頭公象外，其他大象都站在一起，從牠們不安的樣子，以及牠們不斷舉起鼻子嗅聞空氣中味道的行為，我看得出來牠們正在警戒周遭的危險。

那頭獨自站立的公象位在象群這一方大約四十多公尺處，顯然是在幫大家放哨，距離我們則大約有五十多公尺遠。擔心牠會看到我們或聞到我們的氣味，而且如果我們試圖靠近，很可能會再次把象群嚇走，尤其是這片地帶相當開闊，我們被發現的機率很高，因此我們都瞄準了這頭公象，隨著我壓低嗓音的號令一下，三把槍齊聲開火。這三槍發揮了效果，那頭大象隨即倒地身亡。

象群再次受驚逃跑，不過對牠們來說，不幸的是，再往前大約九十多公尺就是一條河，或說是一條已經乾涸的水道，堤岸十分陡峭，這個地方與當年法國皇太子拿破崙四世在祖魯王國被殺的地點非常相似。

象群衝入了河道中，我們抵達河岸邊時，發現現場一片混亂，象群正拚命地想爬上對岸，空氣中充滿了牠們的嘶吼聲，就像如此多的人類一樣，牠們在驚恐中表現出自私自利的一面，一邊互相推擠，一邊發出尖利的嚎叫聲。現在我們的機會來了，我們以最快的速度不斷裝填子彈而後開槍，打死了其中五頭可憐的野獸，如果不是象群突然放棄爬上對岸的嘗試，掉頭沿著河道飛奔逃跑，我們必定可以將整群象一網打盡。不過大家實在太累了，無法再繼續追著牠們跑，或許也是有些厭倦了殺戮吧，一天內獵得八頭大象，收穫已經相當豐碩。

然後我們休息了一會兒，幾個卡菲爾人把兩頭死象的心臟挖了出來，準備用來做晚餐，接著我們便踏上歸途，對於自己今天的成果感到心滿意足，並決定了明天還要派遣挑夫過來把象牙給砍走。

在我們又一次經過古德射傷那頭年長公象的地點後不久，我們遇到了一群巨羚，不過因為手上已經有了很多獸肉，所以誰都沒有對牠們開槍。這群巨羚小跑過我們身邊，而後在大約九十多公尺外的一小片灌木叢後方停了下來，轉身看著我們。從未近距離看過巨羚的古德，迫不及待地想要靠近牠們仔細瞧瞧，於是就把他的步槍交給了恩波帕，帶著基瓦信步走向那片灌木叢。我們則坐下來等他，正好趁機休息一下。

正逢夕陽西下，天邊的晚霞絢爛火紅，我和柯蒂斯爵士欣賞著這幅美景。突然間，我們聽到大象的嘶吼聲，只見在太陽這顆巨大火球的映照下出現了一頭巨象的輪廓，牠的鼻尾高舉，正在往前狂奔。緊接著我們就看見另外一個情景，那就是古德與基瓦已經回頭朝著我們衝過來，而那頭受傷的公象就緊追在他們後頭——原來牠就是剛出現的那頭巨象。因為擔心打中他們其中一個，我們一時之間並不敢開槍，不過以那樣的距離，即使我們真的開槍也不會有什麼作用。

接下來可怕的事情發生了——古德跌倒了，被他對文明服飾的熱愛給害慘了。如果他同意像我們其他人一樣丟掉他的長褲與長統靴，改穿法蘭絨襯衫與生皮鞋去打獵，現在就不會發生這種事情了。不過現在情況已經如此，他的長褲在這場攸關生死的賽跑中妨礙了他的行動，不一會兒，在他距離我們大約五十多公尺時，他那雙被乾草擦得發亮的靴子一滑，導致他摔倒在地，正好趴倒在那頭大象的前面。

我們倒抽了一口氣，因為我們知道他必死無疑，然後我們都拚了命地朝他跑去。事情在三秒鐘內結束了，不過結果卻並非如我們所想。那名祖魯少年基瓦看到他的主人跌倒在地，這個勇敢的傢伙就轉身用力將手上的長矛擲向那頭大象的臉部。那根長矛直接刺進了目標，就卡在象鼻上。

那頭野獸痛得發出一聲嘶吼，抓住這名可憐的祖魯少年，將他狠狠摔到了地上，接著又抬起一隻大腳踩在他身體大約中間的位置，象鼻跟著捲住他的上半身，將他撕成了兩半。

我們驚恐萬分，瘋了似的衝上前去連連開槍，過沒多久，那頭大象便倒在基瓦破碎的屍體上。

至於古德，他爬了起來，雙手緊絞在一起，為了那位捨命救了他的勇士而悲痛不已，我儘管看多了生死離別，卻仍覺得喉嚨裡哽了個硬塊。恩波帕則站在那裡，凝視著這頭巨大的死象與可憐的基瓦支離破碎的遺體。

過了一會兒，他說：「唉，好吧，他已經死了，不過他死得像個男子漢！」

第五章　前進沙漠

我們一共殺死了九頭大象，花了兩天的時間才把象牙都割下來搬進營地裡，並小心地埋在一棵大樹下的沙土裡。這棵樹十分高大，在方圓幾里之內都會是很明顯的標記。這堆象牙的品質相當好，是我所見過最好的，平均每根象牙的實際重量都有二十公斤上下。至於殺死了可憐的基瓦的那頭巨象，牠的一對長牙重達將近八十公斤，與我們估計的差不多。

至於基瓦，我們將他的遺骸葬在某個土豚洞裡，還有一根長矛陪葬，讓他在前往一個更美好世界的旅途上，可以用這根長矛來保護自己。第三天我們再度上路，內心期盼著我們能夠活著回來挖出被我們埋起來的這些象牙。我們一路上並沒有太多耽擱，在歷經累人的長途跋涉，以及我沒有篇幅可以詳述的多次奇遇後，我們終於抵達了位在盧坎加河附近的西坦達村，也就是這次探險的真正起點。

我們到達那個地方時的情景我至今仍記憶猶新。右方是房舍稀疏的當地人聚居地，建有幾間石頭牛欄，在地勢較低的水邊還有幾塊耕地，這些原住民在耕地上種植穀物，但收成卻並不足以飽肚。更遠處是大片大片隨風起伏的「稀樹草原」，長滿了長草，一群群體型較小的動物正出沒其中。左方則是遼闊的大沙漠。這個地方看起來就像是右方豐饒地帶的前哨站。究竟是何種自然原因造成土質產生這種劇烈的變化，很難說得清楚，不過情況就是如此。

就在我們營地的下方流淌著一條小溪，小溪對岸是一片石頭斜坡，二十年前，可憐的西維斯特里試圖找到所羅門王的寶藏卻失敗以後，我看到他就是沿著同一片斜坡而下艱難地往回爬。越過那片斜坡，就是乾旱沙漠的起點，上面長滿了某種卡魯灌木。

我們紮營時已經是傍晚時分，太陽這顆大火球正逐漸沒入沙漠中，五光十色的耀眼餘暉灑滿廣袤無垠的沙漠。留下古德監督我們這個小小營地的布置，我帶著柯蒂斯爵士一同走上對面那片斜坡，站在坡頂，眺望眼前的這片茫茫沙漠。此時空氣十分明淨，在極遙遠的天際，我依稀分辨出蘇里曼山模糊的藍色輪廓，山頂還有幾處覆蓋著皚皚白雪。

我說：「就在那裡，那就是所羅門王寶藏的屏障，不過天知道我們爬不爬得上去。」

柯蒂斯爵士用他那種帶著沉靜自信的獨特語氣說：「我弟弟應該就在那裡。如果他真的在那兒，我一定會想辦法找到他。」

我回答：「希望如此。」說完我便轉身返回營地，卻發現站在這裡的不只我們兩個人。在我們的身後還站著那名高大的卡菲爾人恩波帕，他同樣正神情莊重地凝望著遠方的山脈。

這名祖魯人在看到我已經發現他時，便開口對他所依附的柯蒂斯爵士說：「你要去的就是那個地方嗎，因庫布（Incubu）？」（那些卡菲爾人幫柯蒂斯爵士取了「因庫布」這個當地名字，我相信這個詞的意思是大象。）他用手上的粗長鏢槍指向那座山。

我嚴厲地問他，他用那種放肆的語氣對他的主人說話是什麼意思。當地人幫他們之間的某個人取個外號是件很正常的事，可是如果他們用他們所取的粗野名字當面稱呼白人，那就很沒有禮貌了。這名祖魯人平靜地微微一笑，他的笑激怒了我。

他說：「你怎麼知道我和我所服侍的主人之間地位不是平等的呢？他無疑出身皇家，這點從他的體格與氣質就可以看得出來，說不定我也是呢。至少，我的身材和他一樣高大。喔，馬庫馬贊，當我的嘴巴，把我的話翻譯給我的主人因庫布聽吧，因為我還有話要對他和對你說。」

他讓我十分光火，因為我並不習慣有卡菲爾人用那種態度對我說話，不過不知怎麼的，他給了我十分深刻的印象，此外，我也好奇地想知道他到底想說些什麼。因此我就翻譯了他的話，同時也表達了我的想法，那就是他是個沒有禮貌的傢伙，還有他實在太過狂妄自大了。

柯蒂斯爵士回應說：「是的，恩波帕，我要去的就是那裡。」

「這片沙漠十分遼闊，裡面一滴水也沒有，那片山脈又那麼高聳，上面還覆蓋著白雪，此外，也沒有人說得出來在越過山脈以後，過了太陽所沉沒的地方會是什麼樣的情況。因庫布，你要怎麼去那裡？還有，你又為什麼要去呢？」

我再次翻譯了他的話。

柯蒂斯爵士回答：「告訴他，我之所以要去那裡，是因為我相信我的親人，我的弟弟，在我之前就已經去了那裡。我踏上這趟旅程就是為了找他。」

「原來如此，因庫布。我在路上遇到的一名霍屯督人告訴我，有個白人兩年前離開村子進了沙漠，帶著一名僕人往那些山的方向前進，那名僕人是個獵人，他們一直沒有回來。」

柯蒂斯爵士問：「你怎麼知道那個人是我弟弟？」

「不，我並不知道，不過在我問到那個白人長什麼樣子時，那名霍屯督人說，他有你的眼睛，又留著黑色鬍子。他還說和他在一起的那位獵人名字叫做吉姆，是位貝川納獵手，身上穿著衣服。」

我說：「絕對是他們沒錯，我和吉姆很熟。」

柯蒂斯爵士點了點頭，說：「我本來就很肯定是他們。喬治只要下定決心做某件事，通常都可以辦到。從他小時候開始就一直是這樣。如果他打算翻越蘇里曼山，除非遭遇某種意外，否則他現在必定已經過到山的另一邊了。我們必須到山的另一邊去找他。」

恩波帕聽得懂英語，只是他很少開口說。

他也表示了意見：「因庫布，這趟路程十分遙遠啊。」我翻譯了他的看法。

柯蒂斯爵士回應說：「是的，路的確很遠，不過在這個世上，只要下定決心，沒有走不完的旅程。恩波帕，只要有愛的指引，將自己的生命掌握在自己手裡，然後把生死置之度外，隨時準備好遵循上帝的安排活命或者喪命，那麼就沒有無法完成的事情，沒有無法攀越的高山，沒有無法橫越的沙漠，除非那座山或那片沙漠是你所不知道的。」

我翻譯了這段話。

「說得真棒，我的主人。」這名祖魯人（我老是叫他祖魯人，不過其實他並非祖魯人）回應說：「這種豪言壯語才是男人該講的話。我的主人因庫布，你說得沒錯。聽著，什麼是生命？生命猶如羽毛，猶如草籽，乘風飛向四方，也許會生根繁衍並在這個過程中死去，也許會隨風飛上天空。不過如果種子又好又飽滿，就能夠走在自己的路上偶爾前進一小段距離。嘗試走自己的路並與風抗爭是件好事。人終究會死，最糟糕的也不過是死得早一些罷了。我的主人，我會和你一起橫越沙漠，翻越山嶺，除非我不幸倒在了路上。」

他停頓了一會兒，接著繼續談興大發，滔滔不絕地揮霍著華麗的詞藻，祖魯人有時就喜歡這種奇怪的說話方式，對我來說，他們這時候說出來的話雖然有很多無謂的重複，內容卻很豐富，證明了這個種族絕不缺少詩性與智慧。

「什麼是生命？白人啊，告訴我，你們這麼聰明，了解這個世界的祕密、星星的世界的祕密，以及在我們上方的星星周遭的世界，你們不用出聲就能從遠方將你們的話給傳遞出去，白人，告訴我我們生命的祕密：生命究竟去向何處，又來自於何方？」

「你們無法回答我的問題，你們不知道答案。聽著，我會告訴你們答案。我們來自於黑暗，也將往黑暗而去。就像在夜間受到暴風雨驅趕的鳥兒一樣，我們從不知名的地方飛來，有一會兒我們的翅膀在火光中閃現，而後，瞧！我們又去了不知名的地方消失不見。生命什麼也不是，生命也是一切。生命是我們推拒死神的那隻手，是在夜晚發光、白日沉寂的螢火蟲，是牛隻在冬天所呼出的白色氣息，是奔馳過草原的那一小片陰影，到了日落時分便無處尋覓。」

在他停止說話後，柯蒂斯爵士說：「你真是個奇怪的人。」

恩波帕笑了，他說：「因庫布，對我來說，我們似乎非常相像。也許我也是要去山的那一邊找兄弟呢。」

我懷疑地看著他，問道：「你這話是什麼意思？你對於那些山知道些什麼？」

「很少，我知道得非常少。那裡有一片奇怪的土地，在那片土地上有巫術也有美麗的事物，有勇士，有大樹、溪流與雪峰，還有一條白色的大道。我曾經聽過那個地方。不過光是說有什麼用？天快黑了，那些有幸活著看到那裡的人自然能夠親眼目睹。」

我再一次用懷疑的眼光看著他，這個人知道的東西太多了。

他看出了我的懷疑，說：「馬庫馬贊，你不用擔心我，我沒有挖洞讓你們跳，也沒有任何陰謀。如果我們真的越過了在太陽後方的那片山脈，我會告訴你們我所知道的一切。不過，死神就坐在那片山脈上頭等著我們。如果你們夠聰明的話就回頭吧，去打你們的大象，我的主人。我要說的就是這些了。」

接著他便不再說話，只是舉起他的長矛致意，而後轉身返回了營地，不久後我們在營地裡發現他就像其他卡菲爾人一樣正在清理槍枝。

柯蒂斯爵士說：「真是個怪人。」

我回應說：「是啊，簡直太奇怪了。我不喜歡他那種小裡小氣的做法。他知道某些事情，卻不願意說出來，不過我猜跟他吵架應該也沒用。我們已經踏上這趟古怪的旅程，不論如何，多個神祕兮兮的祖魯人也不會造成太大的差別。」

隔天我們便開始做動身前的準備。當然，我們不可能拖著沉重的獵象槍與其他裝備橫越沙漠，所以，在遣散了我們的挑夫後，我們便與一名在附近有間牛欄的年老當地人做好安排，由他幫忙照管這些武器裝備，直到我們回來為止。把這些心愛的工具留給這個不老實的老原住民隨意擺布讓我非常擔心，我可以看到他那雙貪婪的眼睛正盯著這些工具瞧，不過我採取了某些預防措施。

首先，我將所有步槍都裝填了彈藥，讓它們處於隨時可以擊發的狀態，然後告訴他這些槍一碰就會發射。他立刻用我的八發獵槍做了實驗，結果槍枝真的發射了，當時他養的牛恰巧被趕進牛欄，子彈直接就在其中一頭牛身上打出了一個窟窿，更不用說他自己也被後座力震得摔了個倒栽蔥。他極其震驚地爬了起來，同時對損失了一頭牛非常生氣，還厚著臉皮要我賠償他的損失。不過如今再不會有東西可以引誘他去碰那些槍了。

他說：「把那些邪惡的東西挪開，放到屋頂上去，不然我們全都會被它們打死。」

然後我告訴他，在我們回來時，如果這些東西少了任何一樣，我會用巫術殺死他和他的親人。即使我們死了，如果他試圖把那些步槍占為己有，我的鬼魂會回來纏住他，讓他的牛發瘋，牛奶變酸，讓他的日子過得糟糕透頂，我還會放出那些槍裡的惡魔，要惡魔用他不喜歡的方式對他說話，總而言之，就是讓他清楚知道他如果偷東西會遭受什麼樣的報應。在我說完以後，他保證自己一定會就像照顧自己父親的靈魂一樣照看那些武器。他是個非常迷信的老卡菲爾人，但也是個大惡棍就是。

透過這種方式處理了多餘的裝備後，我們開始準備我們五個人——柯蒂斯爵士、古德、我自己、恩波帕與霍屯督人溫特沃格——在旅途中所要攜帶的隨身行李。我們準備的東西已經夠少的了，可是要完成我們想做的事，行李的重量還是無法減少到每個人約十八公斤以下。裝在裡面的東西包括：

那三把快槍與兩百發子彈。

那兩把溫徹斯特連發步槍（給恩波帕及溫特沃格用的）與兩百發子彈。

五個科克藍牌（Cochrane）水壺，每個水壺的容量達將近兩公升。

五條毛毯。

大約十公斤重的乾肉條——亦即曬乾的獸肉。

品質最好的各種珠子作為禮物之用，大約五公斤重。

精選出來的藥品，包括一盎司奎寧與一、兩件小型外科器具。

我們的刀、一些雜物，例如羅盤、火柴、小型過濾器、菸草、小鏟子、一瓶白蘭地，以及我們身上的衣物。

這些就是我們全部的裝備，就這麼一場冒險來說，東西確實少了點，但是我們不敢試圖帶上更多東西。的確，對每個人來說，要帶著這些負荷穿越熾熱的沙漠負擔都很重，因為在這種地方，只要增加一丁點的重量就會有感覺。不過我們實在找不到有什麼方法可以減輕行李的重量。我們攜帶的都是絕對必要的東西。

我費了九牛二虎之力，終於成功說服了三位可憐的當地村民陪我們走第一階段，也就是三十公里的路，我承諾他們每個人都可以得到一把上好的獵刀作為禮物，他們一人負責背一個大葫蘆，每個葫蘆都裝有四公升上下的水。我的目的是讓我們可以在經過第一晚的跋涉後（因為我們決定在涼爽的夜晚動身），重新灌滿我們的水壺。我告訴這些當地人，我們是要去打鴕鳥，在這片沙漠裡有很多鴕鳥。他們嘰嘰咕咕地說了幾句話，然後聳了聳肩說我們一定是瘋了，會渴死的，我不得不說，這點似乎很有可能成真。不過，因為他們很想要拿到那些在這裡是極其稀有寶物的獵刀，所以才同意跟我們一起上路，大概是在心裡想，畢竟，我們以後全部死光也不關他們的事。

第二天一整天我們都在休息睡覺，到日落時才吃了一頓豐盛的餐點，亦即新鮮牛肉佐茶，這頓茶喝的是我們最後的茶葉，古德感慨地說，我們恐怕會有很長一段時間都喝不到茶了。接著，在做好最後的準備後，我們便又躺了下來，等待月亮升起。大約九點鐘時，明月終於升空，皎潔的月光灑滿荒野，將我們面前高低起伏的廣闊沙漠染上了一片銀輝，使得沙漠猶如上方繁星密布的天空一樣，顯得莊嚴、靜謐，讓人感到神祕莫測。

我們站起身，在幾分鐘內便準備就緒，但我們又有些遲疑，因為人性就是如此，在即將踏出不可挽回的一步時，難免會猶豫不決。我們三個白人自己站在一塊兒，恩波帕則站在我們前方幾步遠，手上握著長矛，肩上背著步槍，目不轉睛地向外眺望著沙漠。至於那些雇來的當地人，他們背著裝水的葫蘆，與溫特沃格一起一小群人站在後方。

這時，柯蒂斯爵士用他低沉的嗓音說道：「各位，我們即將踏上在這世上可說是史無前例最不尋常的旅程。我們是否能走完這趟旅程，其實十分令人懷疑。不過，不論是福是禍，我們三個人都會站在一起一同面對直到最後。現在，在我們出發以前，讓我們花點時間向掌管人類命運的上帝禱告，長久以來，上帝一直決定著我們的方向，祈求祂依照祂的意願指引我們的腳步。」

他摘下他的帽子，雙手摀臉，就這樣持續了一、兩分鐘，我和古德也照做了。

我不會說自己是最善於祈禱的人，很少有獵人是，至於柯蒂斯爵士，我以前從未聽過他這樣說話，至今唯獨這麼一次，不過在他內心深處，我相信他是非常虔誠的。古德雖然常罵髒話，但也十分篤信上帝。不論如何，除了單單某一次，我不記得自己這輩子曾經說過比那一分鐘所說更虔誠的禱告詞，而不知怎麼的，我因此覺得心情得到了撫慰。我們的未來如此禍福難料，我想未知與畏懼總能讓人與造物主更接近。

柯蒂斯爵士說：「好了，現在——出發！」

於是我們便上路了。

除了遠方的山脈與老西維斯特里所畫的圖外，我們沒有任何東西可以指引方向，而考慮到老西維斯特里的圖是在三百年前由一個半瘋狂的臨死之人所畫，又是畫在亞麻布片上，這張地圖並不是非常令人滿意的參照資料。不過，儘管如此，我們成功的唯一希望仍寄託在這張地圖上。

如果我們無法找到老西維斯特里閣下所標記的那個位在沙漠中間的髒水塘，那裡距離我們的出發地有將近一百公里，距離蘇里曼山脈也同樣遠，十之八九我們肯定會悲慘的渴死。不過對我來說，在由沙礫與卡魯灌木叢所構成的那片遼闊沙海中，我們發現那個水塘的可能性似乎微乎其微。即便假定老西維斯特里正確標記了那個水塘，那裡又有什麼可以防止它在多年前就因為日曬而乾涸？或被野獸踩壞？或被流沙所埋沒？

我們腳步沉重地在夜裡默默前進，走在厚厚的沙上，猶如一群幽靈。絆腳的卡魯灌木叢減緩了我們的速度，老有沙子鑽進我們的生皮鞋與古德的獵靴裡，因此每走幾公里，我們就必須停下來把沙子倒乾淨。不過，雖然空氣十分悶塞沉重，給人某種黏糊糊的感覺，但夜晚仍一直相當涼爽，因此我們前進得還算順利。沙漠裡非常安靜寂寥，確實令人感到壓抑。古德也有這種感覺，就吹起了口哨，是〈被我拋下的女孩〉（The Girl I Left Behind Me）這首曲子，不過在那個遼闊的地方，這首曲子的曲調聽起來十分悲涼，因此他便停了下來。

不久後發生了一件小事，雖然這件事在當時嚇了我們一跳，卻也引得眾人大笑。古德拿著羅盤走在最前面，身為海軍，他當然極其熟悉羅盤，而我們則排成一列艱難地跟在他後頭。突然間，我們聽到一聲驚叫，然後他就不見了。

緊接著我們四周就響起了極為奇特的吵鬧聲、噴鼻聲、呻吟聲，以及瘋狂的奔跑聲。此外，在昏暗的光線下，我們還可以隱約看到有許多疾馳的身影半遮掩在沙丘之後。幾個當地人丟下身上背著的東西準備逃跑，但因為記起那裡根本無處可逃，因此就猛然趴倒在地上，大叫著有幽靈。

至於柯蒂斯爵士和我自己，我們只是吃驚地站在原地，令我們同樣訝異的是發現了古德的身影，他顯然正騎在馬背上，嘴裡瘋狂地大聲呼喊著，朝著蘇里曼山脈的方向飛馳而去。緊接著，他舉起雙臂，接下來我們就聽見他砰的一聲摔到地上的聲音。

於是我才明白發生了什麼事：我們撞上了一群正在睡覺的斑馬，古德竟然直接跌坐到了其中一匹斑馬的背上，這匹斑馬自然一下子就站起身馱著他逃跑了。我一面大喊著告訴其他人沒事了，一面跑向古德，心裡非常擔心，唯恐他受了傷，不過，結果我發現他就坐在沙地上，眼鏡仍舊穩穩地戴在臉上，只是人被嚇得不輕，渾身發抖，可是完全沒有受傷，讓我鬆了好大一口氣。

之後我們繼續前進，一路上沒有再發生任何意外，直到大約一點鐘時，才暫時停下來喝點水，因為水十分珍貴，所以喝得不多。我們休息了半個小時，接著再度上路。

我們不斷往前走，直到東方終於如同女孩的臉頰一般開始泛起紅暈。接著出現微弱的淡黃色光線，不一會兒便轉變為金色的光芒，就在這個過程中，曙光漸次灑滿了沙漠。星光逐漸黯淡，直到終於消失，金色的月亮也逐漸蒼白，月球上起伏的山脊在月娘蒼白的臉龐上顯得十分突出，彷彿將死之人的顴骨一般。接著一束束的光芒從遠方照射在一望無垠的荒野上，穿透並蒸散了遮掩的薄霧，最後閃耀的金色光輝籠罩住整片沙漠。白晝就此來臨。

雖然這個時候我們應該會非常樂意停下來休息，不過我們並沒有這麼做，這是因為我們知道，太陽一旦完全升起，我們就幾乎不可能再繼續前進。最後，在大約一小時後，我們發現一小堆巨大的岩石豎立在曠野中，於是我們便拖著沉重的身軀往那裡移動。幸運的是，我們在這裡看到了一片垂懸著的石板，石板下方鋪著細沙，極適合用來躲避熾熱的陽光。我們鑽進石板底下，每個人都喝了些水，吃了點肉乾，接著躺了下來，沒多久便鼾聲此起彼落，進入夢鄉。

我們一覺睡到下午三點過後醒來，發現搬運工正準備打道回府。他們已經看夠了沙漠，不論多少把刀都無法吸引他們再往前多走一步。我們於是盡情地喝水喝到飽，清空了我們的水壺，再次用他們背來的葫蘆裡的水灌滿水壺，然後目送他們離開，自己跋涉三十公里路回家。

到了四點半，我們也出發了。一路上十分孤單寂寞，因為除了幾隻鴕鳥，在一望無際的沙原上，連一隻活著的動物都看不到。顯然沙漠對動物來說太過乾燥，而除了一、兩條看起來十分致命的眼鏡蛇外，我們也沒看到任何爬蟲類。不過，我們發現有種昆蟲倒是很多，那就是常見的家蠅。它們的出現，如同我想在《舊約聖經》哪個地方曾說過的：「並非單槍匹馬，而是成群結隊。」[1]家蠅是一種令人十分驚奇的昆蟲。不論你去哪裡，都可以找到家蠅的蹤跡，因此這種昆蟲必定已經存在很久。我曾經看過一隻被封在琥珀裡的家蠅，有人告訴我那塊琥珀是在五十萬年前所形成，而那隻家蠅看起來就跟它今日的後代長得一模一樣。我毫不懷疑，在地球上最後一個人類躺在地上奄奄一息時，家蠅還是會繼續圍著他飛來飛去（如果這件事正好發生在夏天的話），找機會停到他的鼻子上面去。

到了日落時分，我們暫時停下腳步，等待月亮升起。最後皎月升空，如同往常一般既美麗又寧靜，接下來，除了在大約凌晨兩點時又暫停歇息，我們整晚都帶著疲憊不斷跋涉前進，直到受人歡迎的太陽終於終止了我們的步伐為止。我們喝了點水後就直接栽倒在沙上，已經完全累垮了，所以沒多久就全都睡著了。

無須安排人警戒，因為在這片無人居住的遼闊沙原上，我們不用擔心任何人或任何事情。我們僅有的敵人就是炎熱、乾渴與蒼蠅，不過我寧可面臨來自人類或野獸的任何威脅，總比面對這可怕的三害要好得多。這次我們沒那麼幸運了，沒有找到可供遮蔽的岩石，能保護我們免受驕陽曝曬之苦，結果就是我們在大約七點鐘時醒來，體驗了一把想必與烤架上的牛排完全相同的感受。我們實實在在地被烤了個徹底。烈陽似乎想將我們體內的每一滴血都給烤乾。我們坐了起來，熱得直喘氣。

我一面趕著正繞著我的頭嗡嗡飛舞的蒼蠅，一面說：「唉唷！」炙熱對牠們毫無影響。

柯蒂斯爵士說：「我的天！」

古德跟著說：「熱死了！」

的確，天氣實在很熱，而且沒有一點兒可以遮蔭的地方。環顧四周，沒有任何岩石或樹木，除了無止盡的刺眼陽光外什麼也沒有，沙漠表面如同熾熱的爐子一般，上方有熱浪蒸騰，使得耀眼的陽光更加令人頭暈目眩。

柯蒂斯爵士問：「怎麼辦？這樣下去，我們不可能堅持得了太久。」

大家一臉茫然地你看我我看你。

古德說：「我想到了，我們必須挖個洞躲進去，然後用卡魯灌木叢把自己遮蓋起來。」

這項建議似乎並不是非常可靠，不過至少比什麼都不做來得好，因此我們便開始幹活。我們用帶在身邊的小鏟子往地上挖，加上雙手的幫助，過了大約一個小時，我們便成功地挖出了一個坑，大約三公尺長，三點五公尺寬，零點五公尺深。接著我們用獵刀砍了許多低矮的灌木，然後鑽進坑裡，將灌木拉到我們所有人的身上，只有溫特沃格除外，他是霍屯督人，這點熱對他並沒有特別的影響。這樣一來，我們終於有了些許遮掩，可以少受點陽光的烤曬，可是在這個由業餘人士所挖的墓穴裡，空氣的品質可想而知，那種滋味實在難以言

1. 原編註：讀者必須小心，不能直接認定夸特梅恩先生提到的出處就是準確的，我們已經發現有些人有這種傾向。雖然他閱讀的書籍顯然十分有限，但是這些書籍在他的腦海裡所留下的印象卻已經混淆在一起。因此對他來說，《舊約聖經》與莎士比亞這兩種權威是可以互換的。

傳。和它相比，就連印度加爾各答的黑洞監獄必定都猶如小孩子的玩意兒。

的確，直到現在，我還是不清楚我們那時是怎麼活著熬過那一天的。我們躺在那裡喘氣，不時用所剩無幾的水潤潤嘴唇。如果順著我們的欲望，早在躺進坑裡的頭兩個小時，我們就會喝光了手上所有的水。不過，我們必須發揮最大的自制，因為我們知道，假使把水喝光了，沒過多久我們必然就會悲慘地渴死。

然而，只要你活得夠久，就能看到凡事都有終結的一日，而那個悲慘的一天以某種方式緩慢持續到了傍晚。在大約下午三點時，我們覺得自己再也受不了了。相較於在那個可怕的坑洞裡慢慢被酷熱與乾渴折磨到死，不如乾脆死在路上還比較好。因此在每個人都喝了點快速減少的水後（現在水的溫度已經大約和人體血液的溫度相等了），我們便開始蹣跚前行。

那時我們已經走了大約八十公里的荒野路，假如各位讀者看看老西維斯特里那張粗略的地圖與翻譯，就會發現根據上面的標記，橫越這片沙漠要走四十里格的路，而「髒水塘」就位在大約中間的位置。四十里格相當於今日的大約一百九十公里，因此如果真有水塘存在，我們再走最多不超過二十到二十五公里，必定就能到達那裡。

整個下午我們都緩慢而艱難地往前走，每小時的前進速度幾乎都不到二點五公里。日落時我們又停下來休息，等待月亮出現。在喝了一點水以後，我們便強迫自己小睡片刻。

在我們躺下以前，恩波帕伸手一指，我們隱約看到在大約十三公里外的平地上有座很小的小山丘。離得這麼遠，那座山丘看起來就像座蟻丘。我在倒頭即將睡著時，開始思索那座山丘有可能會是什麼。

隨著明月東升，我們又繼續前行，感覺自己實在已經筋疲力盡，又飽受乾渴與皮膚灼熱刺痛的煎熬。沒有親身體驗過的人，無法明白我們究竟經歷了些什麼。我們再也無法正常行走，只能拖著步子蹣跚前進，不時因為體力不支而摔倒在地，必須大約一個小時就停下來歇息片刻。大家剩餘的體力少到幾乎連話都講不出來。在此之前，古德一直十分健談有說有笑的，因為他是個樂天的傢伙，不過現在他一個笑話也說不出來了。

大約兩點鐘時，大家的體力與意志力都已經到達了極限，這時，我們終於來到了那座古怪的山丘，或說沙丘的山腳下，這座沙丘乍看像是一座巨大的蟻丘，大約有三十公尺高，底部則佔地將近八十一公畝。

我們在這裡休息了一下，因為實在是太渴了，就把最後一丁點兒的水都喝掉了。每個人儘管都渴得可以灌下將近四公升的水，但如今一人卻只有兩百多公撮的水可以喝。

然後我們都躺了下來。就在我即將睡著時，我聽見恩波帕在用祖魯語自言自語：

「要是明天還找不到水，在月亮升起以前我們全都會死。」

儘管天氣炎熱，我還是禁不住打了個冷顫。想到自己很有可能以這種可怕的方式死去，令我的心情十分沉重。不過即使是這樣的念頭，也無法阻止我沉入夢鄉。

第六章 水！水！

兩個小時後，也就是在大約四點鐘時，我醒了過來，因為一旦迫切的首要需求，亦即緩解身體的疲憊獲得了滿足，我一直忍受著的折磨人的乾渴就開始發威了。我沒辦法再繼續睡下去，一直夢見自己沐浴在潺潺的溪流中，長滿綠草的堤岸掩映在綠蔭之下，然而等我醒來，卻發現自己身處這片乾燥的荒漠中，而且還記得恩波帕所說的話，那就是如果我們今天找不到水，就必定會悲慘地渴死。在這種酷熱中，沒有水，沒有一個人類可以活得了多久。我坐了起來，用乾燥粗糙的手抹了抹自己髒兮兮的臉，我的嘴唇與眼皮都黏在一塊兒，使勁揉搓了一陣子才有辦法張開。黎明將近，天空中卻看不見一絲曙光，空氣裡充斥著我無法描述的燥熱與沉悶。其他人都還沒醒。

不久後，天開始亮了起來，亮到可以看書了，因此我就拿出了一本隨身攜帶的《英戈爾茲比文集》的口袋書，開始看起〈漢斯的寒鴉〉（The Jackdaw of Rheims）這首詩[1]。在我看到：

可愛的小男孩抱著金水壺，

壺上刻有浮雕，壺內裝滿了純淨的清水，
如同流淌在漢斯與納木爾（Namur）之間的河水一般純淨。

我禁不住咂了咂自己乾裂的嘴唇，或更確切地說是試著要咂。光是想到那些純淨的水，就讓我幾欲發狂。就算是紅衣主教拿著他的鈴鐺、經書與蠟燭站在這裡，我也會衝上前去喝掉他的水[2]。沒錯，即使他已經將水壺裝滿了「可供教宗洗手」的肥皂水，而且我也知道如果我這麼做，基督教會的聖咒將整個加在我身上，我還是會將那壺水一飲而盡。我幾乎覺得自己一定是因為乾渴、疲倦與飢餓而有點精神恍惚了，因為我已經開始在幻想，紅衣主教、可愛的小男孩與寒鴉在看到一名幾乎被烤焦、有著棕色眼睛與灰白頭髮的小個兒獵象人突然闖進他們之間，把他髒兮兮的臉埋進盆裡，喝掉盆內每一滴珍貴的水時，會顯得如何震驚。這個想法令我心情極為愉快，我因此笑了出來，或更確切地說是大聲地格格發笑，吵醒了其他人，他們於是也開始抹起了自己的髒臉，費力張開他們黏在一起的嘴唇與眼皮。

待所有人都完全清醒後，我們開始討論眼前這個相當嚴峻的情況：一滴水都沒剩了。我們將水壺倒過來，舔了舔壺口，可是哪裡有水的影子；壺口乾得跟骨頭一樣。古德負責保管

1. 這首詩描述的是有隻寒鴉偷了紅衣主教的戒指，最後被封為聖人的故事。
2. 「鈴鐺、經書與蠟燭」意指拉丁基督教將人逐出教會的儀式。

那瓶白蘭地，便將它拿了出來，一臉渴望地看著它；不過柯蒂斯爵士立即將酒瓶從他手中奪走，因為這時候喝純酒只會讓我們加速邁向死亡。

他說：「如果找不到水，我們就死定了。」

我說：「如果老西維斯特里閣下的地圖可信，這附近應該有水。」不過似乎沒人因為我說的話而感到寬心。對於這張地圖，顯然不能抱持很大的信心。天漸漸亮了，在我們坐在那裡迷惘地相互對視時，我注意到那名霍屯督人溫特沃格站了起來，開始到處走來走去，眼睛還盯著地上看。過沒多久，他突然停了下來，指著地面從喉嚨裡發出一聲驚叫。

我們喊道：「怎麼了？」隨即同時起身向著他站立並盯著沙地看的地方走去。

我說：「嗯，是跳羚不久前留下的蹄印，有什麼問題嗎？」

他用荷蘭語回答：「跳羚不會離水太遠。」

我回應說：「沒錯，我居然忘了這一點，真是感謝上帝。」

這項小發現為我們注入了新的活力，一個人身陷絕望時，即使只有一絲希望也會緊緊抓住，並幾乎感覺到快樂，實在是很不可思議。在黑夜之中，哪怕單單只有一顆星星，也比什麼都沒有來得好。

這時溫特沃格聳起了他的獅子鼻，死命地嗅著炎熱的空氣，猶如一頭察覺到危險的年老雄飛羚。不一會兒，他再度開口說話。

他說：「我聞到了水氣。」

我們聽了都欣喜若狂，因為我們知道這些生長在野外的人具備多麼敏銳的直覺。

就在這時，似火的驕陽升起，將極為壯麗的景致呈現在我們眼前，令我們震驚得一時甚至忘記了乾渴。

示巴女王雙峰山就聳立在那裡，距離我們不超過六十五到八十公里，在晨曦的輝映下銀光閃爍；而從雙峰兩側向外綿延數百公里的，就是巍峨的蘇里曼山脈。我此刻坐在這裡，努力想要描繪那副景象的壯麗非凡，文字卻似乎難以表達於萬一。即使關於這副景象的記憶歷歷在目，對此我仍是無能為力。

在我們正前方，屹立著兩座高山，我相信即使在這個世上確實有其他類似的山，但是在非洲，這兩座山卻是絕無僅有的，它們每一座都有至少四千五百公尺高，彼此間相距不超過二十公里，由一段陡峭的岩壁連接在一起，白色的山峰莊嚴矗立，峰頂直入雲霄，令人敬畏。這兩座山如此聳立，猶如一扇巨大的門的兩根門柱，形狀就像女性的胸部，有時山腳下的霧氣與陰影會形成一名女性的輪廓，她神祕地戴著面紗，橫臥在那裡沉睡。山峰的底部從平原上緩緩隆起，從這麼遠的距離望過去顯得十分平緩圓滑，頂上有被白雪所覆蓋的巨大圓丘，正對應了女性胸部上的乳頭。延伸連接兩座山峰的峭壁似乎有一、兩千公尺高，異常陡峭，而在目光可及之處，山峰的每一側都是同樣陡峭的峭壁不斷延伸，只在間或幾處被平坦的平頂山所阻斷，這些平頂山有點像世界知名的開普敦桌山（Table Mountain）。順帶一提，平頂山這種山形在非洲十分常見。

想要完整描繪那副景色的壯麗雄偉，委實超出我的能力所及。那群巨大的火山——它們無疑是死火山——帶給人某種無法形容的莊嚴肅穆之感，令我們震懾敬畏。有一會兒，晨光照射在白雪及其下隆起的褐色山體上，接著，就像要將這副壯觀的景象遮掩起來，避開我們好奇的窺探一般，奇異的雲霧圍繞著這群山巒愈聚愈多，愈來愈濃，直到過沒多久我們就只能看到它們聖潔高大的輪廓了，透過這層輕軟的遮罩，這群山峰看起來十分神祕。的確，後來我們才發現，這些山通常都是像這樣隱沒在薄紗般的霧靄之下，這無疑就是我們先前一直無法將它們看得更清楚的原因。

示巴女王雙峰山才剛隱沒在雲霧的籠罩中，我們的乾渴就再度發威——這問題真的已經迫在眉睫。

溫特沃格說他聞到了水氣，令我們非常開心，可是不論往哪個方向看，卻都完全看不到水的蹤影。在目光所及的範圍內，除了乾燥滾燙的熱沙與卡魯灌木叢外，什麼也沒有。我們繞過沙丘，焦急地朝另一邊探望，但結果還是一樣，找不到一滴水；沒有任何跡象顯示這附近有水窪、水池或泉眼。

我氣憤地對溫特沃格說：「你這個傻瓜，根本沒有水嘛。」

不過他還是聳著他醜陋的獅子鼻繼續嗅著。

他回應道：「我真的聞到了，老板。空氣裡有水的味道。」

我說：「沒錯，雲裡面的確有水，而且從現在起大約兩個月以後，就會有雨水落下來沖洗我們的屍骨。」

柯蒂斯爵士若有所思地摸了摸自己的黃鬍子，提醒道：「也許水在山丘的頂上。」

古德說：「胡扯，誰聽說過有人在山丘頂上找到水的！」

我也表示意見：「我們去找找看吧。」於是我們便沿著這座山丘的沙坡往上爬，內心不抱一絲希望，恩波帕走在最前面。過沒多久，他停了下來，彷彿嚇呆了一般。

他用很大的聲音喊道：「這裡有水！」

我們急忙趕上他，千真萬確，就在這座沙丘最頂上的一個深坑中，真的有一個水塘。這個水塘是怎麼出現在這種奇怪的地方的？我們並沒有停下來探索這個問題，也沒有因為水塘烏黑的汙濁外觀而遲疑。那是水，或是很像水的液體，而這對我們來說已經足夠。

我們跳進深坑衝了過去，頃刻間就全都趴到了水塘邊，痛飲著那毫不誘人的液體，猶如那是給神明飲用的瓊漿玉液。天啊，真的是好一通暢飲！接著在我們喝飽了以後，我們扯掉衣服坐進水塘裡，好讓水滋潤一下我們乾裂的皮膚。哈利，我的兒子，你只要轉開兩個水龍頭，就可以從看不見的巨大蓄水池裡召喚出「熱水」與「冷水」，因此你很難明白泡在那個泥濘水塘的難喝溫水裡，對我們來說是多大的享受。

過了一會兒，我們從水塘中站起來，感覺自己確實又活了過來，便開始啃我們已經有二十四小時幾乎無法啃上一口的肉乾，來填飽肚子。然後我們抽了一管菸，倒在這個受祝福的水塘旁邊深坑邊沿的陰影下，一覺睡到了中午。

那一整天我們都在水塘邊休息，儘管這個水塘的水又臭又髒，但我們還是很感謝自己的守護星讓我們有足夠的運氣可以找到這個水塘，我們也沒忘記對已經故去多年的老西維斯特里的在天之靈表示適當的謝意，多虧他在他襯衫尾端極為精確地記錄了這個水塘的位置。對我們來說，最棒的事情就是都過了這麼久，這個水塘卻依然還在，對於這種情況，我可以想到的唯一解釋就是，假定在沙丘的深處有某個泉眼，讓水塘的水得以補充。

在盡量讓自己喝飽了水，也將水壺盡可能地灌滿水以後，隨著月亮出現，我們精神抖擻地再次踏上旅程。那天晚上，我們走了將近四十公里，不過，不用說，雖然隔天我們運氣夠好，在某些蟻丘的後方發現了一小塊陰影，可是一路上卻再也沒有找到任何水源。

太陽升起，一時驅散了神祕的霧靄，蘇里曼山脈連同那兩座雄偉的雙峰山，現在距離我們只有大約三十二公里，彷彿正矗立在我們面前，看起來比以往更加巍峨。我們在接近傍晚時繼續前行，長話短說，到了隔天早上，在日光的照耀下，我們發現自己已經站在了示巴女王雙峰山左峰最低矮的斜坡上，也就是我們一直穩定前進的目標。

這時我們的水又一次消耗殆盡，我們正在承受乾渴的嚴苛考驗，此外，我們也確實看不出來除了抵達上方距離極為遙遠的雪線外，有任何解決這個問題的可能性。在休息了一、兩個小時後，折磨人的乾渴驅使著我們繼續前進，我們在酷熱之中，順著由熔岩凝固而成的山坡痛苦而艱難地往上爬，發現這座山龐大的底部完全是由熔岩層所構成，是由在某個遠古時期噴發自地球深處的熔岩所凝結而成。

不到十一點鐘，我們就已經筋疲力盡，而且整體而言，確實處於某種非常糟糕的情況。我們必須拖著身軀踩過的那些熔岩渣，雖然比起我曾聽說過的某些熔岩渣，例如位在亞森欣島（Island of Ascension）上的那些，我們腳下的熔岩渣在相較之下顯得相當平滑，但是一路上高低不平磕磕絆絆，還是讓我們的腳底疼痛難忍，這點加上我們面臨的其他困境，幾乎擊垮了我們。在我們上方幾百公尺處有幾塊巨大的熔岩塊，我們朝著這些熔岩塊前進，想要躺在它們的陰影下休息。在我們抵達那裡時，令我們驚喜的是（儘管瀕臨極限，但我們仍然剩有驚喜的能力），在附近的一小塊高地或隆起上，我們看到那裡的熔岩渣上覆蓋著濃密的綠色植物。顯然是火山岩分解後形成了土壤堆積在這裡，久而久之就成了鳥類播下的種子生長的溫床。不過對於這些綠色植物，我們並沒有進一步的興趣，因為人類不可能像巴比倫王尼布甲尼撒（Nebuchadnezzar）一樣，靠著吃草就能活下去。那必須要有上帝的特殊安排與獨特的消化器官才行。[3]

因此我們就坐到了岩石下開始喘息呻吟，此刻的我真希望我們從未開始這項愚蠢的任

3.《舊約聖經・但以理書》中，巴比倫王尼布甲尼撒因為太過自命不凡，因此受到上帝的懲罰，被趕離世人，如獸一般以吃草維生。

務。坐在那裡時，我看到恩波帕站了起來，步伐不穩地向著那塊綠地移動，幾分鐘後，令我極度震驚的是，我發現那個平常十分嚴肅的人居然像個瘋子一樣又跳又叫，手中還揮舞著某樣綠色的東西。我們都以疲憊的四肢所能發揮的最快速度急忙往他那裡挪動，希望他是找到了水源。

我用祖魯語大喊：「恩波帕，你這個傻小子，你找到什麼了？」

「是吃的和喝的，馬庫馬贊。」然後他再次揚了揚手裡那樣綠色的東西。

接著我看到他找到的東西了，那是一顆西瓜。我們偶然發現了一片野瓜田，裡面長有數千顆的西瓜，而且都已經熟透了。

我對就跟在我後面的古德大叫：「是西瓜。」沒一會兒他的假牙就咬在了其中一顆西瓜上。

我想我們每個人都吃了大概六顆西瓜才停了下來，雖然這些水果長得並不是很好，當時我卻覺得自己從沒吃過這麼好吃的東西。

不過西瓜並不能飽肚，我們用西瓜多汁的果肉緩解了身體的乾渴，還摘了一些西瓜用來降溫，也就是將西瓜切成兩半，反過來放置在大太陽下，透過這個簡單的過程利用蒸發出來的水分讓我們覺得涼快一些，而後，我們便開始感覺餓得不得了。我們還剩有一些肉乾，可是我們已經吃肉乾吃到開始覺得反胃了；此外，我們也必須盡可能地節省肉乾，因為誰也不知道自己什麼時候才能找到更多食物。就在這時，碰巧發生了一件幸運的事。我眺望沙漠，看到有一群大鳥正筆直朝著我們飛來，大約有十隻。

那名霍屯督人輕聲地說：「開槍啊，主人，開槍！」他立即趴倒在地上，我們也都學著他的模樣趴了下來。

接著我看清楚了，原來那些鳥是一群鴇，牠們會從我頭上不到五十公尺高的高空中通過。我拿起其中一把溫徹斯特連發步槍耐心等待，直到牠們幾乎要飛過我們頭上了，接著我便一躍而起。那群鴇一看到我，就如同我所預期的一般立刻聚攏在一起，我直接朝著鳥多的地方開了兩槍，幸運地打下了一隻，這傢伙體型不小，重量有將近十公斤。

半小時後，我們用乾瓜藤生了一堆火，這隻鴇就被架在火上烤，我們大口大口地狼吞虎嚥，就像一個禮拜都沒吃過東西一樣。我們把那隻鴇啃得一乾二淨，除了腿骨與鳥嘴外什麼都沒剩下，可是之後我們並沒有覺得肚子比原來飽了多少。

那天晚上我們再度隨著月亮的升起繼續往前走，身上帶著許多西瓜，盡我們所能地能帶多少就帶多少。我們一步步往上爬時，發現空氣變得愈來愈涼爽，這讓我們的上山之路輕鬆了許多。到了拂曉時分，就我們所能判斷，我們距離雪線最多不超過大約二十公里。

這時我們又發現了更多的西瓜，這下再也不用為了缺水而焦慮了，因為我們知道，沒多久就可以碰到一大堆雪。不過，現在上山的路變得十分陡峭，前進的速度非常緩慢，時速最多大約一點六公里。

此外，當天晚上，我們也吃掉了最後一口肉乾。至今除了那群鴇，我們再也沒有在山上看到任何動物。還有，考慮到上方白雪所覆蓋的面積不小，我們認為這些雪必定有融化的時候，因此，竟然沒有碰到任何的泉眼或溪流，這讓我們覺得十分奇怪。不過，如同我們後來所發現的，由於已經徹底超出我的解釋能力的某項原因，所有溪流都是從山峰的北面往下流的。

我們開始非常擔心食物的問題。我們已經逃脫了渴死的危險，但沒想到現在似乎很有可能會被餓死。直接拷貝我當時在筆記本裡所留下的紀錄，最能說明清楚接下來三天我們的悲慘經歷。

五月二十一日——早上十一點出發，發現天氣十分涼爽，可以在白天上路。隨身帶了些西瓜。一整天都前進得很艱難，不過沒再找到西瓜，顯然已經走出了它們生長的區域。沒看到任何一種動物。在太陽下山時停步，等待夜晚來臨，已經許多個小時沒吃東西了。夜裡冷到難以忍受。

二十二日——日出時再度出發，感覺頭很暈，身體很虛弱。一整天只走了大約八公里；發現幾處地方有雪，以雪充飢，其他什麼都沒吃。晚上紮營在某處高地邊上。冷到刺骨。每個人都喝了點白蘭地，大家擠在一起，緊裹著毛毯以免凍死。現在又餓又累，難受得不得了。擔心溫特沃格會在夜晚因凍餓而死。

二十三日——在太陽完全升起後，又一次艱難前行，凍僵的四肢稍微暖和了點。我們現在身陷可怕的困境，而我擔心，除非我們找到食物，否則今天將是這趟旅程的最後一天。不過白蘭地沒剩多少了。古德、柯蒂斯爵士與恩波帕還在頑強堅持，可是溫特沃格的狀況非常糟糕。就像大多數霍屯督人一樣，他受不了寒冷。飢餓的折磨並沒有那麼難以忍受，不過胃部有某種麻木的感覺。其他人說他們也有同樣的感覺。我們現在與連接雙峰山兩座山峰的陡峭熔岩鍊，或說熔岩壁處於相同高度，這裡的景色美極了。我們後方是閃閃發亮的沙漠向著地平線不斷延展，前方則是綿延數公里的硬滑積雪，整片積雪幾乎等高，卻又平緩地向上隆起，這座山的乳頭部位就位在積雪的中心，方圓似乎有數公里長，高大約一千兩百公尺，頂端直入雲霄。這裡看不見任何生物。上帝保佑我們，我擔心我們的死期已到。

日誌裡的內容我就摘錄到這裡，部分原因是這些內容讀起來並非十分有趣，也因為接下來所發生的事情需要更充分的說明。

五月二十三日那一整天，我們一直沿著雪坡艱難而緩慢地往上爬，不時躺下來休息一會兒。我們這群人看起來必定既奇怪又憔悴，身上背著重擔，拖著沉重的步伐走過眩目的雪原，還用飢餓的雙眼不斷梭巡四周。並不是這樣不斷的張望很有用，因為我們並未看到任何可以充飢的東西。那天我們前進的距離不超過十一公里。

就在日落前，我們發現自己正位在示巴女王雙峰山左峰的乳頭下，這是一座巨大平滑的雪丘，由凍雪所形成，一、兩千公尺高的丘頂直入雲霄。我們雖然身體已極其虛弱，卻仍不由得為眼前的壯麗景致所動容，夕陽的餘暉將白雪染上一處處血紅，又為我們上方的巨大圓丘戴上璀璨的王冠，襯托得眼前的風景甚至愈發光彩奪目。

過沒多久，古德氣喘吁吁地說：「我說啊，我們距離那位老先生提到的那個山洞必定不遠了才對。」

我說：「沒錯，如果真有那個山洞的話。」

柯蒂斯爵士呻吟著說：「走吧，夸特梅恩，別說那種話。我對那位閣下非常有信心。還記得那個水塘吧？我們應該很快就會發現那個山洞了。」

我安慰地回應道：「如果天黑前還找不到，我們必死無疑。事實就是如此。」

接下來十分鐘，我們在沉默中前進。恩波帕一直走在我旁邊，毯子裹在身上，皮帶繫得緊緊的，用他的話來說，是為了「讓自己感覺沒那麼餓」，這使得他的腰看起來如同女孩般纖細；突然間，他一把抓住我的手臂。

他說：「看那邊！」他指向圓丘隆起的一處斜坡。

我順著他的視線望去，發現在距離我們將近兩百公尺的雪坡上看似有個洞。

恩波帕說：「那就是那個山洞。」

我們以最快的速度往那個地方移動，那個洞果真是某個山洞的入口，無疑就是老西維斯特里所提到的那個山洞。我們的速度並沒有很快，就在我們抵達那個蔽身之處時，太陽已經以驚人的速度迅速隱沒，使得整個世界幾近一片漆黑，因為在這種緯度幾乎看不到黃昏的暮色。所以我們就鑽進了那個山洞，山洞看起來似乎不是很大，我們緊挨在一起取暖，喝掉剩下的白蘭地——每人僅有一小口的分量，試圖在睡夢中忘卻所有痛苦，可是因為天氣實在太冷，所以並未成功。

我敢肯定，在如此高的海拔，溫度計上所顯示的溫度不可能高於零下十四、五度。我們一路上飽受艱辛、飢餓與沙漠上酷熱的折磨，如今已疲憊不堪，因此這種溫度對我們來說代表了什麼？各位讀者可想而知，更勝於我一一細說。總而言之，當時我的感覺就是我們離凍死不遠了。我們坐在那裡一小時挨過一小時，度過這僵凍刺骨的一夜，感覺嚴寒在身邊遊蕩，一會兒是凍僵指尖，一會兒凍住雙腳，一會兒凍麻了臉頰。我們彼此間愈靠愈緊，卻無濟於事，飢腸轆轆的疲憊身軀感受不到一絲暖意。偶爾我們當中的一人會不安穩地睡上個幾分鐘，但都無法睡久，或許這是件幸事，因為如果真有人睡著了，我懷疑他是否會再度醒過來。的確，我認為那晚我們完全是靠著意志力撐著，才讓自己活了下來。

接近黎明時，我聽見霍屯督人溫特沃格深深地嘆了一口氣，他凍得牙齒整晚都如同響板一般喀喀作響。然後，他的牙齒不再發出聲音了。當時我對於這件事並沒有多想，只以為他是睡著了。他的背靠在我背上，感覺似乎愈來愈冷，直到最後簡直就像冰一樣。

隨著天光，洞裡終於開始變得灰濛濛的，接著金色的晨光照射在雪地上，最後耀眼的太陽也從熔岩壁上探出頭來，陽光探進洞裡，灑落在我們半冰凍住的身軀上，也灑在溫特沃格的身上，他坐在我們之中，已經凍得跟石頭一樣。可憐的傢伙，難怪他的背感覺那麼冰冷。

他在我聽見他嘆息的當時就死了，現在屍體已經差不多凍硬了。我們驚駭萬分，趕緊拖著身軀遠離這具屍體，留它獨自坐在那裡，手臂緊抱著膝蓋。多麼奇怪，我們這些凡人居然會因為有屍體相伴而感到如此驚恐。

這時冰冷的陽光（陽光在洞裡是冷的）直射入這個山洞的洞口。我突然聽見有人害怕地驚叫一聲，於是轉過頭去。

以下是我所看到的景象：有另一具軀體正坐在山洞的盡頭（這個山洞的深度不超過六公尺），頭垂在胸口，長長的雙臂垂落。我定睛細看，發現這也是具屍體，而且還是個白人。

其他人也看到了這具屍體，對我們已經快要崩潰的神經來說，這幅景象著實太過刺激。我們全都以我們半冰凍住的身軀所能達到的最快速度，連滾帶爬地逃出洞穴。

第七章 所羅門王大道

我們在山洞外停了下來，覺得自己實在有點蠢。

柯蒂斯爵士說：「我回去看看。」

古德問：「回去做什麼？」

「因為我突然想到，我們看到的可能就是我弟弟。」

這點可沒人想到過，於是我們再次進入山洞一探究竟。經受過洞外的明亮陽光，我們的眼睛就像直視過雪地般視力減弱，因此一時無法看清楚幽暗山洞內的情況。不過，不一會兒我們就適應了這種昏暗，於是我們便朝那具屍體前進。

柯蒂斯爵士跪下來仔細端詳那張臉孔。

他如釋重負地嘆了一口氣，說：「感謝上帝，這人不是我弟弟。」

然後我湊近一看。這是一名身材高大的中年男人的屍體，他有著深刻的輪廓，頭髮灰白，還留著很長的黑色八字鬍。蠟黃的皮膚緊緊包裹著骨頭。身上的衣服除了似乎是羊毛緊身褲的殘餘部分外，都已經剝除，使得這具如同骷髏般的屍體呈現赤裸狀態。此外，這具已經完全凍硬的屍體脖子上還掛著一個發黃的象牙十字架。

我說：「這到底是誰的屍體？」

古德問：「你猜不到嗎？」

我搖了搖頭。

「咦，肯定是老西維斯特里閣下的屍體啊，除了他還會有誰？」

我倒抽了一口氣，說：「不可能，他三百年前就死了啊。」

古德問：「那你告訴我，在這種環境下，就算他的屍體要保存個三千年又有什麼不可能的？只要溫度夠低，血肉之軀可以永遠保持得跟紐西蘭羊肉一樣新鮮，而天知道這裡有多冷。陽光從未照進過這裡，也沒有動物進到洞裡進行破壞。一定是他在信裡提到的那名奴隸脫掉了他的衣服，然後把他留在這裡。他自己一個人沒法把他埋起來。看！」他彎下身去撿起一根形狀怪異的骨頭，骨頭的末端被削得尖尖的，然後繼續說：「這就是老西維斯特里用來畫地圖的那根『裂骨』。」

大家一時之間目瞪口呆，在這對我們來說近乎奇蹟的驚人一幕中忘卻了自身所面臨的困境。

柯蒂斯爵士說：「嘿，那他的墨水想必就是來自這裡囉。」他指向屍體左臂上的一道小傷口。「這等事以前有人見識過嗎？」

大家對於這件事情不再有任何疑惑，就我而言，我承認這事真的令我驚愕不已。那名死者就坐在那裡，而他在幾百年前所留下的方向，指引我們來到了這個地方。我的手上正拿著他用來留言的那枝簡陋的筆，他的脖子上還掛著他臨死前親吻過的那個十字架。

看著他時，我可以在腦海裡勾勒出這樁戲劇性事件的最後場景：這名旅人由於飢寒交迫而生命垂危，卻掙扎著想將自己發現的驚天祕密告訴世人，他死於極度的孤獨之中，而證據就坐在我們的眼前。我甚至似乎可以從他那稜角分明的輪廓中，看出他與我可憐的朋友西維斯特里，也是他的後代的相像之處，二十年前，後者就死在我的臂彎裡，不過，或許這只是我的幻覺。

不論如何，他就坐在那裡，悲傷地提醒著大家命運就是如此，時常帶給那些意欲探索未知的人打擊，而未來他必定也會一直坐在那裡，帶著死亡的威嚴氣息，繼續再坐上幾個世紀，如果有任何像我們一樣的探險者再度闖進來打擾了他的孤寂，都會為他所震懾。儘管我們飢寒交迫、已經瀕臨死亡，但這件事吸引了我們全部的注意力。

柯蒂斯爵士低聲說：「我們走吧。等等，我們幫他找個同伴。」接著他抱起霍屯督人溫特沃格的屍體，將它放到了老閣下屍體的旁邊。然後他彎下腰，一把扯斷了掛在老西維斯特里脖子上那個十字架已經腐朽的細繩，因為他的手指已經凍僵，無法試著解開繩子。我相信那個十字架現在依然在他的手上。我拿了那枝骨筆，就在我下筆的這會兒，它就在我的面前——有時我還會用這枝筆來簽名。

接著，我們離開了這兩個人，一個是幾個世紀前的自傲白人，另一個則是那名可憐的霍屯督人，讓他們永遠守候在這片永恆的白雪中。我們慢慢走出山洞，進入宜人的陽光下，重新踏上我們的路程，心裡想著，不知道再過多少個小時，我們就會和他們有同樣的下場。

走了將近一公里後，我們來到這片高地的邊緣，雖然從沙漠的那一面看，這座山的乳頭部位似乎是隆起於高地的正中央，其實並非如此。我們看不到下方有些什麼，因為整片風景都隱沒在翻騰的晨霧中。

不過，過沒多久，上層的霧靄稍微散去了些，因此我們可以看到在一片長長的雪坡盡頭，有一塊綠色的草地，就位在我們下方大約四百六十公尺處，草地上有條小溪潺潺流過。不只如此，小溪旁還有一群大羚羊，牠們正沐浴在明亮的陽光下，有的站著，有的躺著，數量大約十到十五隻——從這麼遠的距離望過去，我們無法分辨究竟是哪種羚羊。

這景象令我們欣喜若狂。只要能到達那裡，就有許多食物可以充飢。不過問題在於，要怎樣才能做到這點？這些野獸距離我們足足有五百多公尺，這可是非常遠的射程，在開槍的結果可以決定生死時，我們實在無法將希望都寄託沒有把握命中的射程上。

我們很快討論了一下是否可以嘗試偷偷靠近這些獵物，但最後還是不情願地否定了這個計畫。首先，風向對我們不利，其次，我們必須穿越雪地，而不論多麼小心，在白得眩目的雪地上，我們肯定都會被發現。

柯蒂斯爵士說：「看來，我們必須從現在的位置嘗試看看。夸特梅恩，應該用哪把槍？連發步槍還是快槍？」

現在又有個問題。我們有兩把溫徹斯特連發步槍，恩波帕除了帶著自己的那把，可憐的溫特沃格的槍也在他身上。這兩把槍的射程遠達九百多公尺，然而快槍的射程卻只有三百多公尺，在超過這個距離的情況下使用快槍射擊，多少就得碰運氣了。另一方面，如果真的使用快槍，快槍的子彈由於是「擴張彈」，因此獵物中槍後倒下的可能性大了許多。這種情況真叫人左右為難，不過最後我拿定了主意，我們必須冒險使用快槍。

我說：「一人瞄準一隻正對著自己的公羚羊。對準肩膀部位，往高處瞄準。還有，恩波帕，你來發號令，所有人好一起開槍。」

接著一時沒人說話，每個人都在竭力瞄準目標，的確，在知道是否能夠活下去就看這一槍時，誰能不全力以赴呢？

恩波帕用祖魯語說：「開槍！」三把步槍幾乎在同一瞬間發出巨大的聲響，我們面前升起三團硝煙，一時不散，接著上百聲的回聲迴盪在寂靜的雪地上。不一會兒，煙霧散去，只見喔！太棒了！有隻強壯的公羚羊仰躺在地上，四腳猛踢地在做垂死的掙扎。

我們發出一聲勝利的大喊——我們得救了——不會再挨餓了。儘管身體虛弱不已，我們還是飛速衝下中間的雪坡，開槍後不過十分鐘，那隻動物的心臟與肝臟就擺到了我們面前。然而，現在又產生了一個新的問題，那就是我們沒有燃料，因此不能生火烹調這些內臟。我們沮喪地互望。

古德說：「快餓死的人實在不應該要求太多，我們必須直接吃生肉。」

要擺脫這個困境，沒有其他辦法，而我們所感受到的蝕骨般的飢餓感，使得這項提議不再如平時那般令人反感。因此我們便拿起了心臟與肝臟，先把它們埋進雪裡冷卻幾分鐘，接著在冰冷的溪水裡將它們洗乾淨，最後才狼吞虎嚥地吃了起來。聽起來相當嚇人，不過老實說，當時的我卻覺得自己從未吃過比那塊生肉更美味的東西。十五分鐘後，我們就跟換了個人似的，元氣與活力都回到了我們身上，原本微弱的脈搏又變得強而有力，血液也在我們的血管中不斷循環流動。不過，為了避免長期飢餓的腸胃最後吃了太多東西，我們都很小心不要吃太多，在還沒覺得飽的時候就停了下來。

柯蒂斯爵士說：「感謝上帝！那隻野獸救了我們一命。夸特梅恩，牠是什麼動物？」

因為我並不確定這個問題的答案，因此便起身過去觀察那隻羚羊。牠的體型和驢差不多，頭上長著巨大的彎角。我以前從未看過像牠一樣的動物，一身厚實的棕色毛皮，上面帶有淡紅色的條紋，我並不認識這種動物。後來我發現，住在這片美好地區的當地人將這些羚羊叫做「因考」（inco），牠們十分稀有，只有在其他動物都無法存活的高海拔地區才能發現牠們的蹤跡。這隻動物正好被打中肩膀偏高處，不過當然我們並無法查明讓牠倒下的是誰的子彈。古德一直念念不忘他打中長頸鹿的那奇蹟似的一槍，我相信他私底下必定同樣將這次的收穫也歸功於自己精準的槍法，而我們倒也沒有與他爭論。

我們一直忙著填飽肚子，因此先前都沒找時間觀察四周的環境。不過現在，在吩咐恩波帕依照我們的攜帶能力盡可能地去多割點最好的羚羊肉後，我們便開始探查周遭的情況。因為已經八點，在太陽的消融下，霧靄已經散去，因此面前的整片曠野可以一覽無遺。我不知該如何描述在我們眼前展開的壯麗全景。我以前從未看過這般的美景，我想以後也不可能再看到。

白雪皚皚的示巴女王雙峰山從後方俯瞰著我們，而下方，也就是距離我們所站位置約一千五百公尺處，則躺著一片連綿不絕、秀麗絕倫的原野。近處是一片片茂密高聳的森林，遠處有一條如銀帶般的蜿蜒大河。左方伸展著一片遼闊肥沃、隨風起伏的稀樹草原或說草地，我們可以勉強辨識出草原上有無數群的野獸或牲畜，但是在這麼遠的距離我們無法分辨是哪一種。遠方山脈似乎構成了一道牆，將這片草原圈在其中。右方的區域時有山巒起伏，也就是有一座座的孤丘自平地隆起，孤丘間是綿亙的耕地，可以看到其中坐落著成群的圓頂小屋。我們面前的風光猶如一幅圖畫，其中的河流彷彿銀蛇般閃閃發亮，形似阿爾卑斯山的山峰頭戴凌亂的雪冠宏偉矗立，到處都可以感受到明媚的陽光與大自然愉悅生命的氣息。

我們在欣賞美景時，突然注意到兩件奇怪的事情。首先，相較於我們所橫越的沙漠，面前的這片地區必定至少高出九百多公尺，其次，所有河流都是由南向北流。如同我們先前歷經千辛萬苦所發現的，腳下踩著的這片遼闊區域的南面完全沒有水，可是在北面卻有許多溪流，其中大多數似乎都匯流進在我們視線範圍內的那條大河，而後大河再蜿蜒流向超出目光可及的更遠處。

我們在地上坐了一會兒，靜靜地欣賞這片壯闊的景致。不久後，柯蒂斯爵士開口說話。

他說：「地圖上不是有標示著什麼所羅門王大道嗎？」

我點了點頭，雙眼仍在眺望著遠方的原野。

「嗯，看，那條大道就在那裡！」他指向我們的右前方。

古德和我順著他手指的方向看去，那兒似乎有一條寬廣的大路向平原蜿蜒而去。我們起初並未注意到這條道路，是因為它一進入平原就轉而隱沒在起伏的丘陵之後。大家一言不發，至少是並未多說；我們已經開始不再那麼容易感到驚奇了。不知怎的，在這片奇妙的土地上，即使發現了一條筆直的道路，似乎也不是特別不合常理。我們不過是接受現實罷了。

古德說：「嗯，要是我們直接抄右路，離大道必定近得很。我們最好趕緊動身吧。」

這項建議很有道理，因此我們在小溪裡洗了手臉後便依照建議行動起來。我們跨過巨礫，穿過一塊塊雪地，走了一、兩公里後，爬上一片小高地的頂端，突然發現大道就在我們腳下。這條壯觀的大道至少有十五公尺寬，是從堅硬的岩石中所開鑿出來的，而且顯然保存完好；不過奇怪的是，這裡似乎就是大道的起點。我們走下高地站到大道上，卻又發現大道消失在我們後方通往示巴女王雙峰山方向的百步之處，只見整座山的表面遍布著巨礫，還有塊塊雪地間雜其中。

柯蒂斯爵士問：「夸特梅恩，你覺得這是怎麼一回事？」

我搖了搖頭，無法解釋這一切。

古德說：「我知道了！這條路必定曾經跨越山脈延伸穿過另一邊的沙漠，可是沙漠裡的路卻被沙子完全掩埋了，而在我們上方的這段路則是被某個時候火山爆發噴發出來的熔岩給抹去了痕跡。」

這項推論聽起來很合理，不論如何，我們都接受了這項解釋，然後繼續往山下走。與先前橫越雪地跋涉上山時忍飢受餓又幾乎凍僵的情況相比，填飽了肚子沿著這條壯麗的大道一路下山，顯然是截然不同的兩回事。的確，儘管知道前方還有未知的危險，但假使不是想到可憐的溫特沃格的悲慘命運，以及他陪伴老西維斯特里閣下的那個恐怖山洞，沒有這些令人難過的回憶，此時我們應該會感到歡欣愉快才是。

每走一里路，天氣就變得更加溫暖宜人，更明媚秀麗的風光亦出現在眼前。至於大道本身，雖然柯蒂斯爵士說瑞士聖哥達隘口（St. Gothard）上的那條大路和它很像，但我從未看過這樣的工程。看來不論什麼困難都沒能難倒規劃出這條路的古代能工巧匠。我們在某處遇見一道溝壑，九十多公尺寬，至少三十公尺深。這道鴻溝竟然是用經過打磨的巨石加以填平，底部還有一條拱形水道穿過巨石，而宏偉的大道則從上方通過。另一處則是在一百五十多公尺高的峭壁壁面上開鑿出「之」字形的道路，還有一處是打穿了某座橫亙的山脊底部，挖出一條三十公尺左右寬的隧道。

我們在這裡注意到，隧道牆壁上刻滿了奇特有趣的圖案，大多是身著盔甲的人物正駕駛著戰車。其中有一面圖案尤其精美，呈現出完整的戰爭場景，遠方還刻有一隊正被押送離開的俘虜。

柯蒂斯爵士在審視過這面古代藝術作品後說：「嗯，將這條路稱作所羅門王大道是不錯，不過以我的淺見，在所羅門王的人踏足此地以前，埃及人早就來到了這裡。這面作品假如不是出自埃及人或腓尼基人之手，我敢說也十分類似。」

到了中午，我們已經往山下走了足夠長的距離，來到開始會碰見樹木的地方搜尋。起先遇到的只是稀疏的灌木，愈走樹木愈多，直到最後我們找到了蜿蜒穿過一大片樹林的道路，樹林裡的樹是銀色的，與在開普敦桌山的山坡上會看到的那些樹十分相似。我遊歷過許多地方，除了在開普敦，我以前從未在其他地方見過這種樹，在這裡看到這種樹令我驚訝不已。

古德帶著顯而易見的熱情察看這些葉子閃閃發亮的樹木，並且說道：「哎，這裡有好多樹耶，我們停下來做頓飯吧。我肚子裡的那顆生羊心已經消化得差不多了。」

沒人反對這項提議，於是我們便離開大路，朝位在不遠處的潺潺小溪走去。我們很快就用乾樹枝生起了一堆相當大的火，接著從隨身攜帶的「因考」肉上切下幾大塊肉，仿效卡菲爾人所做的那樣，將肉穿上尖樹枝的末端烤了起來，最後更吃得津津有味。填飽肚子後，我們點起了菸斗，讓自己好好享受一下，與最近所經歷的苦難相比，此刻的我們彷若置身天堂一般。

小溪在我們身邊輕快地哼唱，溪岸上密密地長滿了某種高大的鐵線蕨，一叢叢羽毛狀的野蘆筍間或點綴其中，輕風呢喃著吹拂過銀樹的樹葉，周圍有鴿子在咕咕叫著，長著鮮亮羽翼的鳥兒如同有生命的寶石一般掠過林間。這裡就是天堂。

這個地方的迷人魅力，加上深深領會到危險已被我們拋在身後，以及終於抵達了期盼已久的這片土地，讓我們好似陷入迷醉而一時無語。柯蒂斯爵士與恩波帕坐在那兒低聲交談著，不流利的英語和祖魯語混用，但談得十分認真，而我則半閉著眼躺在那片由蕨草所鋪成的芬芳草床上看著他們倆。

不久後我想起了古德，便四處望望想知道他的情況。沒多久我就發現他正坐在小溪的溪岸旁，他已經在溪裡洗了個澡，身上除了他的法蘭絨襯衫，什麼也沒穿，他天生的潔癖又發作了，正忙著盡可能地整理自己的儀容。他已經洗過他那馬來樹膠所製成的硬領，他的長褲、外套與背心也已經完全抖乾淨，現在正在把這些衣服整齊疊好，以便要穿的時候隨時可以穿，在看到衣服上大大小小的破洞與裂縫時，他難過地搖了搖頭，這些衣服上的孔洞自然是我們這趟艱險的旅程所造成的。接著他拿起了他的靴子，抓了一把蕨草用力擦拭，最後用一塊他特意從「因考」肉上保留下來的油脂塗抹靴面，直到相對來說，靴子看起來相當體面才罷手。在用他的單片眼鏡仔細檢查過成果後，他穿上靴子，開始進行新一項工作。他從隨身攜帶的一個小袋子裡取出一把小梳子，梳子上固定著一面小巧的鏡子，他對著鏡子檢視了一遍自己的模樣，顯然對結果很不滿意，因為他又開始十分細心地整理起自己的頭髮。然後他停了下來再次審視整理之後的效果，對結果還是不滿意。他摸了摸自己的下巴，上頭積攢了十天沒刮的鬍鬚長得十分茂盛。

我心想：「他應該不會試著現在刮鬍子吧？」但情況就是如此。古德拿著他剛用來幫他的靴子上油的那塊油脂，在溪裡徹底洗乾淨。接著再次伸手探進袋子裡，拿出一把上面有防護裝置的攜帶型小刮鬍刀，就是擔心會刮傷自己或即將出海旅行的人會購買的那種。然後他用那塊油脂用力地擦了擦自己的臉和下巴，接著就開始刮了。過程顯然十分痛苦，因為他一面刮鬍子一面還不住痛哼著。看著他和他那一臉又短又硬的鬍鬚搏鬥的樣子，我忍著心裡想笑的欲望忍到發抖。在這種地方，身處我們現在的環境，居然有人不怕費事地用一塊油脂來刮鬍子，實在是件極其怪異的事情。最後他成功地把他的右臉與下巴給刮乾淨了，這時正看著他刮鬍子的我，突然發現有道亮光從他的頭旁邊閃過。

古德罵了一聲跳起身（如果他手裡拿著的不是有防護裝置的刮鬍刀，他必定已經切開自己的喉嚨了），我也一躍而起，只是沒有作聲。以下便是我看到的情景：有一群人正站在距離我所在之處不超過二十步，離古德不超過十步外。他們身材高大，有著古銅色的皮膚，其中有些人頭戴長長的黑色羽飾，身上披覆著短豹皮；當時我就只注意到這些。在他們的前方站著一名大約十七歲的年輕人，他仍舊高舉著一隻手，身體向前傾，姿勢猶如希臘雕像中的擲矛手。顯然那道亮光是來自於他所投擲的武器。

在我觀察時，有位像是士兵的老人向前走出了人群，抓住那名年輕人的手臂對他說了些什麼。接著他們便向我們走了過來。

這時柯蒂斯爵士、古德與恩波帕已經抓起了他們的步槍，威脅般地舉起槍來。那群原住民仍舊繼續靠近。我猛然意識到他們根本不知道步槍是什麼東西，否則他們不會以如此輕忽的態度面對槍口。

我對其他人喊道：「把槍放下！」我明白我們安全的唯一機會就是和解。他們照我說的做了以後，我走向前，對著制止了那名年輕人的那位老人說話。

我用祖魯語說：「你好。」我不知道應該使用哪種語言。令我驚訝的是，他聽懂了我所說的話。

那位老人回應：「你好。」的確，他說的並不是同一種方言，卻與祖魯語極為接近，因此不論是恩波帕或我自己對於理解他所說的話都毫無困難。確實，如同我們後來所發現的，這個民族所說的語言是某種古祖魯語，其與祖魯語之間的關係，大概等同於英國中世紀詩人喬叟（Chaucer）的英語與十九世紀的英語之間的關係。

他繼續說道：「你們是從哪兒來的？你們是誰？還有為什麼你們之中有三個人的臉是白色的，而第四個人的臉卻如同我們的母親所生的孩子一般？」他指向恩波帕。我在老人說話時看著恩波帕，然後我的腦海裡突然閃過他說得沒錯。恩波帕的臉就像是我面前這些人的臉，他的高大體格也與他們相似。不過我並沒有時間仔細琢磨這項巧合。

我用非常慢的語速回答，以便他能夠了解我所說的話：「我們來自外面，抱著和平的想法而來。至於這個人則是我們的僕人。」

他回說：「你說謊。沒有外來者能夠通過那片一切都會消逝的山脈。不過你就算說謊又有什麼關係？——如果你們來自外面，那麼你們就得死，因為沒有外來者可以活在庫庫安納人的土地上。這是國王所制定的法律。喔，準備受死吧，外來者！」

聽了這段話，我感覺有些訝異，尤其在我看到這群人中有些人的手正偷偷地往下伸到他們的腰側時，我更是感到十分錯愕，他們的身體兩側各掛了一把在我看來像是十分沉重的大刀。

古德問：「那個傢伙在說什麼？」

我冷著臉回答：「他說要殺掉我們。」

古德咕噥了一句：「喔，上帝！」接著，就像他在覺得事情難辦時所會有的習慣，他把手伸向他的假牙，把上排假牙拉下來，再讓假牙啪地一聲彈回他的嘴裡。這項舉動對我們來說極其僥倖，因為在下一秒，那群神色凜然的庫庫安納人便同時發出一聲驚叫，然後飛快倒退了幾公尺。

我說：「發生了什麼事？」

柯蒂斯爵士興奮地低聲說道：「是他的牙齒，他剛剛動了他的假牙。把假牙拿出來，古德，拿出來！」

古德照著做了，然後把假牙塞進他法蘭絨襯衫的袖子裡。

經過片刻，好奇心戰勝了恐懼，那群人又慢慢向前移動。顯然他們現在已經忘了原本要殺死我們的友好打算。

那位老人嚴肅地問說：「喔，外來者，那是怎麼回事？這個胖子（他指向古德，古德身上除了靴子與一件法蘭絨襯衫什麼也沒穿，他的鬍子更是只刮了一半）他穿著衣服卻光著腿，蒼白的臉上一邊長著鬍子另一邊卻沒長，還戴著一隻亮晶晶的透明眼睛——我問你，究竟是怎麼回事？他的牙齒居然可以自己移動，離開嘴巴以後又自動回到原位？」

我對古德說：「張開你的嘴巴。」他立刻噘起嘴唇，然後像隻發怒的狗般衝著那位老人咧嘴，在他驚異的注視中露出兩排萎縮的紅色牙床，猶如剛出生的小象完全沒有象牙一般。那群觀眾倒抽了一口氣。

他們大叫：「他的牙齒呢？我們剛剛才親眼看見他有牙齒的啊。」

古德慢慢轉過頭，以一種難以形容的輕蔑姿態一手揮過嘴巴。接著他再次咧開嘴，看！兩排漂亮的牙齒出現了。

那名曾經擲刀的年輕人這時一屁股坐倒在草地上，發出一聲驚恐的長嗥；至於那位老人，則是雙膝因為恐懼而碰撞在一起。

他戰戰兢兢地說：「我知道了，你們是神靈。由女人所生出的人類怎麼可能臉上一邊有毛髮另一邊卻沒有？或是有一隻圓形的透明眼睛？或是牙齒可以移動、消失然後又長回來？喔，我的神靈啊，請寬恕我們。」

真的是運氣來了，不用說，我立刻把握住這個機會。

我臉上掛著尊貴的微笑說道：「你們的請求已經受到准許。不，你們應該知道真相。雖然我們是人，就跟你們一樣，但我們來自於另一個世界。」我繼續說：「我們的故鄉就是在夜晚閃耀的那顆最大的星星。」

這群受到驚嚇的原住民齊聲低呼：「喔！喔！」

接著我說：「沒錯，我們的確是來自那裡。」然後我再次面露親切的微笑，編造著我那瀰天大謊：「我們過來是為了和你們相聚一段時光，我們待在這裡能夠保佑你們。喔，朋友們，你們看，我為這次造訪做了充分的準備，事先就學習了你們的語言。」

這群人齊聲附和：「原來如此，原來如此。」

那位老人插進話來：「我的神靈啊，只是你學得很糟糕啊。」

我憤怒地掃了他一眼，他便縮了回去。

我繼續說道：「現在，朋友們，你們可能會認為，在經過如此漫長的旅程後，受到你們如此的對待，我們的內心應該會想要報復，簡單地說，那隻大不敬的手把刀擲向了那個牙齒忽隱忽現的人頭上，也許我們應該讓那隻手因為死亡而冰冷。」

那位老人懇求說：「請饒恕他吧，我的神靈。他是國王的兒子，而我則是他的叔叔。如果有任何事發生在他的身上，我都罪責難逃。」

那名年輕人跟著使勁強調：「沒錯，確實是如此。」

我無視於他們的插話而繼續往下說：「你們可能會懷疑我們的報復能力。別動，我就讓你們見識一下。喂，你這個狗奴才（我故意用粗魯的語氣叫喚恩波帕），把會說話的魔管拿給我。」我對著我的快槍使眼色示意。

恩波帕會意地配合，帶著我在他不苟言笑的臉上曾看過的幾乎像是咧嘴一笑的表情，他將那把槍遞給了我。

他深深一鞠躬說：「喔，眾神之王，魔管在此。」

就在我要那把槍以前，我就已經注意到有隻小山羚正站在約莫六十多公尺外的一塊岩石上，並決定要冒險對牠開槍。

我說：「你們看那隻羚羊。」我向站在我面前的這群人指出那隻動物。「告訴我，由女人所生出的人類是否有可能從這裡用聲音殺死牠？」

那位老人回答：「那是不可能的，神靈。」

我平靜地說：「你們不能，但是我可以。」

老人微笑著回應說：「我的神靈，即使是你也做不到。」

我舉起槍瞄準那隻羚羊。那隻動物體型很小，即使失手可能也情有可原，不過我知道自己絕不能失手。

我深吸了一口氣，慢慢地扣動扳機。那隻羚羊猶如石頭般靜止不動。

「砰！咚！」那隻羚羊先是彈到空中，接著就掉落到岩石上一動也不動了。

眼前的這群人立即同時發出一聲驚駭的低呼。

我冷淡地說：「如果你們想要肉，就去把那隻羚羊抬回來吧。」

那位老人打了個手勢，他的一名隨從便跑了過去，不一會兒就扛著那隻山羚回來了。我很滿意地注意到我打出去的子彈正好擊中那隻山羚的後肩。那群原住民聚集在那隻可憐的動物四周，驚恐地盯著屍體上的彈孔。

我說：「你們看，我不說假話。」

沒有人回應。

我繼續說：「如果你們還懷疑我們的能力，就讓你們其中一個人站到那塊岩石上，我可以叫他跟這隻羚羊有同樣的下場。」

他們看來根本沒人願意採取這項建議，直到最後國王的兒子說話了。

「說得對，我的叔叔，你就去站到那塊岩石上吧。他的魔法殺掉的只是一隻羚羊而已，肯定殺不了人。」

那位老人並不樂意接受這項提議，確實，他看起來似乎十分傷心。

他連忙說道：「不！不！我這雙老眼已經看夠了。沒錯，這些人是巫師。帶他們到國王那裡去吧。不過，如果有任何人希望得到進一步的證明，就讓他站到那塊岩石上去，自己和魔管對話。」

從人群中傳來急切的反對聲浪。

有人說：「別把神奇的魔法浪費在卑微的我們身上。我們都信服了。我們族人的所有巫術都沒辦法表現出類似的神通。」

那位老人用一種鬆了好大一口氣的語氣說：「正是正是，毫無疑問，確實如此。星星之子啊，你們的眼睛會發亮，牙齒可以移動，還會發出響雷般的咆哮，從遠方殺人，請聽我說。我叫因弗杜斯（Infadoos），是庫庫安納人的前國王卡法（Kafa）之子。這名年輕人則叫做斯奎加（Scragga）。」

古德咕噥說：「他差點讓我死回老家。」

「斯奎加是偉大的國王特瓦拉（Twala）的兒子。特瓦拉有一千名妻子，是庫庫安納人的首領與最高統治者，也是這條大道的守護者、敵人眼中的噩夢，他通曉巫術，手下有十萬名勇士。獨眼特瓦拉是黑暗與恐怖的象徵。」

我傲慢地說：「既然如此，那就帶我們去見特瓦拉吧。我們不跟無名小卒與下屬說話。」

「好的，我的神靈，我們會帶你們過去，可是路途十分遙遠。我們從國王的地方出來打獵到現在已經有三天了。不過請神靈們不要著急，我們會帶路的。」

我漫不經心地說：「那就這樣吧。我們不會死亡，所以有的是時間。我們已經準備好了，前面帶路吧。不過，因弗杜斯，還有你，斯奎加，小心點！不要給我們耍花樣，也別想設什麼圈套，因為在你們的豆腐腦袋動歪腦筋以前，我們就會察覺並且展開報復。這位光裸著腿只有半邊臉有毛髮的神靈，會用他那隻透明之眼的光芒摧毀你們，並且掃遍你們的土地；他消失的牙齒很快就會出現在你們身上，把你們給吃掉，把你們和你們的妻小統統吞噬掉；魔管會大聲地和你們爭吵，把你們打成滿身洞的篩子。所以都給我注意點！」

這段精采的演說發揮了它的作用；當然，這番話可能幾乎算是多此一舉，因為我們的這些朋友對於我們的能力早已印象極其深刻。

那位老人深深鞠了個躬，然後低聲說了幾個字：「庫姆，庫姆。」後來我才發現這是他們的皇家禮節，相當於祖魯人向首領所行的禮。隨後老人轉身對他的隨從說話。這些人立刻跑過來拿起我們所有的行李，要幫我們揹，只有槍枝除外，他們完全不敢碰這些槍。他們甚至抓起了古德的衣服，而如同各位讀者可能記得的，這些衣服正整齊地疊放在他的身邊。

古德看到後立即撲過去搶，結果雙方大吵了起來。

那位老人說：「有著透明之眼與會消失的牙齒的神靈，請放手吧。這些東西應該交由奴僕來拿。」

古德著急地用英語大叫：「可是我想把衣服穿上！」

恩波帕翻譯了他的話。

因弗杜斯回應說：「不，我的神靈，您要遮蓋住自己美麗白皙的雙腿（雖然古德的臉很黑，但是他身上的皮膚卻格外白皙），不讓奴僕們看見嗎？我們是否冒犯了神靈，所以神靈才會這麼做？」

聽到這裡我差點爆笑出來，而在此同時，其中一名隨從已經帶著衣服上路。

古德大吼：「該死！那個混帳拿走了我的長褲。」

柯蒂斯爵士說：「你看，古德，你在這個國度已經建立了某種形象，你必須維持下去。可不能再把長褲穿起來了。今後你就只能穿著法蘭絨襯衫、靴子，戴著單片眼鏡過日子了。」

我說：「沒錯，還有你的臉也只能一邊有鬍子另一邊沒有。如果你改變這些特徵的任何一項，這些人會認為我們是騙子。我很同情你，不過說正經的，你還非得這麼做不可。他們一旦開始懷疑我們，我們的性命將一文不值。」

古德鬱悶地說：「你真的這麼認為嗎？」

「我確實是這麼想的。你『美麗白皙的雙腿』和你的單片眼鏡，如今成為了我們這群人的特徵，而正如柯蒂斯爵士所說，你必須維持下去。你應該慶幸自己穿了靴子，而且天氣也還算暖和。」

古德嘆了口氣，沒再說下去，不過他花了整整兩個星期才適應自己簡略的新造型。

第八章　進入庫庫安納王國

那天一整個下午，我們都沿著壯觀的所羅門王大道一路前行，大道朝著西北方向不斷延伸。因弗杜斯與斯奎加走在我們左右，他們的隨從卻是走在大約一百步遠的前方。

我終於問道：「因弗杜斯，這條路是誰修的？」

「我的神靈，這條路是很久以前修的，沒人知道它是怎麼修成或是什麼時候修的，就連活了很久的女智者加古爾也不清楚。我們的年紀不夠大，所以沒辦法得知修路時的情況。現在沒人能修這樣的路了，不過國王不能容忍上面長了野草。」

我問：「那我們在路上經過的洞穴，裡頭牆壁上的圖案又是誰的傑作？」我指的是我們曾看過的那些極具埃及風格的雕刻作品。

「我的神靈，留下那些精美作品的就是修這條路的人。我們並不知道他們是什麼人。」

「庫庫安納人是什麼時候來到這片土地上的？」

「我的神靈，我們一族是在數十萬年前如同狂風暴雨一般，從那裡再過去的遼闊大地來到了這裡。」他指向北方。「因為環繞著這片土地的高山，所以族人們無法再往前走，我們的先祖對我們這些子孫是這麼說的，而最偉大的巫師女智者加古爾也是這麼說的。」接著他又指向白雪覆蓋的山峰，說：「這片土地也很肥沃，所以族人們就在這裡定居了下來，逐漸繁盛壯大，現在我們的人數已經多得跟海砂一樣，國王特瓦拉如果召集手下的軍隊，他們頭上的羽飾可以遮蓋住整片平原，直到人目力所能及的遠處。」

「那既然這片土地被群山所環繞，軍隊又要跟誰打仗呢？」

「不，我的神靈，這片土地與北方是相通的，不時會有大軍從我們不知道的地方蜂擁南下攻擊我們，不過都被我們殺死了。就在幾十年前發生過一場戰爭，成千上萬人死於戰爭之中，不過我們也把那些來侵略我們的人都消滅了，自那時起，就再也沒發生過戰爭了。」

「因弗杜斯，你們的士兵沒了用武之地，肯定無聊得很。」

「我的神靈，就在我們消滅了南下侵略我們的那群人後，還曾經爆發過一場戰爭，不過那是場內戰，跟狗咬狗沒兩樣。」

「喔？那是怎麼回事？」

「我的神靈，國王是我同父異母的哥哥，以前他還有一個同母的孿生兄弟。根據我們的習俗，孿生子不能同活，比較弱小的必須要死，毫無例外。不過國王的母親因為不忍心，就把後出生的比較弱小的孩子給藏了起來，而那個孩子就是現在的國王特瓦拉。我是他的弟弟，是由另一名妻子所生。」

「喔？」

「我的神靈，在我們長大成人後，我們的父親卡法去世，我的兄長艾默圖（Imotu）繼承了王位，他統治了一段時間，他最愛的妻子還為他生了一個兒子。在那個孩子三歲時，那場大戰才剛結束，在大戰期間沒人可以播種收穫，導致飢荒侵襲了這片土地，這場飢荒激起了民怨，人們就像飢餓的獅子一般四處掠奪。然後那個永生不死的可怕女智者加古爾對人們宣稱：『艾默圖國王不是真正的國王。』當時艾默圖正因負傷而臥病在床，躺在他的屋子裡動彈不得。

「接著加古爾走進一間小屋，把我同父異母的哥哥兼國王的孿生兄弟特瓦拉給帶了出來，自從特瓦拉出生，加古爾就把他藏在洞穴與岩石間，加古爾把特瓦拉的腰布從他的腰上解下，向庫庫安納人民展示盤繞在他腰間的聖蛇標記，只有國王的長子才會在出生時被紋上這種記號。加古爾大聲呼喊：『看，這才是你們的國王！我為了你們一直保護到現在！』

「當時人們已經餓到發瘋，完全喪失了理智與辨別真偽的能力，眾人高呼：『國王！國王！』不過我知道事實並非如此，因為我的兄長艾默圖才是孿生子中的長子，也是我們的正統國王。接著就在混亂進入最高潮時，國王艾默圖儘管病得很重，還是牽著他的妻子慢慢地從他的屋子裡走了出來，他年幼的兒子伊格諾西（Ignosi）就跟在他的身後——『伊格諾西』即閃電的意思。

「他問：『為何如此喧嘩？你們為什麼大喊國王！國王？』

「然後他在同一個小時出生的同母孿生兄弟特瓦拉衝向他，拽住他的頭髮，用他的刀刺穿了他的心臟。善變的人們總是樂於崇拜新昇的太陽，他們一邊拍手一邊呼喊著：『特瓦拉是國王！現在我們知道特瓦拉才是真正的國王！』」

「那艾默圖的妻子和他的兒子伊格諾西呢？特瓦拉也把他們給殺了嗎？」

「沒有，我的神靈。王后看到她的丈夫遇害，便哭喊著帶著孩子逃走了。兩天後她飢腸轆轆地來到某個村莊，可是因為她的國王丈夫已經死了，而所有人都討厭不幸的人，所以沒人願意給她奶或食物。不過到了傍晚，有名小女孩悄悄跑出來帶了玉米給她吃，她在謝過這名孩子後，就繼續帶著她的兒子連夜往群山的方向逃跑，她肯定已經死在那裡面了，因為從此以後就再也沒人見過她或那個孩子伊格諾西了。」

「那麼如果這個孩子伊格諾西還活著，他就會是庫庫安納人真正的國王囉？」

「是的，我的神靈；他的腰間盤繞著聖蛇。如果他還活著，他就是國王；不過，唉！他已經死去很久了。」

「看，我的神靈。」因弗杜斯指向我們下方平原上的一大片小屋，這些聚集在一起的小屋周圍有籬笆環繞，而籬笆四周又圍著一圈深溝。「那就是艾默圖的妻子和孩子伊格諾西最後出現的村莊。我們今晚就睡在那裡。」他含糊地補充說：「如果，各位神靈在這個世界上真的會睡覺的話。」

我威嚴地說：「我的好友因弗杜斯，我們與庫庫安納人在一起的這段時間，庫庫安納人怎麼做，我們就怎麼做。」接著我隨即轉身想對古德說話，他一路繃著臉腳步沉重地走在後頭，全部的注意力都放在避免他的法蘭絨襯衫在晚風中不斷翻飛上，卻徒勞無功。令我驚訝的是，我竟撞上了恩波帕，他緊跟在我後面，很顯然地一直極為專注地在聆聽我與因弗杜斯之間的對話。他臉上的表情十分古怪，讓我感覺他像是正在努力重拾遺忘已久的記憶，卻並未完全成功。

在這整段期間，我們一直都用相當快的速度朝著我們下方起伏的平原不斷前進。方才翻越過的大山如今正高高聳立在我們頭上，示巴女王雙峰山在一圈圈的薄霧中若隱若現。愈往前走，景色愈來愈秀麗。草木茂盛，卻不同於熱帶地區的情況；陽光燦爛溫暖，卻不至於灼人；輕風習習，吹拂過芬芳撲鼻的山坡。的確，這片陌生的土地簡直就是人間天堂。不論是就風景之美、自然物產或氣候而言，我從未見過能與這裡媲美的地方。特蘭斯瓦爾這個地區是不錯，卻一點也比不上庫庫安納王國。

我們才剛出發，因弗杜斯就派出了一名使者前去通知村莊的村民我們即將光臨，順帶一提，這個村莊正位於他的軍事管轄範圍內。這名使者以超乎尋常的速度離去，因弗杜斯告訴我他一路都會保持這種速度，因為他的族人經常練習跑步這項運動。

提前通知的結果現在變得非常明顯。距離村莊不到三公里時，我們可以看到人們成群結隊地湧出村莊大門向我們走來。

柯蒂斯爵士將手放在我的手臂上說，看來我們似乎會受到熱烈的歡迎。他的語氣中有某樣東西引起了因弗杜斯的注意。

他趕忙說：「各位神靈無須擔心，我的心中絕無任何詭計。這群人都受到我的指揮，他們是遵照我的命令出來迎接各位的。」

我從容地點了點頭，不過內心卻沒有那麼鎮定。

在距離這座村莊大門大約八百多公尺的地方是一道平緩的長斜坡，以道路為起點坡度逐漸上升，那群人就列隊在斜坡上。這個情景看起來十分壯觀，每支隊伍都由約三百名壯漢所組成，他們迅速爬上斜坡衝到指定位置，手執寒光閃閃的長矛，頭上羽飾飄搖。在我們抵達斜坡時，十二支這樣的隊伍，總計三千六百人，已經散開沿著道路各就各位。

不一會兒我們就來到第一支隊伍前面，我所見過最威武的一群戰士就這樣出現在我們眼前，令我們驚嘆不已。他們清一色是成年男性，大多是年約四十歲的老兵，沒有一個人身高低於一百八十公分，其中有許多人甚至達到一百九十多公分高。他們頭戴用非洲長尾黑鷺的羽毛所製成的厚重黑色羽飾，就像我們的嚮導頭上所裝飾的一樣。在他們的腰間及右膝下方綁著一圈白色的牛尾，他們的左手則握著直徑五十公分左右的圓盾。這些盾牌十分奇怪，是以捶薄的鐵盤作為框架，上面再鋪以乳白色的牛皮。

所有人佩帶的武器都很簡單，卻極具殺傷力，包括一根很短卻十分沉重的木柄雙刃矛，刀刃最寬處達約十五公分寬。這些短矛並非作為投擲之用，而是類似祖魯人用於拚刺的尖矛，專門在短兵相接時使用，它們會造成十分可怕的傷口。除了短矛，每個人還帶著三把沉甸甸的大刀，每把都有約一公斤重。一把刀綁在牛尾腰帶上，另外兩把則插在圓盾的背面。庫庫安納人將這些刀稱為「托勒斯」（tollas），它們的作用相當於祖魯人的投擲用槍矛。庫庫安納勇士能夠極其精準地用這些刀擲中距離大約四十五公尺外的目標，他們的慣例是每當即將與敵人短兵相接，他們就會一邊往前衝一邊齊刷刷地將刀擲出。

一隊隊戰士猶如一組組的銅像般靜止不動，直到我們來到隊伍前方。每支隊伍的隊長可由身披的豹皮辨識，就站在隊伍之前幾步遠處，我們每走到一支隊伍前面，該隊的隊長就一個示意，每位戰士隨即將矛舉向空中，三百個喉嚨齊齊發出一聲短促的呼喊：「庫姆」，用皇家禮節向我們致意。接著，我們一通過，該支隊伍便在我們後方列隊，跟隨我們前往村莊，直到最後庫庫安納人的精銳部隊「灰軍」（因他們的白色盾牌而得名）全員都跟在了我們身後，踏著震撼大地的步伐向前邁進。

終於，我們離開了所羅門王大道，來到環繞村莊的寬闊壕溝前，村莊周圍至少有一千六百公尺長，外圍還有一圈由樹幹所構成的堅固藩籬。在村口有座原始的吊橋橫跨在這道壕溝上，是守衛放下了這座吊橋讓我們得以通行。這座村莊的規劃極其合理，一條寬廣的大路貫穿中央，其他道路則與大路呈直角相交，這種布局將屋舍劃分進一個個的方形區塊裡，每個區塊都駐紮著一支隊伍。圓頂的屋舍就像祖魯人的小屋一樣，是以枝條搭成框架，頂上再用青草覆蓋，看起來十分美麗；不過，也有與祖魯人的小屋不同之處，那就是這些屋舍都開有人可以走過的出入口。此外，它們的面積更大上許多，而且周圍還環繞著約兩公尺寬的走廊，走廊是以石灰粉踩實鋪成，看起來非常漂亮。

在貫穿村莊的這條寬廣大路兩旁，沿路排列著數百名女性，她們在好奇心的驅使之下走出家門來看看我們。就原住民族而言，這些女性的外貌都相當姣好。她們身材高眺，舉止優雅，體態極其勻稱。頭髮雖短，卻捲曲而不蓬亂，輪廓大多十分深刻，嘴唇也不像大多數非洲民族會有的那樣厚得難看。

不過最令我們驚訝的是她們嫻靜而端莊的神態，如同習慣出入於上流社會的人一般展現出自己良好的教養，她們在這方面並不同於祖魯女性及她們住在尚吉巴（Zanzibar）以北地區的支族馬賽族（Masai）。她們因為好奇心使然而出門來看我們，但是在我們拖著沉重的腳步疲憊地走過她們面前時，她們的臉上並未露出任何大驚小怪的無禮表情，也沒有任何粗魯的評頭論足出自她們嘴裡。即使老因弗杜斯偷偷比劃手勢指出最引人矚目的奇景，即可憐的古德「美麗白皙的雙腿」，她們顯然滿心羨慕，卻也沒有讓這種情緒流露出來。因為正如我想我曾說過的，古德的皮膚極白，所以她們只是用她們烏黑的眼睛盯著這雙新奇的雪白美腿瞧個不停，就只是如此而已。不過，對生性靦腆的古德來說，這就已經夠他受的了。

我們到達村莊中心後，因弗杜斯在一間大屋的門前停了下來，一圈較小的屋子隔著一段距離圍繞在這間大屋的四周。

他用誇張的語氣說道：「星星之子，請進。請屈尊在寒舍小憩片刻。等一下會有些許食物奉上，讓你們無須因為飢餓而勒緊腰帶，包括少許蜂蜜與牛奶、一、兩頭牛，還有幾隻羊；東西不多，我的神靈，但仍可略表我們的心意。」

我說：「很好，因弗杜斯。穿越空間令我們疲憊不已，現在讓我們休息吧。」

於是我們走進大屋，發現為了讓我們住得舒適，村民早已做足了準備。經過鞣製的獸皮展開鋪成了床，讓我們可以躺下休憩，我們洗漱用的水也已經預備妥當。

過沒多久，我們聽見外面傳來一聲喊叫，便朝門口走去，結果看到一隊少女托抱著牛奶、烤玉米及一罐蜂蜜，在她們身後還有幾名小伙子驅趕著一頭肥壯的小公牛。我們收下了這些禮物，而後其中一名年輕人從他的腰帶上拔出刀子，動作俐落地割斷了牛的喉嚨。殺牛、剝皮並將牛支解，整個過程只用了十分鐘。接著最好的肉被切給了我們，剩下的肉則被我以我們這群人的名義送給了在我們周遭的勇士，他們收下這些肉後，又將這些「白色神靈」的禮物分給了其他人。

恩波帕開始忙碌起來，在一名極其美麗的年輕女子協助下，在屋外生起的火堆上用一口大陶鍋烹煮我們分到的牛肉。牛肉快要煮好時，我們送信給因弗杜斯，邀請他和國王的兒子斯奎加與我們一同用餐。

他們很快就來了，屋子旁邊有好幾張小凳子，他們就在凳子上坐了下來，因為不同於祖魯人，庫庫安納人一般不會蹲坐。他們陪伴我們度過晚餐時刻，因弗杜斯和藹有禮，我卻發現斯奎加對我們懷有疑心。他與其他人原本被我們的白皮膚與神奇道具嚇住，不過就我看來，在他發現我們就像其他凡人一樣吃飯、喝水、睡覺後，他的敬畏之心開始消失，取而代之的是陰沉的懷疑——這令我感到相當不舒服。

在用餐的過程中，柯蒂斯爵士暗示我或許應該設法打聽一下我們的東道主是否知道關於他弟弟下落的任何消息，或他們是否曾經看過或聽說過他。不過大體而言，我認為這個時候還是隻字不提這件事比較明智。很難解釋我們怎麼會有親戚從「星星」上失蹤。

晚餐過後，我們拿出我們的菸斗點燃，這項舉動令因弗杜斯與斯奎加驚訝不已。庫庫安納人對於吞雲吐霧的極致樂趣顯然並不熟悉。他們在居地種植有大量菸草，可是就像祖魯人一樣，他們只會將菸草用於嗅聞，完全認不出它的新形態。

過了一會兒，我問因弗杜斯我們何時繼續我們的行程，得知他已經為我們做好一切準備，隔天早晨就能上路，對此我相當滿意。信使則已經啟程去稟告特瓦拉國王我們即將到來。

特瓦拉似乎就在他名為盧城的首府所在地，為六月第一週要舉辦的年度盛典做準備。在這場盛會中，除了某些部隊為了衛戍的目的而留下來，所有兵團都會調動，到國王面前接受檢閱；此外還會展開盛大的年度獵巫活動，以及隨之而來的其他活動。

我們預計在黎明動身，因弗杜斯將會與我們同行，根據他的估計，除非發生意外或河水上漲以致耽擱到行程，否則我們應該會在第二天晚上抵達盧城。

我們的客人在提供了這些資訊後便對我們道了晚安。我們做好輪流守夜的安排後，其中三人倒下就睡，因疲憊而睡得香甜，第四人則熬夜警戒，以防備可能發生的叛變。

第九章　國王特瓦拉

我覺得詳述我們前往盧城一路上經歷的各種事件並無必要。我們花了整整兩天時間沿著所羅門王大道前進，這條平坦的大道不斷延伸，直入庫庫安納王國的中心地帶。

總而言之，隨著我們行進，沿途經過的區域看起來愈來愈豐饒，村莊也愈來愈密集，在村莊四周還有廣闊的耕地環繞。這些村莊的建造方式都和我們抵達的第一個落腳處一模一樣，有大量軍隊駐紮護衛。

的確，如同德國人、祖魯人與馬賽人一樣，在庫庫安納王國，所有強壯的男性都是士兵，如此一來，只要發生戰爭，不論進攻或防禦，都可以投入這個國家的全部力量。一路上，成千上萬名戰士從我們身邊超越，他們匆匆趕往盧城，去參加盛大的年度閱兵與慶典，還有更多我從未見過的威武軍隊。

第二天的日落時分，我們在大道經過的某塊高地頂端落腳小憩片刻，盧城就在我們眼前，坐落在一片美麗富饒的平原上。就當地的城鎮而言，盧城佔地遼闊，方圓足足有大約八公里，外圍村莊以盧城為中心向外擴散，每逢重大場合，這些村莊即可作為兵團的駐紮地；在北方大約三公里處，還有一座奇特的馬蹄形小山，我們註定要與這座小山變得更加熟悉。

盧城位置優越，一條河從這座城鎮的中心流過，將它一分為二，河上有幾座橋，這條河的確就是我們從示巴女王雙峰山的山坡上曾看到過的同一條河。在大約九十五到一百一十公里外的地方，有三座峰頂被冰雪所覆蓋的高山屹立在平原上，形成一個三角形。不同於示巴女王雙峰山，這些山的山勢並不平緩圓滑，而是陡峭險峻。

因弗杜斯注意到我們在看那幾座山，便主動開口介紹。

他說：「那裡就是大道的終點。」他指向庫庫安納人稱之為「三女巫」的那幾座山。

我問：「為什麼會以那兒為終點？」

他聳了聳肩回答說：「誰知道呢？那些山裡頭到處都是洞穴，一道深淵將它們彼此隔離。古代的智者時常去那裡探尋他們來到這片地區所要尋找的任何東西，而現在我們的國王都埋葬在那裡的『死亡之地』。」

我急切地問：「那些智者是為了什麼而來？」

他飛快地瞥了我們一眼後回答說：「我不知道。各位神靈既然是從星星上降臨，應該知道才對。」顯然他知道的比他選擇說出來的要來得多。

我繼續說：「是的，你說得沒錯，我們在星星上獲知許多事情。比方說，我曾聽說過古代的智者來到這些山裡頭是為了尋找發亮的石頭、漂亮的玩意兒，以及黃鐵。」

他冷淡地回應說：「神靈真是睿智。在我的神靈面前，我只不過是名無知的孩童，無法與您談論這類事情。您得去國王那裡和長者加古爾談，她甚至就跟神靈您一樣有智慧。」然後他就離開了。

他一離開，我便轉身對著其他人指出那幾座山，說：「所羅門王的鑽石礦就在那裡。」恩波帕和他們站在一起，顯然如往常般又一次陷入若有所思的狀態，他聽到了我的話。他用祖魯語加入對話：「沒錯，馬庫馬贊，鑽石肯定在那裡，既然你們白人這麼喜歡那些小玩意兒和金錢，你們會得到它們的。」

我厲聲質問：「你怎麼知道，恩波帕？」我不喜歡他那副神祕兮兮的模樣。

他笑著說：「我在夜晚夢到的，白人。」接著他腳步一轉也離開了。

柯蒂斯爵士說：「我們這位黑皮膚的朋友到底在說些什麼？他知道的要比他選擇說出口的來得多，這點倒是很清楚。對了，順帶問問，夸特梅恩，他有聽到過關於——關於我弟弟的任何消息嗎？」

「完全沒有。他已經問過所有和他有交情的人，可是他們都表示以前在這片地區從不曾見過任何白人。」

古德提出說：「你覺得他到得了這裡嗎？我們能夠來到這個地方完全是個奇蹟，他沒有地圖有可能到得了這裡嗎？」

柯蒂斯爵士憂鬱地說：「我不知道，不過不知道為什麼，我總覺得我一定能夠找到他。」

太陽緩緩西沉，而後突然間黑暗彷彿有形體一般猛然降臨大地。白晝與黑夜之間毫無喘息的空間，亦無和緩的過渡景象，因為在這種緯度的地區，並沒有黃昏的存在。由日到夜的轉換就如同由生到死的轉變一般，都是那樣地快速而且絕對。太陽一落下，世界便籠罩在陰暗之中。不過，過沒多久，就可以在東方看到一絲光亮，接著出現一道道銀色光芒，最後皎潔的滿月照亮了平原，將它微弱的光芒遠遠地朝四方發射，使得朦朧的光輝灑滿了遼闊的大地。

我們站在那兒欣賞眼前美麗的景象，在這片聖潔明麗的銀輝前，星光也變得黯淡失色；面對難以名狀的美景，讓我們的心靈都感覺得到了昇華。我這一生飽受艱辛，但是有幾件事讓我慶幸自己在這世上走過一遭，其中一件事就是看到皎月照耀在庫庫安納王國的上空。

過沒多久，我們彬彬有禮的友人因弗杜斯便將我們由沉醉中喚醒。

「假使各位神靈已經休息好了，我們將繼續上路前往盧城，城裡已經為各位神靈準備好了今晚下榻的屋子。現在月色明亮，走在路上不會跌跤。」

大家都同意了，於是一小時後我們便抵達了盧城城郊，這裡範圍遼闊，一眼望去完全看不見邊際，成千上萬堆營火散布其中。老是愛說冷笑話的古德更戲稱這裡是「無邊盧城」。我們很快來到壕溝的吊橋旁，迎面而來的是武器碰撞的聲響及一名哨兵粗啞的喝問聲。因弗杜斯說出某種我聽不懂的口令，哨兵隨即行了個禮放我們通過。我們走過這座綠草如茵的城市的中央大街，在步行了將近半小時，經過無數排房屋後，因弗杜斯終於在一座小院的門口停了下來，院內四下有幾間房屋，圍繞著中間鋪著石灰粉的院落，因弗杜斯告訴我們這裡就是我們將入住的「簡陋」住所。

我們走進小院，發現每個人都分到了一間屋子。這些屋子的條件比我們曾見過的任何房屋都來得好，屋內都有用經過鞣製的獸皮在香草床墊上展開鋪成最舒服的床。食物也都準備妥當，我們一用陶罐裡準備好的水洗漱完畢，就有幾名相貌姣好的年輕女子向我們呈上烤肉，並講究地用木盤端上玉米，她們將食物呈給我們時，態度都極其恭謹。

我們吃飽喝足，接著，由於床鋪已經應我們的要求全都被搬進其中一間屋子裡，看到我們這麼小心謹慎，這些友善的年輕女性都笑了，一路長途跋涉，我們早已筋疲力盡，因此便直接撲倒在床上倒頭就睡。

我們醒來時，發現太陽已經高掛在天空中，那些侍女早已站在屋內，似乎毫無忸怩作態的困擾，她們奉命服侍並協助我們「做好準備」。

古德怒道：「做好準備，的確，只有件法蘭絨襯衫和一雙靴子，用不著花多少時間。夸特梅恩，我希望你可以跟他們要回我的褲子。」

我轉達了他的要求，但得到的消息卻是這些聖物已經獻給了國王，而且國王將在上午接見我們。

接著令幾名侍女有些驚訝與失望的是，我們將她們請到了屋外，然後才在目前條件許可的範圍內，著手將自己好好整理了一番。古德甚至不惜再次刮掉了他右臉上的鬍子，而他的左臉呢，如今上面的鬍鬚已經長得非常濃密，我們要他牢牢記住，左臉上的鬍子他無論如何絕對不能動。至於我們自己，則是十分滿意地好好洗漱了一番，還梳了頭。柯蒂斯爵士的黃色頭髮現在已經長到幾乎垂肩，他比以往看起來更像古丹麥人，而我的灰白色短髮也已經足足有兩、三公分長了，不再是我平時最多只留到的一、兩公分長。

在我們吃完早餐，又抽完菸斗後，有位身分不低於因弗杜斯本人的大人物向我們傳達了一項消息，那就是如果我們願意的話，特瓦拉國王已經準備好接見我們。

我們回覆說因為旅途勞累，身體還未完全復原等等，所以我們更想要等到太陽再升高一些再過去。與未開化的人群打交道時，不要操之過急永遠是對的，他們往往會將禮貌誤認為是敬畏或屈服。因此，雖然我們相當急切地想要見到特瓦拉，就像特瓦拉可能也急著見到我們一樣，但我們還是坐了下來等了一個小時，利用這段時間在我們所剩無幾的物品所允許的範圍內準備了一些禮物——亦即可憐的溫特沃格曾用過的那把溫徹斯特步槍，以及一些珠子。

我們決定將這把步槍與彈藥送給國王陛下，珠子則是用來送給他的眾多妻子與朝臣。我們已經給過因弗杜斯和斯奎加一些珠子，發現他們以前從未見過這種東西，所以收到珠子都很高興。最後我們表示我們已經準備好了，便在因弗杜斯的引領下，出發前去與國王會面，步槍與珠子則由恩波帕帶著。

走了幾百公尺後，我們來到了一道圍欄前，這道圍欄與環繞在分給我們居住的那幾間房屋外的圍欄十分相似，只是大了五十倍，所圈住的土地面積不可能少於兩、三公頃。圍欄外立著一圈房屋，是國王眾多妻子的住所。在入口的正對面，越過廣場的盡頭，單獨坐落著一間非常大的房屋，這裡就是國王陛下的居所。其他地方則都是空地；確切地說，如果不是站滿了一隊隊士兵（被召集到這裡的士兵數量多達七、八千人），這些地方都會是空地。我們從這些士兵當中穿過時，他們如同雕像般動也不動地站著，頭上的羽飾飄揚，手持閃亮的尖矛，加上以鐵盤為框架的牛皮盾牌，他們所呈現出來的壯觀場面，筆墨無法描繪於萬一。

國王所居住的大屋前方是空著的，但是放有幾張凳子。在因弗杜斯示意下，我們在其中三張凳子上坐了下來，恩波帕則站在我們身後。至於因弗杜斯，他佔據了屋子大門旁邊的位置。我們就這樣在全場鴉雀無聲中等了十多分鐘，但是我們可以感覺到自己是大約八千雙眼睛的目光焦點。這種折磨可以說十分難受，不過我們還是盡力撐了過去。終於屋子的門打開了，一名身材高大的人走了出來，他的肩膀上披著色彩斑斕的虎皮，身後跟著那名叫做斯奎加的少年，以及一個我們看起來像是隻乾癟猴子、全身包裹在一件毛皮披風裡的身影。那名身材高大的人在一張凳子上坐了下來，斯奎加站在他的後方，那隻乾癟的猴子則是四肢著地地爬進屋子的陰影中蹲伏了下來。

四周仍是一片寂靜。

接著那名身材高大的人抖落身上的虎皮站了起來，出現在我們眼前的景象著實令人望而生畏。這個人身形龐大，有著一張我們所見過最可憎至極的面孔。像黑人一樣的厚嘴唇，塌鼻子，只有一隻露出凶光的黑色眼睛，另一隻眼睛則只是臉上的一個窟窿，滿臉一定程度的殘忍荒淫。他碩大的腦袋上立著用白色鴕鳥毛製作而成的精美羽飾，身上套著閃亮的鎖子甲，腰間與右膝綁著一圈尋常的白色牛尾裝飾物。他的右手握著一把巨大的長矛，脖子上戴著粗重的金項圈，額頭上繫著一顆光芒暗沉、未經雕琢的巨大鑽石。

周遭仍然一片寂靜，不過持續的時間並不長。過沒多久，這個人——我們猜對了，他就是國王——舉起手中的長矛，八千把矛隨即跟著舉起以為呼應，從八千個喉嚨裡齊聲發出了皇家禮節的呼喊：「庫姆」。這聲呼喊重複了三次，每次聲音都大到足以撼天震地，只有響徹天際的轟鳴雷聲可以媲美。

一個尖細的聲音響起，似乎是陰影中那個猴子般的身影所發出來的：「臣民們，俯首吧，國王駕到。」

八千個喉嚨齊聲響應：「國王駕到。臣民們，俯首吧，國王駕到。」

接著四周又是一片沉寂——死一般的沉寂。但過沒多久，這片沉寂便被打破了。噹啷一聲，在我們左方的一名士兵將他的盾牌掉落在石灰地上。

特瓦拉用那隻冷酷的獨眼循聲望去。

他用冰冷的聲音說：「你，過來。」

一名健壯的年輕人走出隊伍，站到特瓦拉的面前。

「就是你掉落了盾牌，你這隻笨手笨腳的狗。你是想讓我在這些來自星星的陌生人面前出醜嗎？你有什麼話好說的？」

我們看到那個可憐的傢伙黝黑的臉龐變得蒼白。

他低聲說：「喔，黑牛之子，那是個意外。」

「那麼你就必須為這個意外付出代價。你既然讓我出醜，就準備受死吧。」

那名年輕人低聲回應道：「陛下是我們的頭領，任憑陛下發落。」

國王大吼：「斯奎加，讓我看看你矛用得怎麼樣。給我殺了這個笨手笨腳的蠢材。」

斯奎加臉上帶著醜陋的獰笑走向前，舉起了他的矛。那名可憐的受害者用手蒙住自己的眼睛，一動也不動地站著。至於我們，我們都被眼前的情況給嚇呆了。

「一，二。」斯奎加揮舞著手上的矛，接著猛地一刺。啊！正中目標——矛尖從那名士兵的背部穿出了三十多公分。他兩手向上一伸便倒地死去。人群中響起一陣低語聲，這股聲音縈繞在我們身邊，而後逐漸消失。我們尚未醒悟過來，這齣悲劇便已經由開始來到終結，而那具屍體就橫臥在那裡。柯蒂斯爵士跳起來，狠狠地罵了一聲，接著現場死寂的氣氛又逼得他坐了回去。

國王說：「刺得好，把屍體抬下去。」

四個人從隊伍中站了出來，將被殺害的那名年輕人的屍體給抬了出去。

由那個猴子般的身影所發出來的尖細聲音響起：「把血跡蓋掉，都蓋掉。國王陛下的命令已下，陛下的判決已經執行完畢！」

有個女孩隨即從屋子後方走了出來，手上捧著裝滿石灰粉的罐子，她將石灰粉撒在紅色的血跡上，將血跡完全掩蓋。

這時柯蒂斯爵士正在為方才所發生的事情而怒火中燒，我們甚至很難讓他繼續靜坐在原地。

我悄聲說：「看在老天的份上，快坐下。你不坐下大家都會沒命的。」

他終於讓步，繼續保持安靜。

特瓦拉沉默地坐在那裡，直到這齣悲劇的痕跡都已經清除乾淨後，他才開口對我們說話。

他說：「白人，我不知道你們從哪裡來，也不知道你們為何而來，不過還是歡迎你們來到這裡。」

我回應說：「你好，庫庫安納人的特瓦拉國王。」

「白人，你們來自何方？來到這裡又是為了什麼？」

「我們來自天上的星星，請不要問我們是怎麼來的。我們是來看看這片土地。」

「你們遠道而來就為了看這麼點東西。還有那個和你們一起來的人，」他指向恩波帕，「他也是來自天上的星星嗎？」

「確實如此，在天上有很多和你有相同膚色的人。不過，特瓦拉國王陛下，這些高出你掌控範圍的事情，你就別問了。」

特瓦拉用某種我不太喜歡的語氣回應說：「來自星星的人啊，你們的口氣可真大。要記得星星在遠方，而你們的人卻在這裡。如果我讓你們跟他們剛抬走的那個人有同樣下場呢？」

我朗聲大笑，不過心裡卻沒什麼笑意。

我說：「喔，國王陛下，當心點，走在滾燙的石頭上須謹慎，不然你會燙到你的腳；握矛的時候要握在手柄上，免得你割到自己的手。若是碰到我們哪怕只是一根頭髮，毀滅就會降臨到你身上。這些人——」我指向因弗杜斯與斯奎加；斯奎加年紀雖輕卻行事惡劣，他正忙著把那名士兵的血從他的矛上擦乾淨。「難道沒有告訴你我們是什麼樣的人嗎？你見過我們這樣的人嗎？」我指向古德，相當確定以古德目前的模樣，特瓦拉以前絕對從未見過任何與古德有絲毫相像之處的人。

國王感興趣地端詳著古德，說：「的確，我沒見過。」

我繼續說道：「他們難道沒有向你稟告我們是怎麼從遠方發動攻擊奪取目標的性命？」

「他們有告訴我，可是我不相信他們說的話。讓我看看你們是怎麼殺的。從站在那邊的那些人當中選一個殺給我看看。」他指向這座院落的對面。「這樣我就相信。」

我回應說：「不，除非是為了實現公正的刑罰，否則我們不會讓任何人流血。不過，如果你想看，吩咐你的僕役趕頭牛過來，穿過院門，牛跑不到二十步就會被我擊斃。」

國王笑了，他說：「不，殺個人給我看我才相信。」

我淡漠地回道：「好吧，國王陛下，那就如你所言。請陛下穿過廣場往前走，在你的雙腳到達門口以前，你就會沒命。或者如果陛下不願意，也可以派你的兒子斯奎加出來試試。」（這時對斯奎加開槍將帶給我極大的樂趣。）

斯奎加聽到這項提議後發出了某種嚎叫聲，接著便竄進屋子去。

特瓦拉威嚴地皺起了眉頭，對於這項提議他感到並不滿意。

他說：「趕頭小公牛進來吧。」

有兩個人隨即快跑離開。

我說：「現在，柯蒂斯爵士，你來開槍吧。我想讓這個惡棍看看在我們這群人中不是只有我一個人會魔法。」

柯蒂斯爵士於是拿起他的「快槍」，做好準備。

他嘀咕了一句：「希望我可以打中。」

我回應說：「你一定得打中。如果第一槍失手，就開第二槍。瞄準接近一百四十公尺遠的地方，等到那頭畜牲側身時再開槍。」

接著是一陣靜默，過沒多久，我們看到有頭牛正直直地朝向院門跑來。牠衝過院門，然後就看到聚集在這裡的一大群人，牠楞頭楞腦地停了下來，轉了個身，接著便開始哞叫。

我低聲說：「現在就看你的了。」

步槍舉起。

砰！碰！那頭牛仰面倒地，四蹄亂蹬，牠的肋骨中彈了。這顆半空心的子彈完美達成了它的任務，聚集的這數千人齊聲發出一聲驚嘆。

我冷靜地轉過身子——「我所言不假吧，國王陛下？」

國王帶著幾分敬畏地答道：「是的，白人，一切千真萬確。」

我繼續說道：「聽著，特瓦拉，你已經見識過我們的力量，現在你知道我們是抱著和平的想法而來，而不是要掀起戰爭。看。」我舉起那把溫徹斯特連發步槍。「這根空心的管子能夠讓你擁有遠距獵殺的能力，就像我們一樣，只不過我在它上面下了咒語，你不能用它來殺人。如果你把它用來對付人，你就會被它給殺死。等會兒我演示給你看。請吩咐一名士兵往前走四十步遠，然後將矛柄插在地上，矛頭扁平的一面朝向我們。」

幾秒鐘後一切便都就緒。

「現在看好，我要把那邊的矛給打碎。」

我仔細瞄準，接著扣動扳機。子彈擊中了那把矛的平面部位，矛刃因而碎裂。

驚嘆聲再次響起。

「現在，特瓦拉，我們把這根魔管送給你，以後我還會教你怎麼使用它。不過你要注意，千萬不要用來自星星的魔法對付地上的人。」然後我便把步槍交給他。

國王極其小心地接過步槍放到自己的腳邊。在他這麼做的同時，我注意到那個猴子般的乾癟身影從屋子的陰影中爬了出來。「牠」在爬行的時候四肢著地，可是一到達國王所坐的位置，「牠」便用雙腳站了起來，揭開遮蓋住「牠」的臉的毛皮，露出一張極為奇特怪異的面孔。這張面孔的主人顯然是一名年紀很大的老婦人，她的臉皺縮得相當嚴重，大小似乎不會比一歲孩童的臉孔來得大，不過上面多了一道道又深又黃的皺紋。在這些皺紋中嵌著一道凹陷的裂縫，那就是她的嘴巴，嘴巴下面則是向外彎曲的尖下巴。沒有可以稱之為鼻子的東西；的確，若不是有著一對黑色的大眼睛，其中仍舊充滿了熱情與智慧，在雪白的眉毛以及顏色如羊皮紙般的凸起頭顱下閃爍著靈動的光芒，就像是停放屍骸的處所裡的寶石一樣，這張臉可能會被當作是一具被曬乾屍體的臉。至於腦袋本身，除了顏色蠟黃外，頭髮也已經完全掉光，皺巴巴的頭皮移動收縮，就像眼鏡蛇擴張的頸部一樣。

這張臉孔確實恐怖極了，以致我們看到時嚇得不寒而慄。這張可怕面孔的主人靜立了片刻，接著突然伸出一隻瘦骨嶙峋的爪子，上頭的指甲有將近兩、三公分長，她將手爪搭在特瓦拉國王的肩上，開始用一種尖細、刺耳的聲音說起話來——

「國王啊，聽著！士兵們，聽著！山脈、平原與河流，庫庫安納人民的家園啊，聽著！天空和太陽，雨水、風暴和霧靄，聽著！所有男男女女，青年和少女，以及還沒出生的嬰兒，聽著！終將難逃一死的芸芸眾生，聽著！將會死而復生——而後又生而復死的一切死物，聽著！聽著！生命之靈就在我的體內，而我將預言。我將預言！我將預言！」

這些話語在一聲微弱的尖嚎聲中消逝，所有聽到這些話的人似乎內心都被恐懼所佔據，包括我們幾個在內。這個老太婆實在太恐怖了。

「血！血！血！血流成河，血流遍地。我看到了，我聞到了，我嘗到了——血是鹹的！紅色的鮮血淌在地面上，血雨從天而降。

「腳步聲！腳步聲！腳步聲！來自遠方的白人的腳步聲，震撼了大地，大地在顫抖，在她的主人面前顫抖。

「血是好東西，紅得鮮亮；沒有任何味道像剛流出來的鮮血一樣。獅子會舔拭鮮血，發出一聲聲咆哮，禿鷲會在血泊中清洗牠們的翅膀，而後歡欣尖叫。

「我活了很久！活了很久！我看過許多鮮血，哈！哈！不過我在死以前會看到更多，我很高興。你們想想，我的年紀多大了？你們的父親認識我，他們的父親認識我，還有他們父親的父親的父親也認識我。我見過白人，了解白人的欲望。我活了很久，但是山川存在的時間比我更久。告訴我，所羅門王大道是誰建造的？告訴我，岩壁上的圖畫是誰留下來的？告訴我，是誰豎立起在那兒的三座『靜默之峰』，讓它們隔著深淵遙望？」她指向我們前一晚曾注意到的那三座陡峭的高山。

「你們不知道，但是我知道。是在你們之前就已經來到這裡的白人，當你們不在了以後，白人還是會出現在這裡。他們會吃掉你們，消滅你們。沒錯！沒錯！沒錯！

「那麼那些白人，可怕的白人，通曉魔法、無所不知的白人，強悍的白人，意志堅定的白人，他們是為了什麼而來？國王陛下，在你額頭上的那顆閃亮的石頭是什麼？是誰的巧手打造了在你胸前的鐵甲？你不知道，但是我知道。我活了很久，我是智者，是女巫醫！」

接著她將她那顆光禿禿的禿鷲腦袋轉向我們。

「來自星星的白人——啊，對，來自星星，你們是來這兒找什麼？你們是來找失蹤的人嗎？你們在這裡是找不到他的。他不在這裡。長久以來從未有一隻白人的腳踏上這片土地；只有一次例外，我記得他離開了這裡，但是他的前方只有死路一條。你們是為了發亮的石頭而來，我知道——我知道，等血流乾了之後，你們就會找到那些石頭。不過到時候你們會從哪裡來就回哪裡去，還是最終留在我們這裡呢？哈！哈！哈！

「還有你，你這個深色皮膚、神態高傲的傢伙。」她伸出枯瘦的手指指向恩波帕，「你是誰？你來找什麼？你不是來找發亮的石頭，也不是來找閃爍的黃色金屬，這些東西你都會留給來自星星的白人。我想我知道你是誰，我可以聞到你心頭鮮血的味道。把你的腰布解下來——」

這時這隻奇特生物的臉開始抽搐，她倒在地上，因癲癇發作而口吐白沫，最後被抬進了屋裡。

國王渾身顫抖地站了起來，揮了揮手，一隊隊士兵立即開始撤離，不到十分鐘，除了我們幾個、國王以及幾名侍從外，偌大的廣場已經變得空空蕩蕩。

他說：「白人，我腦中閃過殺掉你們的念頭。加古爾剛說了些奇怪的話。你們有什麼想說的？」

我笑了。「國王陛下，小心啊，要殺我們可不容易。你已經看到那頭牛的下場，你想要跟那頭牛一樣嗎？」

國王皺起了眉頭。「威脅國王並不是可取的行為。」

「我們並沒有威脅，我們說的都是真話。想殺我們就試試看吧，國王陛下，一試便知。」

這名高大的野蠻人將手放到額頭上想了想。

最後他說：「你們可以平安退下。今晚有盛大的宴會，你們可以參加。不用擔心我會設陷阱害你們。明天我再來考慮怎麼處理你們。」

我毫不擔心地回應說：「好的，國王陛下。」接著我們便起身，在因弗杜斯的陪同下返回我們的小院。

第十章　獵巫活動

一抵達我們的住處，我便示意因弗杜斯與我們一同進入屋內。

我說：「現在，因弗杜斯，我們有話想跟你說。」

「各位神靈請說。」

「在我們看來，因弗杜斯，特瓦拉國王個性相當殘暴。」

「確實如此，各位神靈。唉！這片土地因為他的暴行而哀鴻遍野。你們今晚就會見識到。在今晚的大規模獵巫活動中，會有很多懂得巫術的人被查出來，最後遭到處決。任何人都可能喪命。如果國王看上了哪個人的牲口或妻子，或是他擔心哪個人會起頭造他的反，那麼你們已經見過的加古爾，或是她教出來的幾個能夠找出巫師的女徒弟，就會查出來那個人懂得使用巫術，然後他就會被殺掉。今晚在月色變得黯淡之前，必定會有許多人死去。一直以來都是如此。或許我也會被殺。我到現在仍能逃過一劫是因為我很會打仗，士兵對我相當愛戴。不過我不知道自己還可以活多久。在特瓦拉國王的暴政之下，這片土地怨聲四起；對於他和他的血腥統治方式，大家都深惡痛絕。」

「那麼，因弗杜斯，人民為什麼不把他趕下台呢？」

「不行的，各位神靈，他是國王，如果殺死他，斯奎加就會繼承他的位子成為統治者，而斯奎加的心比他的父親特瓦拉還要黑。一旦斯奎加當上國王，他套在我們脖子上的枷鎖會比特瓦拉的枷鎖更加沉重。要是艾默圖沒有被殺，或他的兒子伊格諾西還活著，那可能就另當別論了。可是他們兩個都死了。」

我們身後的一個聲音說：「你怎麼知道伊格諾西已經死了？」我們驚訝地向後看，想知道是誰在說話。原來是恩波帕。

因弗杜斯問：「年輕人，你這話是什麼意思？是誰要你這麼說的？」

恩波帕回答：「聽好了，因弗杜斯，讓我說個故事給你聽。多年前艾默圖國王在這個國家被殺害，他的妻子帶著兒子伊格諾西逃離了這裡。是這樣沒錯吧？」

「確實如此。」

「據說那個女人和她的兒子最後死在山裡頭。是這樣沒錯吧？」

「這也沒錯。」

「嗯，實際上，那名母親和兒子伊格諾西並沒有死。他們越過了山脈，而後遇到了某個在沙漠裡流浪的部落，跟著這個部落裡的人越過了遠處的沙漠，直到最後他們又來到一個有水、有草、有樹的地方。」

「你怎麼知道這些？」

「聽著，他們不斷往前走，走了許多個月，直到抵達所謂的阿瑪祖魯人（Amazulu）所居住的土地；阿瑪祖魯人也是庫庫安納人的一支，他們靠打仗維生。這對母子就在那裡安頓了下來，和阿瑪祖魯人一起生活了許多年，直到最後那名母親死了。而後兒子伊格諾西便又開始流浪，最後流浪到一片神奇的土地，也就是白人居住的地方。接下來許多年，他都在那裡學習白人的知識。」

因弗杜斯懷疑地說：「這個故事真不錯。」

「伊格諾西在那裡住了很多年，做過僕人，做過士兵，可是他心裡始終念念不忘母親曾對他說過的關於他家鄉的一切，想方設法地想在有生之年找到回到家鄉的方法，回去看看他的族人和他父親住過的地方。他就這樣等了許多年，終於時機來臨，因為懂得耐心等待的人總會受到機會的垂青，他遇到了幾個白人要去尋找這片未知的土地，他便加入了他們的隊伍。這些白人踏上旅途不斷前進，沿途不斷尋找某個失蹤的人。他們越過炙熱的沙漠，翻過冰雪覆蓋的山峰，最後到達了庫庫安納王國；喔，因弗杜斯，他們就是在那裡遇見了你。」

這名吃驚的老戰士說：「你一定是瘋了才會這樣胡言亂語。」

「你這麼認為嗎？我可以證明給你看。看啊，我的叔叔。

「我是伊格諾西，庫庫安納人的正統國王！」

接著恩波帕一個動作便解下了他的腰布，渾身赤裸地站在我們面前。

他說：「你看，這是什麼？」他指向在他腰部的紋身圖案，一條藍色的大蛇纏繞著他的腰，蛇尾消失在張開的蛇口裡，而蛇口就紋在大腿與軀幹銜接處的上方。

因弗杜斯驚訝地看著，眼珠子幾乎要從眼眶中掉出來。接著他跪倒在地上。

他突然大喊：「庫姆！庫姆！你真的是我兄長的兒子，是真正的國王。」

「我不是跟你說過了嗎，我的叔叔？起來吧，我還不是國王，不過有了你的幫助，加上這些勇敢的白人幫忙，他們都是我的朋友，我將會成為國王。不過老巫婆加古爾說得對，這片土地會先血流成河，而其中將包括她的血在內，這是說如果她的身體裡面有血，她還是會死亡的話，因為她用她的話語殺害了我的父親，趕走了我的母親。現在，因弗杜斯，做出選擇吧。你是否願意和我聯手，助我一臂之力？你是否願意分擔我所面臨的危險，協助我推翻特瓦拉這個暴君兼殺人兇手，還是你不願意？你做出選擇吧。」

這名老人將手放在頭上想了想。接著他站了起來，向前走到恩波帕，不，更應該說是伊格諾西所站的位置，在他面前跪了下來，並且握住了他的手。

「伊格諾西，庫庫安納人的正統國王，我願意和你聯手，對你效忠直至生命的最後一刻。在你還是嬰兒時，我曾經將你抱在膝上逗著你玩，現在我的老胳臂也將為了你和自由而戰。」

「很好，因弗杜斯；假使我獲得勝利，你在這個王國的地位將僅次於國王，位居一人之下，萬人之上。如果我失敗了，你只有死路一條，而且死亡就在前方不遠處。起來吧，我的叔叔。」

「還有你們，白人，你們願意幫我嗎？我該如何回報你們？用那些白色的石頭嗎？只要我獲得勝利，找到那些石頭，只要你們帶得走，要多少都可以儘管拿。這樣你們是否滿意？」

我翻譯了這段話。

柯蒂斯爵士回答說：「告訴他，他恐怕對英國人有誤解。財富固然誘人，假如我們有機會得到，當然不會錯過；不過一名紳士不會為了財富而出賣自己。然而，就我個人而言，我必須這麼說，我一直很欣賞恩波帕，根據我內心的想法，在這件事情上我會支持他。我非常樂意出力找特瓦拉那個殘酷的惡魔算帳。古德，還有你，夸特梅恩，你們覺得呢？」

古德說：「嗯，說得誇張一點，這裡的人好像都很喜歡這樣說話，你可以告訴他製造點熱鬧確實不錯，能夠讓人有好心情，而且就我本人而言，我也願意支持他。我唯一的條件是他要允許我穿上褲子。」

我翻譯了這些答覆的意思。

以前叫恩波帕的伊格諾西說：「太好了，我的朋友們，那你呢，馬庫馬贊？你是個老練的獵人，比受傷的水牛更機伶，你是否也願意與我並肩作戰？」

我想了一會兒，撓了撓自己的腦袋。

我說：「恩波帕，或者該叫你伊格諾西，我不喜歡革命。我是個愛好和平的人，甚至有點膽小。」聽到這裡，恩波帕微微一笑。「不過，伊格諾西，在另一方面，我會支持我的朋友。你一直在我們身邊，表現得像個男子漢，所以我願意支持你。可是你要記得，我是個生意人，必須想辦法謀生，所以我接受你的提議，以那些鑽石作為回報，以防哪天我們有用得著的時候。還有一件事：正如你所知，我們到這兒來是為了尋找因庫布（柯蒂斯爵士）失蹤的弟弟。你得幫我們找到他。」

伊格諾西回答：「這沒問題。等等，因弗杜斯，以纏繞在我腰間的大蛇紋身為憑，告訴我實話。就你所知有任何白人曾經踏進這片土地嗎？」

「沒有，伊格諾西。」

「如果有人看見任何白人，或是聽說過相關的消息，你會知道嗎？」

「我肯定會知道。」

伊格諾西對柯蒂斯爵士說：「你聽到了吧，因庫布，他沒來過這裡。」

柯蒂斯爵士嘆了一口氣，說：「哎，好吧，這就是答案；我想他大概從未到達這麼遠的地方吧。可憐的傢伙！真是可憐！所以經歷了這一切，到頭來卻是一場空。這就是上帝的安排吧。」

我急欲避開令人傷感的話題，便插話說：「現在還是說伊格諾西的事吧。伊格諾西，做個天命所歸的國王的確不錯，但是你打算怎麼真正登上王位呢？」

「呃，我不知道。因弗杜斯，你有什麼計畫嗎？」

他的叔叔回答說：「閃電之子伊格諾西，今晚會舉辦盛大的宴會及獵巫活動。很多人都會被查出來因而慘遭殺害，這將造成其他許多人內心的傷痛，致使他們對特瓦拉國王產生憤恨的情緒。待宴會結束，到時我會和幾位主要的頭領談談，如果我能夠說服他們站在我們這邊，接下來他們就會把消息傳給他們的兵團。我會先委婉地告訴這些頭領你的情況，讓他們了解你才是真正的國王。我想到了明天早上，就會有兩萬名士兵歸至你名下供你差遣。現在，我得走了，得去好好想想、打聽情況，並且做好準備。待宴會結束後，如果我還活著，如果我們都還活著，我會來這裡找你，然後我們再談。頂多就是打上一仗罷了。」

這時外頭傳來一聲喊叫打斷了我們的討論，原來是國王派來的使者已經到了。我們來到屋子門口，下令讓這些使者進來，不久後有三個人走進屋子裡，每個人都捧著一件閃亮的鎖子甲以及一把鋒利的戰斧。

到來的其中一名使者說：「這些是國王陛下的禮物，要送給來自星星的白人！」

我回答：「多謝國王陛下。請回吧。」

幾名使者離開後，我們便興致勃勃地察看起這幾件鎖子甲來。這些鎖鏈製品的製作工藝極其精良，是我們幾人前所未見。整件甲衣結構十分緊密，金屬環聯結在一起後面積之小，兩隻手幾乎就能將之覆蓋。

我問：「因弗杜斯，這些東西是你們國家製造的嗎？真是漂亮極了。」

「不是的，我的神靈，它們是祖先傳下來給我們的。我們不知道製造的人是誰，而且剩下來的也沒有幾件。[1]除了具有王室血統的人，其他人都沒有資格穿。沒有矛可以刺穿這些

1. 原註：在蘇丹，阿拉伯人依舊佩劍並穿戴鎖子甲，他們的祖先必定是從十字軍戰士的屍體上把這些東西給剝下來的。

神奇的甲衣，套上它們的人在戰鬥中幾乎可保安然無恙。國王要不是非常高興就是相當害怕，不然他不會送這些鋼鐵甲衣過來。各位神靈，今晚請記得穿上它們。」

我們安靜地度過那天剩餘的時光，不是休息就是討論已經足夠刺激的現狀。終於太陽下山，千堆營火熊熊燃起，我們聽見黑暗中傳來許多人沉重的腳步聲及千百支利矛的碰撞聲，那是軍隊從外面經過前往他們的指定位置，為這場盛大的宴會做準備。

而後明亮的滿月在天空中灑下銀輝，就在我們站在那裡欣賞月色時，全副武裝的因弗杜斯來了，隨他而來的還有二十名衛兵，他們是來護送我們去參加宴會的。我們已經聽從他的建議，套上那幾件國王送給我們的鎖子甲，將它們穿在平常穿的衣服下面，我們驚訝地發現這些鎖子甲穿起來既不會很重也不會不舒服。這些甲衣顯然是為了身材非常高大的人所製造的，因此套在古德和我自己身上就顯得有些鬆垮，可是柯蒂斯爵士的鎖子甲穿在他魁梧的身材上，就像戴手套般服貼。接著我們將自動手槍別在腰間，手裡拿著國王連同鎧甲一同送來的戰斧出了門。

我們來到當天早上國王接見我們的那個寬廣的院落時，發現這裡被約兩萬名士兵擠得滿滿的。這些士兵按照兵團排列，每個兵團又分成若干隊伍，每兩支隊伍間都留有一條狹窄的通道，讓負責搜尋巫師的人得以來回走動。眾多兵士全副武裝地匯聚在一起，隊列龐大，井然有序，很難想像還有什麼景象能比呈現在眼前的這個場面更加壯觀恢弘。他們悄無聲息地立在那裡，高舉著矛，他們密集如林的矛尖、偉岸的身軀、飄揚的羽飾，以及各色盾牌和諧的顏色深淺變化，都沉浸在月亮的銀輝中。不論我們朝哪個地方望去，看到的都是一排排模糊的臉孔，及其上一排排閃亮的利矛。

我對因弗杜斯說：「所有軍隊想必都在這裡了吧？」

他回答說：「不，馬庫馬贊，這只是三分之一而已。每年都會有三分之一的部隊出席這場盛會，另外三分之一集結在外面，以防屠殺開始後出現騷動，還有一萬人駐守在盧城周圍的前哨，剩下的部隊則留守在各個村莊。你們可以想見軍隊的人數有多麼龐大。」

古德說：「他們都好安靜。」的確，這麼多活人聚集在一起卻毫無聲息，讓人感到極度壓抑。

因弗杜斯問：「布格旺說了什麼？」

我翻譯了古德說的話。

他冷冷地回應說：「當死神的影子在頭頂上盤旋，安靜是理所當然的。」

「會有很多人喪命嗎？」

「非常多。」

我對其他人說：「看來我們要出席的是一場不惜一切代價安排好的角鬥表演。」

柯蒂斯爵士打了個寒顫，古德則說他希望我們可以全身而退。

我問因弗杜斯：「告訴我，我們有危險嗎？」

「各位神靈，我也不知道，我想應該沒有吧。不過請記得不要表現出害怕的樣子。假使你們平安度過今晚，或許日後一切都會順利。士兵們私底下都對國王感到不滿。」

在這整段期間，我們都一直朝著廣場中央前進，那裡擺放了幾張凳子。隨著我們不斷向前，我們注意到有另一小群人正從國王住處的方向走過來。

因弗杜斯說：「那是特瓦拉國王、他的兒子斯奎加，以及長者加古爾。還有看！和他們在一起的是劊子手。」他指向一小群身材壯碩、看來凶神惡煞的男子，他們約有十二人，一手持矛，另一隻手拿著重棍。

國王在居中的凳子上坐了下來，加古爾蹲伏在他的腳邊，其他人則都站在他身後。

在我們來到他的面前時，特瓦拉大聲地說：「各位白神靈，歡迎啊。請坐，別浪費寶貴的時間了——今晚時間實在太短，該做的事情很多。你們來得正是時候，可以欣賞到精采的表演。看看四周，各位白神靈，看看你們的四周。」他轉動著他那隻邪惡的獨眼，打量過一隊隊士兵。「在你們的星星上能否看到如此壯觀的場面？看那些心懷不軌的邪惡之人如何渾身顫抖，他們畏懼『上天』的審判。」

加古爾用她那具穿透力的尖細嗓音高喊：「開始吧！開始吧！土狼餓了，牠們已經在嚎叫索要食物了。開始吧！開始吧！」

而後全場一時間鴉雀無聲，這份安靜讓人恐懼，因為人們已經預知到即將發生什麼事情。

國王舉起手中的矛，突然間兩萬隻腳就像長在同一個人身上似的同時抬起，接著抬起的腳又重重地踏在地上。這項舉動重複了三次，堅實的地面都為之顫抖搖晃。接著從周圍某個遙遠的角落傳來一個孤零零的聲音，如泣如訴地開始唱起了歌，這首歌不斷重複的內容大意如下：

「由女人所生之人會面臨什麼樣的命運？」

那龐大隊伍中的每名士兵都從喉嚨裡發出了回應：

「死亡！」

但隨後這首歌逐漸由一支支隊伍接唱下去，直到所有兵士都唱了起來，我再也無法聽清楚歌詞，只聽得出其中表達的似乎是人類情感的各個面向，有熱情，有恐懼，也有歡樂。時而像是唱起了情歌，時而又唱起雄壯澎湃的戰歌，作為終結的則是一首輓歌，最後歌聲猝然結束於一聲撕心裂肺的哭號，哭號聲以足以使血液凝結的音量迴盪在空中，而後逐漸消逝。

場上再度恢復寂靜，而後國王舉起了他的手，再次打破了寂靜。我們隨即聽見一連串腳步聲，由戰士所組成的隊伍中出現了一群奇怪可怕的身影，朝著我們跑過來。隨著這些身影逐漸接近，我們才看清是一群女人，其中大多數都上了年紀，因為都是一頭白髮，她們的白髮上裝飾著一串串小魚鰾，在她們的身後擺盪。她們的臉上畫著白色與黃色的條紋，背上披著蛇皮，腰間掛著的人骨做成的小環，隨著她們的走動喀啦作響，每個人乾枯的手中都握著一根帶叉的小棍子。這群女人一共有十個人。她們走到我們面前停下，接著其中一人用她的棍子指向加古爾蹲伏著的身影，大聲喊道：

「母親，老母親，我們來了。」

那名邪惡的老者回答：「很好！很好！很好！女巫醫們，你們的眼睛夠利嗎？你們在黑暗的地方是否還看得清楚？」

「母親，我們的眼睛夠利。」

「很好！很好！很好！女巫醫們，你們能夠聽見並非出自唇舌的話語，你們的耳朵打開了嗎？」

「母親，我們的耳朵已經打開了。」

「很好！很好！很好！女巫醫們，你們的感官是否已經清醒——你們是否可以嗅出血腥味？能夠淨化這片土地，消滅對國王、對他們的鄰居圖謀不軌的邪惡之人？你們受過我的教導，享用過我智慧的餐點，喝過我的魔力之水，你們準備好為『上天』伸張正義了嗎？」

「母親，我們可以的。」

「那就去吧！你們這些禿鷲，別耽擱了。看，劊子手——」她指向後方那群執行死刑的不祥之人。「——已經磨利了手中的矛，那些遠道而來的白人也迫不及待地想要看一場好戲了。去吧！」

隨著一聲瘋叫，加古爾的可怕追隨者便如同炸開的砲彈碎片一般奔向四面八方，前往周圍密集人群的各個角落，在她們腰間的乾枯人骨，隨著她們的跑動喀啦作響。我們無法觀看她們所有人的行動，因此我們便將目光鎖定在離我們最近的那名女巫醫身上。她來到距離戰士們只有幾步遠的地方停下，然後開始瘋狂地跳起舞來，以一種幾乎令人難以置信的飛快速度不停旋轉著，嘴裡還尖叫著一些話，例如「行惡之人，我聞到他的味道了！」、「他就在附近，他毒死了自己的母親！」、「我聽到他內心的聲音，他想對國王不利！」

她舞動的速度愈來愈快，最後讓自己陷入某種激動的狂熱狀態，導致少許白沫自她緊咬著牙根的嘴裡冒出，她的眼睛似乎快從眼眶裡蹦出來，肌肉更明顯抖個不停。突然間她停了下來，全身僵直，文風不動，就像一隻聞到獵物味道的指示犬，接著她將手中的棍子向前伸，開始不聲不響地慢慢爬向她面前的那些士兵。在我們看來，隨著她不斷接近，那些士兵不再鎮定，她所到之處，士兵們都會避讓。至於我們幾個，我們宛如著魔般地盯著她的一舉一動。過沒多久，這名依然像狗一樣蹲爬著的女巫醫，就爬到了士兵們的面前。而後她停下來指了指，接著又繼續往前爬了一、兩步。

她的舉動突然有了結果。她尖叫一聲衝進人群裡，用她帶叉的棍子碰了碰一名高大的戰士。就站在那名戰士身旁的兩名同伴，隨即抓住這個在劫難逃之人，一人架住他一隻手臂，然後押著他前往國王所在之處。

他並沒有反抗，可是我們看到他前進時拖著腳，就像四肢癱瘓了一般，他的矛已經從他手中掉落，手指就像剛死之人的手指那樣無力地垂落。

在他往前移動時，兩名凶惡的劊子手同時迎上前去。雙方很快便碰在一起，接著兩名劊子手轉身看向國王，似乎在等待國王下令。

國王說：「殺！」

加古爾尖聲說：「殺！」

斯奎加乾笑著又附和：「殺！」

這些話才剛說完，恐怖的行刑便已完成。一名劊子手已經用手中的矛刺進被害者的心窩，為了確保萬無一失，另一名劊子手還用粗棍猛擊他的腦袋，打得他腦漿迸裂。

特瓦拉國王數著：「一。」用古德的話來說，他就像是《雙城記》中的德法奇夫人（Madame Defarge）一樣，只是皮膚是黑色的。接著那具屍體便被拖到幾步外，橫屍在那裡。

這件事才剛完結，又有一個可憐人像被送上屠宰場的牛一樣被押了出來。這一次，從他身上披著的豹皮可以看得出來，這是個有地位的人。可怕的三聲「殺！」再次響起，受害者隨即倒地死去。

國王數道：「二。」

這場致命的遊戲就這樣繼續進行下去，一直到大約有一百具屍體成排橫躺在我們身後。我聽說過凱撒大帝時期的角鬥表演，也聽說過西班牙的鬥牛表演，但是我敢說，這兩種表演不論哪一種，與這場庫庫安納王國的獵巫活動相比，前者都不及後者的一半可怕。不論如何，角鬥表演與西班牙鬥牛表演都是為了取悅觀眾，可是眼前的情況絕非如此。即使最喜歡提供轟動新聞的人，在知道自己本人多半會是下一次「事件」的主角時，也會以不轟動的方式掙扎反抗。

中途我們曾起身試著勸阻，卻遭特瓦拉厲聲制止。我們得到的答覆僅有：「白人，讓律法發揮它的作用吧。這些狗東西會用巫術為非作歹，他們罪該萬死。」

到了十點半左右，活動暫時停止。尋巫人自己聚集在一起，她們的血腥工作顯然已經讓她們筋疲力盡。我們以為這場表演就此結束，情況卻並非如此，因為過沒多久，我們驚訝地發現，老女巫加古爾從她蹲伏的位置站了起來，拄著手杖，步履蹣跚地走到空地上。

接著我們便看到一幅驚人的景象，這個腦袋像禿鷲的可怕老太婆因為她活了不知道多久的年紀，背駝得身體幾乎要彎成兩半，她慢慢蓄積著力量，最後竟然四處跑了起來，幾乎就像她那些帶給人厄運的徒弟一樣活躍。她來來回回地跑，口中念念有詞，突然間她衝向一個身形高大的人，那個人就站在其中一個兵團前面，加古爾碰了碰他。在她這麼做時，那人身後的兵團中響起了某種抱怨聲，他顯然是這個兵團的統帥。不過，他的兵團裡還是出來了兩名軍官，把他抓住並且押去處決了。我們後來才知道，這個人腰纏萬貫、地位顯赫，是國王的堂兄弟。

他被處死時，特瓦拉數到了一百零三。而後加古爾又開始來回奔忙，慢慢地愈來愈接近我們幾個。

古德忽然驚恐地說：「我敢拿性命打賭，她是想把她的那套把戲用在我們身上。」

柯蒂斯爵士說：「胡說八道！」

至於我本人，在我看到那個老魔鬼愈跳愈近時，我的心一下子從胸口落進了靴子裡。我瞥了一眼我們身後那一長排一長排的屍體，不禁不寒而慄。

加古爾旋轉著身體朝我們逼近，看起來完全像是一根有生命的彎柄手杖或逗號，她可怕的眼睛裡閃爍著邪惡至極的幽光。

她近了，更近了，那些匯聚在這裡的戰士每個人都極度焦慮地注視著她的一舉一動。最後她停下腳步指了指。

柯蒂斯爵士自言自語地問：「會是誰呢？」

不一會兒所有疑問都有了答案，因為那個醜老太婆衝過來碰了碰恩波帕，也就是伊格諾西的肩膀。

她尖聲說：「我把他給找出來了。殺了他，殺了他，他的內心充滿了邪惡。在他讓這裡血流成河以前，殺了他這個外來者。喔，國王陛下，快殺了他。」

一時間沒人說話，我立刻抓住這個機會。

我從座位上站起來並大聲說道：「喔，國王陛下，這個人是陛下客人的僕役，而打狗是要看主人的；不論是誰讓我們的狗流血，就是讓我們流血。根據應有的待客之道，我要求提供他保護。」

國王陰沉地回答：「白人，加古爾是尋巫人之母，他既然被加古爾查出來就得死。」

我回應道：「不，他不能死，誰只要試著碰他一根寒毛，就必死無疑。」

特瓦拉對站在附近已經殺紅了眼的劊子手大吼：「抓住他！」

他們往我們的方向前進，然後又猶豫地停了下來。至於伊格諾西，他抓緊矛舉起，似乎決心要讓來取他性命的人付出極大的代價。

我大叫：「退後，你們這些狗東西！如果你們還想見到明天的太陽，就給我退後。誰碰到他一根頭髮，你們的國王就會沒命。」我用我的自動手槍瞄準特瓦拉。柯蒂斯爵士與古德也拔出了他們的手槍，柯蒂斯爵士將他的槍對準了過來執行命令的領頭劊子手，而古德則是有意地瞄準了加古爾。

在我的槍管直直對準特瓦拉寬闊的胸膛時，他明顯退縮了。

我說：「那麼，特瓦拉，你打算怎麼辦呢？」

然後他說話了。

他說：「把你的魔管放下吧。既然你要我遵守待客之道，就因為這個原因，我就饒了他。我可不是因為害怕你的能耐才這麼做，你們可以平安退下了。」

我不在乎地回應：「很好，我們看膩了屠殺，想去休息了。這場盛會結束了嗎？」

特瓦拉一臉陰沉地回說：「結束了。把這些死狗——」他指向那一長排一長排的屍體。「扔出去餵土狼和禿鷲。」接著他舉起手中的矛。

場上的兵團立即開始一列列通過院門，沒有發出一絲聲響，只留下一群雜役在後面負責拖走那些犧牲者的屍體。

然後我們也站了起來，向國王陛下致意，他勉強紆尊回應，接著我們便離開了。

回到我們的住處後，我們先點起了一盞庫庫安納人所用的油燈，這種燈的燈芯是用某種棕櫚葉的纖維所製成，燈油的原料則是經過澄清的河馬脂肪，然後我們都坐了下來，柯蒂斯爵士說：「嗯，我真的覺得好想吐。」

古德加入談話：「對於幫恩波帕反抗那個沒人性的惡棍，如果先前我還有任何疑慮的話，現在這些疑慮都已經沒了。在那場屠殺進行時，我只能靜靜地坐在那裡不動。我試著緊閉眼睛，可是眼睛還是會在錯誤的時間睜開。我不知道因弗杜斯人在哪裡。恩波帕，我的朋友，你可得感謝我們。你差點身上穿了個洞。」

在我翻譯過後，恩波帕的回答是：「布格旺，我非常感謝大家，也永遠不會忘記今日的一切。至於因弗杜斯，他很快就會過來。我們得稍等一下。」

所以我們就點起了菸斗，開始等待。

第十一章 神跡出現

我們沉默地坐在那裡，因為想起方才目睹的恐怖情景，受到太大的震撼以致說不出話來，就這樣過了很長一段時間——我想有兩個小時吧。最後，就在我們正想上床睡覺時（因為這一晚時間已經接近破曉），我們聽見了腳步聲。而後傳來守在院門的哨兵盤查的聲音，他的盤查顯然得到了回應，只不過聲音太小我們聽不見，因為腳步聲依舊愈來愈近；不一會兒，因弗杜斯便走進屋子裡，後面跟著大約六位神態莊重的頭領。

他說：「各位神靈，我依言前來。各位神靈，還有庫庫安納人的正統國王伊格諾西，我帶來了這些人。」他指向那一排頭領。「他們是我們之中的重要人物，每個人手下都掌握著三千名誓死效忠的士兵，這些士兵除了聽命於國王，就只聽從他們的命令。我已經把我所看到以及我的耳朵所聽到的一切都告訴他們了。現在也讓他們親眼目睹纏繞在你身上的聖蛇吧，同時聽聽你的故事，伊格諾西，這樣他們才能決定是否要加入你的行列，一同推翻特瓦拉國王。」

伊格諾西的回應是，再次解下了他的腰布，露出紋在他身上的那條蛇。每位頭領都輪流靠前，藉著油燈昏暗的燈光，仔細查看那片紋身，接著便不發一語地站到另一邊去。

而後伊格諾西綁回他的腰布，對著他們說話，將他早上詳述過的經歷又說了一遍。

在伊格諾西說完後，因弗杜斯說：「各位頭領，現在你們都聽到了，你們怎麼說？你們是否願意站在這個人的身邊，協助他奪回他父親的王位，還是不願意？這片土地不滿特瓦拉的怨聲四起，人民的鮮血猶如春天的河水般四處橫流。你們今晚都看到了。本來我心裡還想著要和在那裡的另兩位頭領談談，可是現在他們人在哪裡？土狼正踩在他們的屍體上嚎叫。如果你們不反抗，不久後你們也會落得和他們一樣。那麼我的兄弟們，做出選擇吧。」

在六人當中最年長的，是一名身材不高、體格健壯的白髮勇士，他向前走了一步，回答道：

「因弗杜斯，你說的話千真萬確，這片土地怨聲載道。我的親兄弟就在今晚喪命的那些人當中。不過這是件大事，而整個情況又令人難以置信。我們怎麼知道假如我們舉起手中的矛，我們為之賣命的對象不會是一個賊偷和騙子呢？我說，這件事情關係重大，沒人預料得到結果。但是有一點可以肯定，那就是在反抗活動成功以前，這片土地會血流成河。許多人仍舊忠於國王，因為人們會崇拜依舊在天上的曜日，而不是尚未升起的太陽。這些來自星星的白人，他們的魔法很厲害，而伊格諾西也在他們羽翼的保護之下。假如伊格諾西的確是正統的國王，那就請這些白人向我們展現神跡，展現所有人都得以看見的神跡。這麼一來，人們就會知道事實上白人的魔法會幫助他們，我們才會得到人們的支持。」

我回應說：「你們已經看到了蛇形紋身。」

「我的神靈，這還不夠。他可能只是小時候那裡就被紋上了蛇形標記而已。向我們展現神跡，我們才會相信。不過，在沒看到神跡前，我們是不會採取行動的。」

其他人都表示完全贊同這項要求，我為難地轉向柯蒂斯爵士與古德，說明了目前的情況。

古德興沖沖地說：「我想我有辦法。要他們給我們點時間想想。」

我依言照做，幾位頭領於是退了出去。他們一離開，古德就跑到他用來存放藥品的小藥箱旁邊，打開箱子拿出了一本筆記本，在筆記本的扉頁上有一張年曆。他說：「現在，夥伴們，看這裡，明天不就是六月四號了嗎？」

我們一直都有仔細記錄著日期，所以回答得出這個問題的答案是肯定的。

「很好，那我們的辦法就有了——『六月四日月全蝕，格林威治時間八點十五分開始，在南非特內里費島（Teneriffe）等地均可看見。』這就是你們需要的神跡。告訴他們明晚我們會讓月亮失去光芒。」

這個主意真是棒透了；的確，它唯一的缺點就是需要擔心古德的年曆可能有誤。假使我們在這種事情上預言錯誤，我們將永遠失去威信，而伊格諾西也會從此喪失登上庫庫安納王國王位的機會。

柯蒂斯爵士提醒古德說：「如果年曆出錯了呢？」這時古德正忙著在筆記本空白的一頁上計算著些什麼。

他的回應是：「就我看來，做這種假設根本沒有道理。月蝕的發生總是很準時，至少以我的經驗來說是如此，而且年曆上還特別提到這次月蝕在南非能夠看得見。雖然不知道我們的確切位置，但是我已經盡可能地做出推算；根據我的判斷，明晚這裡的月蝕應該是在十點左右開始，一直持續到十二點半才結束。大概有一個半小時的時間這裡應該幾乎一片漆黑。」

柯蒂斯爵士說：「嗯，我想我們只得冒這個險了。」

儘管我心存懷疑，因為月蝕難以捉摸——例如，明晚可能多雲，或我們的日期可能是錯的——但我還是默許了。我派恩波帕去把那些頭領叫回來。過沒多久，他們就來了，我便對他們說了以下這些話：

「各位庫庫安納人的重要人物，還有你，因弗杜斯，聽好了。我們不喜歡展示我們的力量，因為這麼做會干擾自然的運行，讓世界陷入恐懼與混亂之中。不過，既然這件事事關重大，而且因為我們目睹的那場屠殺，也因為女巫醫加古爾的行為，她差點就致我們的朋友伊格諾西於死地，我們對國王十分惱怒，所以我們決定要打破規矩，展現所有人都能夠看到的神跡。請各位到這裡來。」我帶他們來到屋子的門口，指向紅色的圓月。「你們在那兒看見了什麼？」

幾位頭領的發言人回答：「我們看到了西沉的月亮。」

「沒錯。現在告訴我，是否有任何凡人能夠在那輪明月西沉的時刻來臨前，就將她的光芒熄滅，拉下黑夜的簾幕，使得黑暗降臨這片土地？」

對於這個問題，那位頭領回以微微一笑，然後說：「沒有，我的神靈，這件事沒有人能夠做得到。月亮比觀望她的人類更加強大，她也無法改變自己的運行軌道。」

「雖然你這麼說，但是我告訴你，在明晚大約午夜前兩小時，我們會讓月亮消失一個半小時之久。沒錯，濃重的黑暗將籠罩大地，而這就是我們要展現的神跡，以此證明伊格諾西是庫庫安納人真正的國王。如果我們這麼做，是否能夠讓你們滿意？」

那位老頭領面帶笑容地回答：「當然，各位神靈。如果你們能這麼做，我們一定會非常滿意。」他的同伴一樣面露笑容。

「那就這麼做吧。我們三人，因庫布、布格旺和馬庫馬贊，說到就會做到。你聽到了嗎，因弗杜斯？」

「聽到了，我的神靈，不過你們居然保證會在滿月時熄滅世界之母月亮的光芒，這件事實在是太不可思議了。」

「但我們是做得到的，因弗杜斯。」

「那好吧，各位神靈。今天日落後兩小時，特瓦拉會派人來請各位神靈去欣賞少女們的舞蹈表演，而在表演開始一小時後，特瓦拉眼中最美的那名少女將成為祭品，國王的兒子斯奎加會將她殺死，獻給矗立並守衛在遠處群山旁的靜默之峰。」他指向應該是所羅門王大道終點的那三座形狀奇特的山峰。「到時就請各位神靈讓月亮失去光芒，救那名少女一命，如此一來，人民必會信服。」

那位老頭領依舊面帶微笑地說：「是的，人民必會信服。」

因弗杜斯繼續說：「在距離盧城大約三公里處，有一座狀似一彎新月的山丘，我的兵團以及這些頭領所統率的其他三個兵團，就駐紮在那處據點。今天早上我們會擬定計畫，再調動另外兩、三個兵團到那兒去。然後，如果各位神靈確實能讓月亮失去光芒，在黑暗中，我會牽住各位神靈的手，帶大家離開盧城前往那個地方，大家在那裡會很安全，然後我們就可以對特瓦拉國王開戰了。」

我說：「很好，現在你們可以走了，讓我們休息一會兒，為我們的魔法做準備。」

因弗杜斯起身向我們行了個禮，而後便和頭領們一起離開了。

他們一走，伊格諾西便問道：「我的朋友們，你們真的能做到這麼神奇的事情嗎？還是你們對那些頭領說的只是空話？」

「我們相信自己能做得到，恩波帕——我是說伊格諾西。」

他回答道：「這真是太不可思議了，假如你們不是英國人，我是絕不會相信的。不過我已經知道英國『紳士』是不會說謊的。如果我們平安度過這一關，對你們我一定會有所回報。」

柯蒂斯爵士說：「伊格諾西，答應我一件事。」

身材高大的伊格諾西面帶微笑地回答：「因庫布，我的朋友，即使我還沒聽見你的要求，我都願意直接答應。什麼事呢？」

「就是如果你真的成為這群人的國王，你一定要廢止如同我們昨夜目睹的那種搜找巫師的活動；還有未經審判就殺人的情形也不應該再出現在這片土地上。」

在我翻譯了這項要求後，伊格諾西想了一會兒，然後回答說：

「黑人的習俗與白人不同，因庫布，我們也沒有那麼重視生命。不過我還是答應你。假如我有能力阻止他們，不只那些尋巫人再也無法獵巫，也不會再有任何人未經審判就被處死。」

柯蒂斯爵士說：「那就這樣一言為定了。現在大家去休息一會兒吧。」

我們因為已經疲憊不堪，因此很快就沉沉睡去，一直睡到大約十一點伊格諾西叫醒我們為止。接著我們起身梳洗，享用了一頓豐盛的早餐。之後我們便走出屋外四處閒逛，檢查庫庫安納人的房屋結構，觀察當地婦女的生活習慣當消遣。

過沒多久，柯蒂斯爵士說：「希望月蝕真的會發生。」

我沮喪地回應說：「如果月蝕沒有發生，我們很快就會全部完蛋，因為一旦確定我們是凡人，那些頭領中就會有人把整件事情告訴國王，接著月亮的光芒沒有消失，我們的未來卻會從此黯淡無光，這種結果我們一定不會喜歡。」

我們回屋用了點晚餐，而後便在接待出於禮貌或好奇而來訪的訪客中度過白日的剩餘時間。終於太陽西沉，我們不祥的預言讓我們得以享受兩個小時的寧靜。最後到了八點半左右，特瓦拉派來一名使者，邀請我們去欣賞即將開演的年度「少女之舞」的盛大演出。

我們連忙按照因弗杜斯的建議，穿上國王送給我們的鎖子甲，並隨身帶上我們的步槍與彈藥，以便萬一我們必須逃離這裡時使用，儘管心懷恐懼、忐忑不安，但我們還是大膽地動身出發了。

我們來到在國王住處前方的廣場，這裡的景象與前一晚大不相同。原本令人望而生畏、密集匯聚的一排排戰士，被一隊隊的庫庫安納少女所取代，她們的衣著並不華麗，但是每個人都頭戴花冠，一手拿著一片棕櫚葉，另一手則握著一枝白色海芋。特瓦拉國王就坐在月光照亮的廣場正中央，他的腳邊是年老的加古爾，因弗杜斯、少年斯奎加與十二名護衛則隨侍在他身旁。同樣在場的還有大約二十位頭領，我認出我們前一晚所交到的那幾位朋友大多數都在其中。

特瓦拉表面上極其熱情地招呼我們，但是我看到他用他那隻獨眼惡狠狠地盯著恩波帕。

他說：「來自星星的白人啊，歡迎你們。今晚的景象與昨晚你們在月光下所見到的截然不同，但就是沒那麼壯觀。少女總能討人喜歡，要是沒有比如這些人，」他向周遭指了一圈，「今天我們應該沒有一個人能站在這裡；不過男人比女人好。女人的親吻與軟語呢喃固然甜美，但是戰士手中的矛相互碰撞的聲音，以及男人鮮血的氣味，卻更令人陶醉許多！白人，你們想娶我們的人為妻嗎？如果想，可以從這裡挑選最美的一個，更可以想選幾個就選幾個，她們就會是你們的。」然後他停下來等待我們的回答。

對古德來說，國王所描繪的前景似乎並非沒有吸引力，他就像大多數水手一樣，天生多情——但是我年紀較大，考慮事情也較為周全，我可以預見這種事情將帶來層出不窮的難題，因為女人必然會惹麻煩，就如同白天過後黑夜必會降臨一樣，因此我急忙出聲回道：

「多謝國王陛下的美意，不過我們白人男性只會娶像我們一樣的白人女性為妻。你們的少女雖然美麗，卻不適合我們！」

國王笑著說：「那好吧，在我們國家有句諺語是這麼說的：『女人的眼睛永遠明亮動人，不論她們是什麼膚色。』還有另一句是：『愛你面前的女人，不在面前的女人對你而言必定是虛幻的。』不過或許在星星上面這些事情並非是如此。在白人的土地上，一切皆有可能。就這樣吧，白人，這些少女也不是沒人要！再次歡迎你們；也歡迎你啊，這位黑人。假使在這兒的加古爾昨晚的行動沒有受到阻撓，你現在已經是一具冰冷僵硬的屍體了。你該慶幸自己也是從星星上來的，哈！哈！」

伊格諾西平靜地回答：「國王陛下，我可以在你殺了我之前就要了你的命，在我的四肢無法動彈前，你早就成為一具僵硬的屍體了。」

特瓦拉大吃一驚，他惱怒地回說：「小子，你講話太放肆了。別太自以為是。」

「所言屬實才敢膽大包天。事實猶如一把利矛，能夠正中要害，毫無偏離。這是來自『星星』的啟示，國王陛下。」

特瓦拉滿臉怒容，他的獨眼露出凶光，但是他沒有再說什麼。

他喝令道：「舞蹈開始。」接著那些頭戴花冠的少女便一隊隊向前跳躍，她們一邊唱著甜美的歌曲，一邊揮舞著脆弱的棕櫚葉與白色海芋。她們不斷跳著，月亮已經升起，在柔和而黯淡的月光下，少女們模糊的身影看起來十分空靈。她們時而不停旋轉，時而模仿爭戰中的交手，身軀擺動，四處迴旋，忽而前進，忽而後退，看似凌亂，實則有序，讓人看了賞心悅目。最後她們停了下來，一名美麗的少女從隊伍中跳了出來，踮起腳尖開始在我們面前旋轉起來，她優雅又洋溢著活力的舞姿，能使大多數跳芭蕾的女孩都自愧弗如。最後她因為筋疲力盡而退下，另一名少女接替了她的位置，就這樣一個接一個地跳下去，但是不論是就姿態的優美、技巧或個人魅力而言，後面沒有一個人能與第一名少女媲美。

在所有獲選的少女都跳過舞之後，國王舉起了他的手。

他問：「白人，你們覺得哪個少女最美？」

我不加思索地說：「第一個。」話一出口我就後悔了，因為我想起了因弗杜斯曾經告訴我們，最美麗的少女必然會成為獻祭用的祭品。

「那真是英雄所見略同，我和你眼光一致。她的確是最美的！不過這對她來說卻是件遺憾的事，因為她必須得死！」

加古爾尖聲大叫：「對，必須得死！」她飛快地朝那名可憐少女的方向瞥了一眼，那名少女至今仍不清楚即將降臨在她身上的厄運，她站在大約十公尺外一隊少女的前方，手中拈著來自自己花冠上的一朵花，她正緊張不安地忙著將那朵花的花瓣一瓣瓣摘下來。

我極力抑制住心中的憤怒，說：「為什麼呢，國王陛下？那名少女舞跳得很棒，令我們非常滿意；她又長得那麼漂亮，不應該以死亡作為對她的獎賞。」

特瓦拉笑著回答說：

「這是我們的習俗，坐守在遠方岩石裡的山神，」他指向遙遠的那三座山峰，「必須得到祂們應有的供奉。如果我今天沒有殺了這名最美的少女，災難就會降臨到我和我的家族頭上。在我的族人中流傳著這樣的預言：『假如在跳少女之舞那天，國王並未將一名美麗的少女作為祭品，獻給長年坐守在那幾座山上的山神，那麼他和他的家族都將殞落。』你們看，白人，在我之前統治這個國家的是我的哥哥，他因為女人的哭求而沒有獻上祭品，結果就是家破人亡，我才會取而代之繼承了王位。到此為止吧，她必須得死！」接著他轉向衛兵吩咐道：「把她帶過來。斯奎加，磨利你的矛。」

有兩個人走上前去，在他們往前移動時，那名少女才首次意識到等在她前方的厄運，她嚇得大聲尖叫，轉身就逃。可是兩雙有力的大手緊緊抓住了她，並將不斷掙扎啜泣的她帶到我們面前。

加古爾尖聲說道：「丫頭，你叫什麼名字？怎麼？你不想回答是嗎？是不是要國王的兒子馬上就動手啊？」

聽到這句話，斯奎加向前一步，舉起他的長矛，他的表情顯得比以往更加凶狠，這時我看到古德的手悄悄地摸向他的自動手槍。那名可憐的少女透過淚眼瞥見長矛的微弱寒光，這反而令她從悲痛中鎮定了下來。她不再掙扎，雙手痙攣似地緊緊交握，渾身顫抖地站在那裡。

斯奎加高興萬分地大喊：「看，她只不過看到我的小玩意兒就嚇成那樣，她甚至還沒嘗過它的滋味呢。」他輕輕拍了拍扁平的矛刃。

我聽見古德嘀咕了一句：「要是被我逮著機會，一定要你這個狗崽子為此付出代價！」

加古爾嘲弄地說：「既然你已經平靜下來了，那就告訴我們你叫什麼名字吧，親愛的。來吧，說出來，別害怕。」

那名少女語帶顫抖地回答：「喔，母親，我的名字叫芙拉塔，我是蘇科（Suko）家的人。喔，母親，我為什麼必須要死？我什麼都沒做錯啊！」

這個老太婆用她令人厭惡的嘲弄語氣繼續說道：「冷靜點，你的確得死，好作為祭品用來獻給長年坐守在遠方的山神。」她指向那幾座山峰。「不過在黑夜裡安眠總勝過在白天辛苦操勞；死了要比活著更好，而且還是由高貴的國王之子親手將你殺死。」

少女芙拉塔痛苦地絞著自己的雙手，大聲哭喊：「啊，真是太殘忍了！我還這麼年輕！我到底做錯了什麼，要讓我再也看不到黑夜後升起的太陽，或夜晚的繁星循著太陽的軌跡降臨，讓我再也無法在露重時採集花朵，或聆聽流水的歡唱？我是多麼不幸，再也見不到父親的房屋，再也感受不到母親的親吻，也無法照料生病的小羊！我是多麼地不幸，不會再有愛人用他的手臂擁抱我，看進我的眼睛，我也從此無法生兒育女！啊，真是殘忍，真的是太殘忍了！」

而後她又絞起自己的雙手，抬起她戴著花冠的頭，仰望著天空，臉上淚跡斑斑，這名少女確實美貌非凡，即使深陷絕望，她看起來依舊那麼地秀美動人，除了在我們面前的這三個惡魔，任何人只要有一丁點惻隱之心，見到她必定都會心軟。莎士比亞戲劇《約翰王》中的亞瑟王子（Prince Arthur）對前來弄瞎他雙眼的惡徒所發出的懇求，都比不上這名原住民少女的淒訴來得更加感人。

不過她的哀哭並未感動加古爾或加古爾的主人，但是我在後方的衛兵中以及頭領們的臉上看到憐憫的表示。至於古德，他憤怒地哼了一聲，看他的動作似乎是想衝出去幫她一樣。這名在劫難逃的少女憑著女性特有的敏感，看出了古德內心的想法，她突然撲到古德面前，雙手緊緊抱住古德「美麗白皙的雙腿」。

她哭喊：「來自星星的白人神靈啊，請將我納入你們的保護之下吧；讓我得到你們力量的庇蔭，使我獲得拯救。啊，請幫助我擺脫這些殘忍之人，以及加古爾虛偽的仁慈吧！」

古德緊張地用英語大聲說道：「好好，我的寶貝，我會保護你。來吧，快起來，這才是好女孩。」他彎身握住那名少女的手。

特瓦拉轉頭對他的兒子示意，斯奎加舉起長矛向我們逼近。

柯蒂斯爵士低聲對我說：「現在該你上場了，你還在等什麼？」

我回答說：「我在等說會發生的月蝕。過去半小時我的眼睛一直盯著月亮看，可是月亮只是顯得比以往任何時候都來得明亮。」

「嗯，現在你只能冒這個險了，不然那名少女就要沒命了。特瓦拉已經愈來愈不耐煩了。」

我承認這些話很有道理，於是我絕望地又看了看天上皎潔的玉盤，即使是最亟欲證明自己理論的天文學家，也從未像我這樣焦灼不安地期待某個天文事件的發生，接著我便盡我所能地以最具尊嚴的姿態，走到那名俯臥在地上的少女與斯奎加逐漸逼近的長矛之間。

我說：「國王陛下，不能這麼做；我們不會容忍這件事情發生。請放這名少女平安離開吧。」

特瓦拉又驚又怒地從他的座位上站起來，那群頭領及四周隊形密集的少女原本因為預期會看到的悲劇而慢慢地朝我們靠攏，從他們之中傳來驚異的低語聲。

「不能這麼做？你這條白狗，在獅子的巢穴還敢對著獅子亂吠。不能這麼做？你瘋了嗎？小心點，以免你和你的同伴也落得跟這個小妞同樣的下場。我倒想看看你要怎麼救她或你自己。你以為你是誰，竟膽敢違抗我的意志？給我退下。斯奎加，殺了她！喂，衛兵！把這些人抓起來。」

他這一吼，便有一群武裝士兵迅速地從屋子後方衝出來，顯然他們是事先就被安排在那裡的。

柯蒂斯爵士、古德與恩波帕在我身邊一字排開，舉起他們的步槍。

儘管當時我的心已經沉進了我的靴子裡，但我還是壯著膽子吼說：「住手！住手！我們這些來自星星的白人說不能做就是不能做。你們只要再走近一步，我們就會像風吹熄燈火一樣熄滅月亮的光芒，讓這片土地陷入一片黑暗，住在月亮上宮殿的我們具有這種能力。膽敢違背我們，就讓你們嘗嘗我們魔法的厲害。」

我的威脅奏效了，那些士兵停了下來，斯奎加同樣動也不動地站在我們面前，手中仍舉著他的長矛。

加古爾尖聲說道：「你們聽！你們聽！聽那個騙子說他會像熄滅燈火一樣讓月亮失去光芒。讓他試試，然後直接刺死那個丫頭。沒錯，讓他試試，不然就讓他和他的同伴跟那個丫頭一起死。」

我抬頭絕望地看了月亮一眼，而所見到的景象令我欣喜若狂，同時大大地鬆了一口氣；我們——更確切地說是那張年曆——並沒有估計錯誤。在那個巨大銀盤的邊緣出現了一圈淡淡的陰影，而它明亮的表面也逐漸蒙上一層煙灰般的色澤。我永遠也不會忘記那如釋重負、極度放鬆的一刻。

然後我一臉嚴肅地舉手向天，柯蒂斯爵士與古德也跟著我的樣子把手舉起，我引用了《英戈爾茲比文集》中的一、兩行詩，盡我所能地用最威嚴的語氣將詩句唸出來。柯蒂斯爵士跟著唸起了《舊約聖經》中的一節，還用拉丁語說了個關於巴布斯（Balbus）築牆的故事[1]；而古

1. 巴布斯是羅馬執政官，也是凱撒的好友，他的名字曾出現在十九世紀一本很暢銷的拉丁文基礎教科書中，其中便有巴布斯築牆的例句。

德則是對著夜空中的那輪明月說了一串他能想得到的最經典的髒話。

月面上的半影慢慢地將月球明亮的表面完全覆蓋，隨著陰影的部分逐漸增加，周遭的人群陷入一片恐懼，我聽見從人群中不斷傳來沉重的喘息聲。

我大喊：「國王陛下，看啊！加古爾，看啊！各位頭領以及庫庫安納的男男女女，看啊！看看來自星星的白人是否說話算話，還是他們只是滿口空話的騙子！

「你們親眼看到月亮失去了光芒，很快這裡就會陷入一片黑暗——沒錯，明明是滿月四周卻是漆黑一片。你們所要求的神跡已經出現在你們眼前。喔，明月啊！變黑吧！純淨又聖潔的你，請收起你的光芒吧！將篡位謀殺者的傲慢之心打落塵土之中，用陰影吞噬整個世界吧。」

旁觀的人群發出驚恐的呻吟。有人被嚇得呆愣在那裡，有人撲通跪倒大聲哭喊。至於國王，他坐在原地一動也不動，黝黑的臉龐變得蒼白。唯獨加古爾仍舊毫無懼色。

她大喊：「這一切都會過去，我以前經常見到類似的景象。沒有人可以熄滅月亮的光芒。不用害怕，坐著別動——陰影終將消失。」

我興奮雀躍地回答道：「那你們就等著瞧吧。喔，月亮啊月亮！你為何如此冷酷善變？」這句正合時宜的話摘引自我最近偶然讀過的一本暢銷冒險故事，不過現在想想，我真是不知感恩，居然對天上的明月如此輕慢，不論她是怎麼對待小說中那名熱情如火的愛人，此刻她證明了自己是我們最忠實的朋友。接著我補充說：「古德，你接下去說，我想不起其他任何詩句了。你快繼續罵，好夥伴。」

古德勇敢地接下這副需要他發揮自身創意的重擔。從前我對於海軍軍官罵人能力的廣度、深度與高度，從未有過絲毫的概念。他用好幾種語言連續不停地罵了整整十分鐘，而且內容幾乎沒有重複。

在此同時，那圈暗影繼續擴大，而聚集在這裡的龐大人群，所有人的眼睛都盯著天空看，在一片安靜中目不轉睛地看得入迷。詭異可怕的陰影纏蝕著月光，某種令人不安的寂靜龍罩整個廣場。周遭一切都彷彿死亡一般陷入了沉寂。時間在這片肅穆至極的寧靜中緩慢流逝，同時天上的滿月也在地球的陰影中越陷越深，月面的陰影悄悄遮蓋住月球上的坑洞，壯觀的景象令人望而生畏。巨大的蒼白球體看似逐漸趨近，體積也似乎愈來愈大。她的顏色轉為銅色，接著月面至今尚未被陰影所覆蓋的部分化為灰白，最後，隨著月全蝕的時刻逐漸接近，映入眼簾的是月球上的山脈與平原透過暗紅色的陰影發出耀眼的紅光。

那圈暗影不斷向外擴張，如今已經佔領這顆血紅色球體超過一半的面積。天空的顏色變得混濁，持續染上愈加深濃的暗紅色澤。暗影繼續擴張，直到我們幾乎看不見前方那群人猙獰的臉孔。旁觀的群眾如今沒有發出一絲聲息，古德也終於停止了咒罵。

最後斯奎加王子大吼：「月亮要死了——這些白人巫師殺死了月亮。我們都將死在黑暗之中。」接著在恐懼或是憤怒，亦或兩者兼具的驅使之下，他舉起手中的矛，使盡全力朝著柯蒂斯爵士的胸口刺過去。可是他忘了國王送給我們的鎖子甲，我們早已將這些甲衣穿在我們的衣服下面。鐵質的矛尖被反彈回去，沒有造成任何傷害。斯奎加還沒來得及再次舉矛攻擊，柯蒂斯爵士已經從他的手中奪下長矛，朝著他刺過去，矛尖直接穿透了他的胸膛。

斯奎加倒地身亡。

那一隊隊的少女目睹這個情景，加上害怕愈來愈深濃的黑暗，以及她們認為邪惡的陰影正在吞噬月亮，這種情況同樣令她們感到恐懼，她們因此嚇得驚慌失措，以致亂成一團，四散竄逃，一邊尖叫一邊朝著門口狂奔。陷入恐慌的不只是那群少女，國王自己也拔腿就往屋裡跑，後面跟著他的衛兵、一些頭領以及加古爾，加古爾一跛一跛地跟在這些人的後方，動作敏捷得令人驚奇。結果不一會兒，現場就只剩下我們幾個、險些成為犧牲品的芙拉塔、因弗杜斯，以及前一晚與我們碰過面的大多數頭領，再來就是特瓦拉的兒子斯奎加的屍體。

我說：「各位頭領，我們已經向你們展現了神跡。如果你們感到滿意，我們就趕快出發前往你們之前說的那個地方吧。現在魔法還會繼續發揮作用，它的效果會持續一個半小時。我們可以利用黑暗作為掩護。」

因弗杜斯說：「跟我來。」他轉身就走，幾位受驚的頭領、我們幾個，以及少女芙拉塔緊跟在後，古德拉著芙拉塔的手臂。

我們還沒走到院落的大門，月亮就已經完全被陰影所吞沒，繁星從天空的各個方位冒了出來，在漆黑的蒼穹裡閃爍。

我們牽著彼此的手，在黑暗中跌跌撞撞地前進。

第十二章 戰事在即

對我們來說幸運的是，因弗杜斯和幾位頭領對這座大城的每條道路都瞭如指掌，因此我們經過一條條小路都平安無事，儘管眼前一片漆黑，我們仍走得相當順利。

我們持續走了一個多小時，月蝕終於開始消退，月亮邊緣最先消失的那塊區域再次出現。就在我們仰望時，從那塊區域突然迸出了一道銀光，伴隨著奇妙的紅色光輝，如同一盞天燈般垂掛在闐黑的夜空中，這真是一幅不可思議的美麗景象。又過了五分鐘，星星的光芒開始減弱，四周的光亮足夠讓我們看清楚自己的所在位置。

然後我們發現自己已經離開了盧城，正朝著一座方圓大約三公里的大平頂山前進。這種構造的山丘在南非十分常見，這座山並沒有很高，的確，它的最高海拔絕不會超過大約六十公尺，不過這座山形如馬蹄，四面頗為陡峭，並且巨礫遍布。在山頂的平坦草地上有一片寬敞的宿營地，已經有座軍營設置在這裡，其中駐紮著相當多的士兵。一般駐守在這裡的是一支三千人的兵團，不過當我們沐浴在再次灑落的月光下，艱難地爬上陡峭的山坡時，我們發現此刻有好幾支同等規模的兵團都紮營在這裡。

我們終於抵達山頂的平地後，發現成群的士兵已經從睡夢中驚醒，他們嚇得渾身發抖，擠作一團，因為眼前所見的自然現象而感到驚恐萬分。我們不發一語地從人群中經過，來到平地中央的一間小屋，結果驚訝地發現有兩個人正等在那裡，他們的身上揹著我們僅有的財物，先前因為我們是倉促逃離，自然不得不將這些物品留在原地。

因弗杜斯解釋說：「我有派人去把這些東西取回來。還有這個。」他拎起古德失蹤已久的褲子。

古德發出一聲欣喜若狂的呼喊，他撲過去抓住褲子便立刻穿了起來。

因弗杜斯懊悔地大聲說道：「我的神靈，請千萬不要把你那雙美麗白皙的雙腿藏起來啊！」

但是古德執意穿上褲子，之後就只有一次庫庫安納人民有機會再次欣賞到他美麗的雙腿。古德是個衣著十分端莊的人，所以往後他們就只能靠古德的單邊鬍子、透明眼睛及可以移動的牙齒，來滿足他們對美的渴望了。

因弗杜斯仍舊以不捨的懷念眼光盯著古德的褲子瞧，接著他告訴我們，他已經下令要各兵團天一亮就集合，目的在於向他們詳細說明頭領們決定造反的緣由與情況，同時向他們介紹正統的王位繼承人伊格諾西。

因此在日出後，各部隊就來到一處寬廣的空地上聚集，總共約兩萬人，都是庫庫安納王國軍隊中的精英。我們也來到了空地上，只見聚集而來的士兵在三面排開，形成一個密集的方陣，場面十分壯觀。我們站到方陣空出來的那一面，所有主要頭領與軍官隨即來到我們周圍。

在隊伍安靜後，因弗杜斯便開始對這些人說話。他對他們講述伊格諾西父親的故事，他如何被特瓦拉國王以卑劣的手段殺害，以及他的妻兒如何遭到驅趕，險些餓死，他的言語鏗鏘有力，優雅得體——因為就像大多數地位顯赫的庫庫安納人一樣，他也是名天生的演說家。

接著他指出，在特瓦拉的殘酷統治下，人們受盡苦難，怨聲載道，並舉前一晚的情況為例，許多在這片土地上擁有最高貴身分的人都被拖出來殘忍處決，藉口是他們為非作歹。然後他又繼續說道，來自星星的白人神靈俯瞰這片土地，察覺了庫庫安納人民所遭受的苦難，決定不辭千辛萬苦，前來解救庫庫安納人民於水火之中，因此他們親自帶著庫庫安納人民飽受離鄉背井之苦的真正國王伊格諾西，翻山越嶺來到了這裡。他們目睹了特瓦拉的惡行，為了向舉棋不定的人展現神跡，也為了實際拯救少女芙拉塔的性命，他們施展了高深的魔法，熄滅了月亮的光芒，還殺了小魔頭斯奎加。他們已經準備好站在大家這邊，協助大家推翻特瓦拉，擁立正統的國王伊格諾西上位。

因弗杜斯在一片贊同的低語聲中結束了他的演說。接著伊格諾西上前開始說話。他先是重複了一遍他的叔叔因弗杜斯說過的所有內容，最後用以下這些話結束了他有力的發言：

「喔，各位頭領、隊長、戰士與人民，我說的話你們都聽到了。現在你們必須在我和他之間做出選擇，他雖然是我的叔叔，卻坐在我的王位上，殺害了他的兄長，還在寒夜裡對自己兄長的孩子趕盡殺絕。我才是真正的國王，這些人——」他指向幾位頭領。「可以告訴你們，因為他們看過環繞在我腰間的大蛇。如果我不是國王，這些白人怎麼會全力施展他們的魔法支持我呢？顫抖吧，各位頭領、隊長、戰士與人民！正是他們讓黑暗降臨這片土地，使得特瓦拉不知所措，也掩護了我們逃離盧城，以致連滿月的時候大地還是一片黑暗，你們不是親眼目睹了嗎？」

士兵們回道：「是的。」

伊格諾西繼續說：「我是國王，告訴你們，我才是國王。」他挺直了他高大的身軀，將手中的寬刃戰斧高舉過頭頂。「如果你們之中有任何人說實情並非如此，就讓他站出來，我現在就和他決鬥，他的鮮血將可以證明，我告訴你們的都是真的。我說，就讓他站出來吧。」他揮舞著手中的巨斧，斧刃在陽光下閃閃發亮。

伊格諾西豪氣干雲的挑戰彷彿在說：「來吧，來吧，來受死吧。」因為看樣子沒人想要回應這項挑戰，我們昔日的侍從於是繼續他的演說。

「我是真正的國王，如果你們和我一同並肩作戰，一旦我獲勝，到時你們將與我共享勝利與榮耀。我會賜給你們牛群與妻妾，所有兵團都將歸於你們麾下；而如果你們失敗了，我也將與你們共存亡。

「聽著，我對你們許下承諾，一旦我繼承了先祖的王位，在這片土地上將不再流血。你們不會再因為屠殺而哭求正義，也不會再有尋巫者將你們抓出來無故處決。不會再有人在未違反法律的情況下被處死。你們的家產不會再被侵奪，每個人都可以安穩地睡在自己的屋子裡，無須擔心受怕，正義的足跡將遍布這片土地。各位頭領、隊長、戰士與人民，你們做出選擇了嗎？」

伊格諾西得到的回答是：「國王陛下，我們已經做出選擇。」

「很好，現在大家轉過頭看看，特瓦拉的使者正從盧城前往四面八方，意圖調集大軍來殺了我和你們，還有我的這些朋友兼保護者。明天，也許後天，他就會帶著所有效忠他的人來攻打我們。到時候我就可以知道誰真正是我的人，誰為了實現目標可以無懼生死；而我告訴你們，在論功行賞時，這些人是不會被忘記的。各位頭領、隊長、戰士與人民，我言盡於此。現在回你們的屋子去，準備迎戰吧。」

全場安靜片刻後，其中一位頭領舉起他的手，高聲喊出皇家禮節：「庫姆。」這表示士兵們承認了伊格諾西是他們的國王。接著他們便一隊隊撤離了。

半小時後，我們召開戰前會議，所有兵團的統帥都出席了。就我們看來，顯然過沒多久我們就會遭受壓倒性力量的攻擊。的確，憑藉我們位居山上的地理優勢，我們可以看見部隊正在集結，不斷有人從盧城離開奔往各個方向，無疑是去召集士兵支援國王。

我們這一方大約兩萬人，由這個地區其中七個最精銳的兵團所組成。而根據因弗杜斯與頭領們的估算，特瓦拉目前有至少三萬到三萬五千名支持他的戰士聚集在盧城，他們認為，到隔天中午，他還能再調集到五千人以上的援軍。當然，他的一些部隊可能會離開他而向我們倒戈，不過我們不能寄望於這種可能性。此外，特瓦拉顯然也正為了鎮壓我們而在積極備戰。除了已經派遣強大的武裝部隊在山腳下來回巡邏，還有其他種種跡象也都表明了攻擊即將來臨。

然而，因弗杜斯與頭領們卻認為，當天不會有任何攻擊發生，因為這一天除了要用來做準備外，由於士兵們相信月亮變暗是施展魔法的結果，因此這一天還得用來消除這件事對眾多士兵在現有各方面所造成的心理影響。他們說，特瓦拉次日才會發動猛攻，而結果證明他們的判斷是對的。

在此同時，我們也開始盡可能地加固陣地。幾乎每個人都派上了用場，待白天過去（這段時間感覺實在太短），大部分工作都已完成。這座山與其說是一處要塞，更應該稱之為療養所，通常有兵團近期在王國的危險區域艱苦執行任務歸來，都會以此地作為休整的營地。我們用石塊將上山的道路堵得十分嚴實，其他每條通道也都在時間允許的情況下構築了難以攻破的防禦工事。在各個地點都準備了成堆的巨礫，一旦發現進犯的敵軍，就將巨礫往下推。各兵團都分派了負責的崗位，眾人群策群力，凡是能想到的都做好了準備。

就在日落前，我們經過一天勞累之後正在休息，就發現有一小隊人從盧城的方向朝我們走來，其中一人手持一片棕櫚葉，代表他是以使者的身分前來。

隨著他逐漸接近，伊格諾西、因弗杜斯、一、兩位頭領及我們幾個，走到山腳下迎接他。這人看上去相貌堂堂，身披正規的豹皮斗篷。

他邊走邊大喊：「各位好！國王問候那些與國王作對的有罪之人，一如雄獅問候在他腳跟旁狂嗥的豺狼。」

我說：「有話就說。」

「國王陛下的話如下：陛下仁慈，要你們立刻投降，否則更悲慘的命運將降臨到你們身上。黑牛的肩膀已經被削掉，國王正驅趕著黑牛讓牠的血滴落在營地四周。」1

我好奇地問道：「特瓦拉的條件是什麼？」

「他的條件很寬容，真是當之無愧的偉大國王。強大無比的獨眼國王特瓦拉有一千名妻子，他是庫庫安納人的首領、所羅門王大道的守護者，受到默默坐守在遠處山峰（「三女巫」）裡的奇特山神所鍾愛，他是黑牛之子，是腳步震撼大地的巨象，為非作歹的人聞之喪膽，他是足跡踏遍沙漠的鴕鳥，是黑色的巨人，是世代相傳的睿智國王！特瓦拉國王的話如下：『我慈悲為懷，無須血流成河就能讓我滿意。每十人中只需死一個人，其他人可以自由離去。不過，白人因庫布殺了我的兒子斯奎加，他的黑人僕役妄想篡我的位，還有我的兄弟因弗杜斯圖謀造我的反，這三個人必須被折磨至死，以作為獻給靜默之峰的祭品。』以上就是特瓦拉國王仁慈的旨意。」

1. 原註：這項殘忍的習俗並非庫庫安納人所獨有，反而在非洲部落中十分常見，是在戰爭爆發時或其他任何重要的公眾活動中常舉行的一項儀式。

我在與其他人稍微商量後，用很大的聲音做出以下回應，好讓士兵們都可以聽得見：「你這個狗奴才，滾回派你來的特瓦拉身邊去告訴他，我們所有人，包括庫庫安納人真正的國王伊格諾西、來自星星又讓月亮變暗的智者因庫布、布格旺和馬庫馬贊、王族出身的因弗杜斯，以及聚集在這裡的諸位頭領、隊長與人民，我們的回答是：『我們不會投降。在太陽二次西沉以前，特瓦拉的屍體就會僵直地躺在他自己的大門前，而父親被特瓦拉所殺害的伊格諾西，將取代他成為國王。』現在，在我們揮鞭把你打出去以前，快滾吧！想和我們這樣的人作對，小心你的腦袋。」

使者放聲大笑，接著大聲叫道：「你們這些大話可嚇不了人。你們可以讓月亮變暗，明天就讓我們看看你們是不是有和今天一樣的膽量。在烏鴉啄食你們的屍骨，直到剩下比你們的臉還要白的白骨以前，英勇地戰鬥並且歡樂吧！再見了，或許我們會在戰場上相遇，可別逃回星星去了，而是要等我，我會為此祈禱的，白人。」他在這一番冷嘲熱諷之後便轉身離開，太陽旋即西沉。

那晚是十分忙碌的一個晚上，我們儘管非常疲憊，還是盡可能地藉著月光繼續為明天的戰鬥做好一切準備，傳令兵在我們坐下開會的地方不斷進進出出。最後，在午夜過後大約一小時，一切能做的準備都已完成，而整個營地除了偶爾傳來哨兵的盤問聲外陷入一片寂靜。

柯蒂斯爵士與我在伊格諾西和其中一位頭領的陪同下，下山到各崗哨巡了一圈。一路上總有尖矛從各種意想不到的地方突然伸出來，在月光下閃爍著微光，待我們說出口令後，尖矛才再度消失。就我們看來，顯然沒人在自己的崗位上打瞌睡。然後我們返回營地，小心地選擇我們前進的方向，穿過成千上萬名熟睡中的戰士，對其中的許多人來說，這將是他們最後一次安睡在人世間。

閃耀在矛上的月光映照在他們的臉上，令他們看起來臉色蒼白；夜晚的寒風吹動他們長長的羽飾，彷彿靈車上的羽毛在飄搖。他們橫七豎八地躺在那裡，有的手臂向外伸展，有的四肢蜷曲，他們嚴峻壯實的外表在月光下看起來十分奇怪，不似活人。

柯蒂斯爵士問：「你覺得明天這時候這些人當中有多少人能夠活下來？」

我搖搖頭，又看了看這些熟睡中的士兵，我的腦袋雖然很累，想像力卻仍十分活躍，我彷彿看到死神已經跟隨在他們身邊。我在心裡挑出那些註定喪命的人，對於人生的神祕莫測，某種深刻的感觸突然湧上我的心頭，人生的徒勞與悲哀同樣令我感到極度憂傷。

今晚這幾千人還能健康地酣睡，到了明天，他們及他們的其他許多同伴，或許還包括在他們之中的我們幾個，將橫屍在寒冷的戰場上；他們的妻子會成為寡婦，他們的孩子會失去父親，而他們生活的地方也從此再也不知道他們的存在。只有古老的月亮依舊安詳地散發著光芒，晚風會吹拂過草地，遼闊的大地會沉浸在一片安寧之中，在我們出現的億萬年前就是如此，在我們被遺忘的億萬年後也依舊會如此，亙古不變。

然而，只要世界依然存在，人就算死了就不會毫無一絲痕跡留下，當下他的母親會記得他，他的成就也是他曾經存在的證明。他的名字的確會被遺忘，但是他呼吸過的氣息仍舊會吹拂過山間松樹的樹梢，他說過的話語依然繼續在空間中回響；從他的腦海裡所萌生的念頭，為今日的我們所繼承；他的熱情是我們生活的目標；他曾體會過的愉悅與悲傷，是我們所熟悉的朋友——他在驚駭中急欲逃離的結局，終有一天我們必然也將面臨！

世界上真的充滿了鬼魂，並非墓地裡猶如罩著床單的幽靈，而是個人生活中無法磨滅的點點滴滴，這些點滴雖然會融合改變，一次次不斷發生變化，但是它們曾經存在，也永遠都不會消失。

各種各樣的這類想法在我的腦海中閃過——隨著我年紀漸長，我只能遺憾地說，我似乎愈來愈難以擺脫這種惱人的思維習慣——我站在那裡注視著那一排排看起來可怕但其實十分出色的戰士，他們正如同他們的俗話所說「枕戈」熟睡著。

我說：「柯蒂斯，我現在有種可悲的恐懼感。」

柯蒂斯爵士摸了摸他黃色的鬍子，笑著回答說：「夸特梅恩，我以前也聽過你說這種話。」

「嗯，這次我是說真的。你知道嗎？我非常懷疑明晚我們之中是否會有人活下來。我們會遭受到壓倒性力量的攻擊，而我們是否能守住這個地方，在相當程度上還得看運氣。」

「不論如何，我們都得好好收拾他們當中的某些人。看著我，夸特梅恩，這是一件很麻煩的事，而且說實在的，我們本不應該攪和進來，可是我們已經置身其中了，所以我們必須盡力做好自己的工作。就我個人而言，我寧可戰死在戰場上，也不願以其他任何方式死去，而既然我們似乎已經沒什麼機會找到我可憐的弟弟，這種想法對我來說還更輕鬆些。不過勇敢的人才會受到好運的眷顧，我們還是有可能成功的。不論如何，這都將是一場十分殘酷的戰爭，為了保住我們的聲望，我們必須參與到這件事情的核心去。」

他用悲傷的聲音說出最後的這段話，不過在他的眼中卻閃爍著光芒，顯示他語氣中的憂傷是假的，讓我感覺亨利．柯蒂斯爵士其實相當好戰。

之後我們回去睡了兩個小時左右。

大約天方破曉，因弗杜斯就把我們叫醒，他是來告訴我們觀察到盧城即將有大動作，還有國王已經派出小部隊朝我們的前哨進攻。

我們起身著裝準備戰鬥，所有人都穿上了鎖子甲，此刻對於這些甲衣的存在，大家都覺得不勝感激。柯蒂斯爵士為這場戰鬥做了最徹底的準備，將自己打扮得像名當地人的勇士。他將閃亮的鋼鐵甲衣披上他寬闊的胸膛，甲衣在他的身上猶如戴手套一般服貼，他邊著裝邊說：「入境隨俗，既然人在庫庫安納王國，跟著庫庫安納人做就是。」而這還不夠，他還請因弗杜斯幫他找來了一整套當地人的戰服。他將指揮官所穿的豹皮斗篷繞著他的喉嚨繫好，在額頭上綁上只有高階將領才能配戴的黑鴕鳥毛羽飾，而在他的腰間則纏繞著以白色牛尾做成的華麗腰布。腳上一雙涼鞋，腳腕上綁著山羊毛飾帶，加上一把斧柄為犀牛角材質的沉重戰斧、一面上頭鋪著白牛皮的鐵質圓盾，再搭配上標準數量的「托勒斯」，或說重型飛刀，這一切構成了他的全部裝備，只不過他還額外加上了他的自動手槍。這身裝扮無疑十分原始，但是我不得不說，我很少看過比以這身裝束亮相的亨利・柯蒂斯爵士更賞心悅目的風景，這身打扮將他健美的體魄完全展現出來。不久後，身著類似裝束的伊格諾西也來了，我心想，我以前真的從未見過如此出色的兩個人。

至於古德與我自己，相較之下，鎖子甲在我們身上一點也不合身。首先，古德堅持繼續穿著他剛找回來的褲子，這位身材矮壯的紳士戴著單片眼鏡，臉上留著半邊鬍鬚，身上披著鎖子甲，還仔細地將甲衣的下襬塞進他已經非常破舊的燈芯絨褲子裡，他的樣子與其說威風凜凜，不如說引人矚目。就我而言，鎖子甲對我來說太過大件，我只好將它套在我所有衣服的外面，鎖子甲因此顯得鼓鼓囊囊的，有些難看。不過，我脫掉了褲子，只繼續穿著我的生皮鞋，決定光著腿上戰場，這樣假使必須迅速撤退，跑起來也比較輕快。我的全部裝備還算適度：鎖子甲、一支矛、一面我不知道怎麼用的盾牌、幾把「托勒斯」、一把自動手槍，還有為了讓我的外表看起來有幾分嗜殺，被我固定在我的獵帽頂端的巨大羽飾。除了這一切裝備，當然我們還有步槍在手，不過因為彈藥稀少，而且這些步槍在衝鋒時派不上用場，所以我們就安排了人扛著步槍跟在我們後面。

我們終於整頓好自己的裝備，在匆匆吞了些食物後，我們便動身前去視察目前的情況。在山頂平地的一角，有一座棕色岩石堆成的小丘，這座小丘兼具兩項作用，既為瞭望塔也是司令部所在。我們在這裡找到了因弗杜斯，他自己的兵團灰軍就圍繞在他的周圍，灰軍無疑是庫庫安納軍隊中最精銳的一支隊伍，也就是我們最初在那座偏遠村莊所見到的同一支部隊。這支部隊現在足有三千五百人，被留作預備部隊，一隊隊士兵正躺倒在草地上，看著國王的軍隊猶如螞蟻一般，排成長長的縱隊緩慢地從盧城開出。這些隊列的長度似乎沒有盡頭——共有三列縱隊，根據我們的判斷，每一列縱隊都達到至少一萬一千或一萬兩千人。

這些縱隊一離開盧城便開始整隊，形成三支隊伍。接著一隊向右行進，一隊向左，第三支部隊則緩慢地朝著我們的方向開來。

因弗杜斯說：「啊，他們馬上就要從三個方向朝我們進攻了。」

這項消息聽起來相當嚴重，因為我們的位置在方圓有將近二點五公里長的山頂上，可能的戰線很長，所以對我們來說，盡可能地集中我們相對較小的防禦力量十分重要。但是既然我們不可能決定敵軍將從哪個方向進攻，我們只能盡量利用現有的條件，因此我們便傳令給各個兵團，做好分頭迎戰的準備。

第十三章　進攻

國王的三支部隊不慌不忙地緩慢逼近，毫無倉促或激動的表現。在距離我們不到五百公尺時，中央的主力部隊在開闊平原上舌形進山入口的舌根處停了下來，讓另兩支部隊有時間加入包圍我方的陣地，我們陣地的形狀有些像馬蹄鐵，兩端正對著盧城。他們這麼做的目的是為了同時從三個方向發動攻擊。

古德注視著位在我們下方的密集方陣，嘴裡抱怨說：「哎，如果有一挺格林機槍就好了！我可以在二十分鐘內掃清那片平原。」

柯蒂斯爵士說：「可是我們沒有，所以想也是白想；不過，夸特梅恩，你要不要開一槍試試？看你能夠多接近那個高個子的傢伙，他看起來像是名指揮官。二比一賭你打不中，再加一英鎊金幣，賭你的子彈不會落在距離他五公尺以內，如果我們能在這場戰鬥中活下來，賭金一定會如實兌現。」

這段話刺激了我，於是我為快槍裝填上實心彈，接著便開始等待，直到我的目標為了更清楚地觀察我方陣地，走離他的隊伍大約九公尺，只有一名傳令兵跟隨在他身邊，這時，我臥倒在地，將快槍靠在岩石上瞄準他。這把步槍如同所有的快槍一樣，射程只有約三百二十公尺遠，所以考慮到彈道的落點，我將槍口對準了他頸部的中間位置，根據我的估算，子彈應該會擊中他的胸膛。他一動也不動地站著，給了我大好的機會，不過，我不知道是因為激動還是風吹的影響，或是事實上想擊中那個人射程著實太遠，但以下是當時發生的情況。我依照自己的想法精確地瞄準目標，扣下扳機，待硝煙散去後，令我惱怒的是，我看到我的目標毫髮無傷地站在那裡，而在他左方離他至少三步遠的傳令兵，卻倒在地上，顯然已經身亡。我方才瞄準的那名軍官顯得極其驚慌，他隨即轉身，拔腿就朝他隊伍的方向奔去。

古德大喊：「太棒了，夸特梅恩！你嚇到他了。」

這句話令我十分惱火，因為假使可以避免，我是極不願意當眾失手的。一個人如果只對某項技藝拿手，總是希望能夠在這方面保有他的名聲。由於自己的失手，我徹底失去了理智，以致做了件很魯莽的事。我迅速瞄準那名正在奔跑的將領，向他開了第二槍。那個可憐人隨即揚起手臂，向前一頭栽倒在地。這次我一點失誤也沒有；而且，看到這一幕，我居然還殘忍地為此感到高興——我說這句話只是想證明，在需要維護自身的安全、自尊或名譽時，我們會有多麼不顧及他人死活。

目睹這項成果的兵團士兵，紛紛為白人魔法此次的展示熱烈歡呼起來，他們認為這是勝利的預兆，而那名將領所屬的隊伍——如我們後來所查明的，他的確是該隊伍的指揮官——則是在一團混亂中向後退卻。這時，柯蒂斯爵士與古德舉起手中的步槍開始射擊，後者還勤奮地同時用另一把溫徹斯特連發步槍增添在他前方的密集人群傷亡，而我也又開了

一、兩槍，結果，就我們所能判定的，在敵軍尚未離開我們的射程前，我們已經讓大約六到八個人失去了戰鬥力。

我們才剛停止射擊，從我們的右方便遠遠傳來了一聲不祥的吶喊，接著左方也響起了一聲類似的吶喊。原來是另兩支部隊也朝我們發起了攻擊。

在我們前方的人群聽見吶喊聲，稍稍整理了下隊形，便朝著山裡進發，他們一路緩步小跑，沿著無草的狹長山路上山，邊跑還邊用低沉的嗓音唱著戰歌。我們繼續用手中的步槍穩定地向逐漸逼近的敵軍開火，伊格諾西偶爾也加入射擊，打死了好幾個敵人，可是當然，面對那群大舉進攻、全副武裝的強大敵軍，我們就像對著拍打的波濤丟幾塊小石子一般，起不了什麼作用。

敵人叫喊著持續逼近，利矛碰撞發出了聲響；現在他們正在衝擊我們設置在山腳岩石間的崗哨。之後敵軍稍微放慢了推進的速度，原因是雖然至今我方尚未有激烈的抵抗，但是進攻的敵方必須爬山，他們必須緩速前進才不致上氣不接下氣。我們的第一道防線設在大約半山腰的位置，第二道防線在往後將近五十公尺處，而第三道防線則就在山頂平地的邊緣。

敵軍洶湧而至，嘴裡喊著戰鬥的口號：「特瓦拉！特瓦拉！殺啊！殺啊！」我方則回應以：「伊格諾西！伊格諾西！殺啊！殺啊！」他們現在已經相當接近，所以「托勒斯」，或說重型飛刀，已經開始飛來飛去，接著隨著一聲可怕的吶喊，兩軍開始短兵相接。

士兵們搏鬥廝殺，戰線來回拉鋸，倒下的人迅速增加，猶如秋風中的片片落葉；可是過沒多久，進攻的敵軍在人數上的優勢開始顯現，我們的第一道防線逐漸被逼退，一直退到第二道防線的位置。在這裡的戰鬥非常激烈，但我方還是又一次地被逼著退往山上，直到最後，距離開戰還不到二十分鐘，我們的第三道防線便已開始派上用場。

不過這時，進攻的敵軍已經精疲力盡，並且傷亡慘重，想要突破那第三道以尖矛所築成的堅固屏障，著實是力不從心。有段時間，交戰的原住民士兵在激烈的戰鬥中時進時退，雙方勝負難辨。柯蒂斯爵士眼睛炯炯有神地看著這場生死交鋒，接著他一言不發地就衝了出去，投身於戰況最激烈的地方，古德也緊跟在後。至於我自己則是仍然停留在原地。

士兵們看到柯蒂斯爵士的高大身影投身於戰鬥之中，齊聲呼喊：

「因庫布來了！大象來了！」

「殺啊！殺啊！」

從那時起，勝負已定。進攻的敵軍雖然英勇奮戰，但還是一步步地被逼退下山，最後在些許的混亂中撤退到他們的預備部隊跟前。就在這時，又有一名士兵來傳達消息，說左方進攻的敵軍也已經被擊退；我才剛開始暗自慶幸，心想事情終於暫且告一段落，但令我們驚恐的是，我們發現負責右翼防線的我方人馬，正被驅趕著越過平原朝著我們的方向而來，大量敵軍追擊在後，顯然在右面是敵軍取得了勝利。

站在我旁邊的伊格諾西一眼就看清了戰局，他迅速下達命令，在我們周遭的預備部隊灰軍隨即展開隊形。

伊格諾西再次發出命令，各隊隊長收到命令後複誦了一遍，隨後我極其不情願地發現，自己居然身陷對進犯敵軍的猛烈攻勢之中。我盡量躲在伊格諾西的魁梧身軀之後，勉力應對眼前的不利局面，彷彿視死如歸一般跌跌撞撞跟著往前送死。一、兩分鐘後，我們正從逃亡中的我方部隊中穿過，他們立刻開始在我們身後重新整隊，而後，我確定自己不知道發生了什麼事。

我所能記得的只有盾牌相撞發出來的可怕轟響，接著一名身材壯碩的暴徒突然冒了出來，他的眼睛看起來簡直就要從眼眶裡掉出來一樣，他手裡握著一把沾滿鮮血的尖矛直奔我而來。然而，我可以自豪地說，當時的我應變得宜，化險為夷。大多數人面對這種情況都會癱倒在地，而後就再也起不來了。我知道假如我站在原地不動，那就死定了，於是在那個可怕的身影逼近時，我極其機敏地撲倒在他前面，他一時收不住腳，因此就從我臥倒的身軀的正上方直接栽了過去。在他能再次站起來前，我已經起身從後方用我的自動手槍把他給解決了。

然後立刻就有人把我打倒在地，對於這場進攻我就只記得這麼多了。

我醒來後發現自己已經回到了小丘上，古德手裡拿著裝水的葫蘆正俯身在我上方。

他焦急地問：「老友，你感覺怎麼樣？」

我坐起身來，晃了一下，然後才回應他的問題。

我答道：「很好，謝謝。」

「感謝上帝！我看到他們抬你進來的時候，真覺得難過極了；我還以為你死了。」

「這次死不了，夥計。我想我只是頭被敲了一下，然後就暈過去了。戰事是怎麼結束的？」

「每個方向的敵軍都暫時被擊退了。損失極為慘重，我方死傷大概有兩千人，而他們損失的肯定有三千人。你看那邊！」他指向一長排一長排以四人為一組往前進的士兵。

在每個四人小組的中間都抬著某種獸皮擔架，庫庫安納軍隊總會帶著一定數量的擔架，擔架的每個角都裝有套環作為把手。在這些看似數不盡的擔架上躺著傷兵，這些傷兵一到馬上就會受到醫療人員的檢查，每個兵團配有十名醫療人員。如果傷口並不會致命，傷員就會被抬走，得到條件所能允許的悉心照料。

另一方面，如果傷者的情況證實已經無望，接下來就會發生非常可怕的事情（但無疑地也可能是最合適的仁慈之舉）。其中一名醫生會佯裝在進行檢查，實際上卻是用利刃快速切開傷者的動脈，在一、兩分鐘後，傷者就會毫無痛苦地死去。那天有許多受傷的士兵就是這樣離開人世的。

事實上，如果傷口是在身上，這類傷者大多都是被這種方式所了結，因為庫庫安納人所使用的矛有著極其寬大的矛刃，被這種矛刃刺入身體所造成的深長傷口，通常不可能痊癒。在大多數情況中，可憐的傷患都早已不省人事，也有其他情況是切開動脈的致命「一劃」來得極為迅速又沒有痛苦，因此傷患似乎也都沒有察覺。

儘管如此，這仍是相當恐怖的場面，也是我們十分樂於避開的景象；的確，在我的印象中，我從未見過有任何類似情景，比眼前醫療人員用血淋淋的雙手，以如此方式終結那些英勇士兵的痛苦帶給我更大的震撼，的確，只有一次除外，那就是我看到一隊史瓦濟蘭士兵在結束攻擊後，將他們治癒無望的傷兵都給活埋了。

我們急忙離開這令人膽顫心驚的景象，來到小丘的另一側，結果發現柯蒂斯爵士與伊格諾西、因弗杜斯及一、兩位頭領，正在密切地商量著事情，柯蒂斯爵士的手裡還握著把戰斧。

「夸特梅恩，你來了，感謝上帝！我不太能明白伊格諾西想做什麼。雖然看起來我們是擊退了進攻的敵軍，但是現在特瓦拉正在陸續接收大批的增援部隊，看他的部署顯然是打算包圍我們，斷絕我們的糧食供給，把我們給逼出去。」

「那可就棘手了。」

「沒錯；更何況因弗杜斯還說了水也快要用光了。」

因弗杜斯說：「我的神靈，的確如此，泉水無法供應這麼一大群人的需求，很快就要乾涸了。在入夜以前所有的人就都會沒水可喝。聽著，馬庫馬贊，你是個聰明人，無疑地也在你們的故鄉見識過許多場戰爭——是說如果星星上的人的確也會發動戰爭的話。現在請告訴我們，我們該怎麼辦？特瓦拉已經調集了許多新兵來替換那些傷亡的士兵。不過他已經學到了教訓；老鷹沒有想到蒼鷺已經做好了準備，但是我們的利喙已經刺穿了他的胸膛，他不敢再對我們發動攻擊。我們也受了傷，所以他會等到我們死去，會像蛇緊纏住羚羊一樣將我們團團包圍，進行一場『坐等』的戰鬥。」

我說：「我懂你的意思。」

「所以，馬庫馬贊，你知道我們這裡快沒水了，食物也只剩下一點，以下三條路我們必須從中做出選擇——是要像飢餓的獅子一般守在洞穴裡日益衰弱，還是要奮力向著北方突圍，抑或是——」說到這裡，他站起身來，伸手指向密密麻麻的敵軍。「發動猛攻，直擊特瓦拉的咽喉。因庫布是位偉大的戰士，他今天在戰場上的英姿就像是一頭困在網中的野牛，而特瓦拉的士兵則有如玉米尚未成熟就遭遇了冰雹一樣，一個個地倒在他的斧頭之下。我用我的這雙眼睛親眼目睹了他的表現，因庫布說：『衝啊！』；不過『大象』總喜歡往前衝。馬庫馬贊，你是足智多謀的老狐狸，見多識廣，又愛從敵人背後咬他們一口，現在你說該怎麼辦呢？最後的決定權在國王伊格諾西的手裡，因為決定戰爭是國王的權力；但是馬庫馬贊，夜晚的守護者，讓我們聽聽你的意見吧，還有這位有著透明之眼的神靈，也聽聽他的意見。」

我問：「伊格諾西，你覺得呢？」

我們昔日的僕人身著原住民戰爭的整套戰服，看起來完全就是位英武的國王，他回答說：「不，你是前輩，你請說吧，在智慧方面，在你身邊的我只不過是個孩子而已，請讓我聽聽你的想法。」

他既然如此懇求，我便與古德和柯蒂斯爵士匆匆商量了幾句，而後簡要地述說了我的看法，大意是：我們既然遭到圍困，特別是還要考慮到我們的水源短缺，因此我們最好的做法就是主動進攻特瓦拉的軍隊。接著我建議我們應該馬上展開攻擊，「趁我們的傷口還未導致我們行動不便以前」就發起攻勢，如此也可避免我方士兵在看到特瓦拉的壓倒性兵力後，「如同油脂遇到火就化了般」因此軍心而渙散。否則，我指出，其中某些隊長可能會改變他們的心意而與特瓦拉言和，改投向他那一方，或甚至出賣我們將我們送到特瓦拉的手上。

我表達的這番意見看來大體上得到了大家的認同；的確，我的言論備受這些庫庫安納人的重視，這種情況不論之前或之後都從未發生過。不過關於我們的計畫，真正的決定權在伊格諾西手中，既然眾人已經認可他是正統的國王，他可以行使他幾近毫無限制的統治權，其中當然包括用兵相關事務的最終決策權，因此此時所有人的目光都轉而向他投去。

伊格諾西沉默了片刻，彷彿是在沉思，而後他終於開口說話。

「因庫布、馬庫馬贊與布格旺，三位勇敢的白人以及我的朋友，我的叔叔因弗杜斯，還有各位頭領，我的心意已定。今天我將對特瓦拉發動攻擊，我的命運在此一搏，當然，這一戰也關係到我的生死——我的生死還有各位的生死。聽好了，我準備這樣攻擊。你們看到了嗎，這座山彎曲的弧度呈半月形，而平原就像山彎裡的一根綠色舌頭朝我們伸來？」

我回答：「我們看到了。」

「很好，現在是中午，經歷一場惡戰，大家需要吃飯休息。等到太陽西下，天色稍黑時，我的叔叔，讓你的兵團和另一個兵團一起下山，向那片綠色的舌形地帶前進，特瓦拉一旦發現你們，肯定會大舉派軍朝你們進攻，想要輾壓你們。可是那裡地形狹窄，一次只能有一個兵團攻擊你們，這麼一來你們就可以將敵軍一一消滅，而特瓦拉所有軍隊的目光也都會被吸引到這場前所未見的戰鬥上。至於你，我的叔叔，你就帶著我的朋友因庫布一起上陣，特瓦拉如果看到他的戰斧在灰軍的第一線揮舞，可能被嚇得怯弱退縮。而我會和第二批部隊一同出發，跟在你們後方，這麼一來萬一你們在戰場上失利，這種情況是有可能發生的，還會有國王留下來繼續奮戰；而智者馬庫馬贊也將與我同行。」

因弗杜斯說：「好的，國王陛下。」他顯然想到了他的兵團必然會全軍覆沒，卻十分平靜。這些庫庫安納人確實是個了不起的民族。他們在履行職責時，對於死亡全無畏懼。

伊格諾西繼續說道：「在特瓦拉的那一大群士兵因此都將目光集中在那場戰鬥上時，注意，我方現存兵力的三分之一，即六千人左右，會悄悄地從這座山的右端下山，前進到特瓦拉部隊的左側，另三分之一則會悄悄地從左端下山，準備攻擊特瓦拉的右側。在我看到兩路部隊都準備好進攻特瓦拉時，接著我就會率領我身邊剩餘的人馬，向著特瓦拉的正面發動攻擊。如果幸運之神眷顧，今天勝利將會屬於我們，在夜之女神驅趕著她的黑牛降臨群山以前，我們應該就可以安坐在盧城裡了。現在大家去吃點東西並且做好準備吧；還有因弗杜斯，務必要做好實施這項計畫的準備。等等，讓我的白人前輩布格旺跟著右路人馬下山，他那隻閃亮的眼睛能帶給隊長們莫大的勇氣。」

只經過如此簡要說明的進攻布署卻很快便付諸實行，由此可見庫庫安納王國軍事體系的完善先進。才一個小時出頭，口糧便已分發完畢，士兵們狼吞虎嚥地吃完飯後就分成了幾支隊伍，接著在向領隊說明了進攻的計畫後，除了留下一隊護衛負責照料傷患外，全軍共計一萬八千人左右便準備展開行動。

過沒多久，古德朝著柯蒂斯爵士和我走過來。

他說：「夥伴們，再見了。」接著他又意味深長地補充說：「我要遵照命令跟著右翼部隊出發了，所以過來跟你們握個手，以免，你們知道的，我們再也沒有機會相見。」

我們不發一語地握著手，所表露出的情感正符合盎格魯撒克遜人一般感情流露的程度。

柯蒂斯爵士開口說話，他低沉的嗓音有些顫抖：「這真是件怪事，坦白說我從未指望過還能看見明天的太陽。就我所能了解的，即將和我一起動身的灰軍為了讓兩翼部隊能夠不被察覺地悄悄繞路下山，從側面包抄特瓦拉，準備不惜全軍覆亡也要血戰到底。好吧，就這樣吧；不論如何，即便是死，也會死得像個男子漢。老友，再見了。願上帝保佑你！希望你能平安度過這一關，活著拿到那些鑽石；不過，要是真能如此，記住我的忠告，千萬不要再和什麼王位繼承人有任何牽扯了！」

古德隨即緊緊握了握我們兩人的手，接著便轉身離去；而後因弗杜斯走過來帶走了柯蒂斯爵士，將他領到他位在灰軍最前列的位置，而我則是滿懷不安地跟著伊格諾西，一起來到了我在第二批攻擊部隊中的位置。

第十四章　灰軍的最後戰役

又過了幾分鐘，負責執行側翼包抄行動的部隊在一片沉默中踏著沉重的腳步動身出發，他們小心翼翼地一直以突出的地勢作為掩護，以隱藏他們前進的步伐，不讓特瓦拉手下偵察兵的利眼有所察覺。

在灰軍與他們的支援兵團，即所謂的野牛軍有任何動靜以前，有半個多小時的時間可以讓兩端或說兩翼的部隊就位，灰軍與野牛軍是我方正面迎敵的主力，註定要在這場戰鬥中承受敵軍最猛烈的攻勢。

這兩個兵團都是幾乎人人精神抖擻、精力充沛，灰軍上午是預備部隊，只在擊退敵軍成功突破防線的那陣攻擊時折損了少數人員，那時我和他們一起衝鋒，經歷艱苦奮戰之後被人打暈。至於野牛軍，他們原來構成了左方的第三道防線，因為那方進攻的敵軍並未成功衝過第二道防線，因此他們幾乎沒有人參戰。

因弗杜斯是位謹慎的老將，他明白在這樣一場生死大戰的前夕，讓他的部屬保持高昂的士氣極為重要，因此他利用這段短暫的時間對他所統領的兵團，也就是灰軍，發表了一番言情並茂的演說：向他們說明他們這樣被布署在這場戰鬥的最前線，加上來自星星的偉大白人戰士也會加入他們的行列，與他們一同並肩作戰，他們將因此獲得莫大的榮耀；此外因弗杜斯也向他們承諾，假如伊格諾西的部隊取得勝利，所有存活下來的人都將得到牛群與升遷等豐厚的獎賞。

我俯視著眼前一長排一長排搖曳的黑色羽飾及其下的嚴峻面孔，心裡惋惜地想著，在短短的一個小時內，這些年齡都在四十歲以上的傑出老兵，即使不是全部，也將大部分都橫屍或垂死沙場，不可能有別的結果。

為了讓他們的理想及軍隊的其餘人員有成功的機會，他們註定會有一定程度的覆亡，因為偉大將領的特徵就在於能做出那種不惜犧牲人命的英明決定，這種決定通常能夠挽救他的部隊並同時達到他的目的。這些老兵註定要犧牲，而他們也知道這項事實。他們的任務就是在我們下方那片綠色的狹長地帶與特瓦拉手下一個又一個的兵團交戰，直到他們全軍覆沒，亦或位處兩翼的部隊找到合適的突襲機會為止。

然而，他們卻從未猶豫，我在個別戰士的臉上也看不出一絲畏懼。他們就站在那裡——眼前只有死路一條，即將與幸福的日光永別，卻能冷靜地面對自己生命的終點。即使在這個時刻，我仍忍不住將他們的心理狀態與我自己難受極了的心情做了番對比，並且發出一聲羨慕又欽佩的嘆息。我以前從未見過有人如此絕對地忠於職責，而且如此全然不在乎隨之而來的苦果。

最後老因弗杜斯指向伊格諾西，並且說道：「看著你們的國王！為國王而戰，為國王而犧牲，勇士的天職就是如此。那些在要為國王而死時退縮不前或者臨敵脫逃的人，他們將會受到詛咒，他們的名字將永遠蒙羞。各位頭領、隊長及士兵，看著你們的國王！現在向聖蛇致上你們的敬意吧，然後跟上，因庫布和我會指引大家通往特瓦拉軍隊心臟的道路。」

全場一陣靜默，接著從我們面前的密集方陣中突然傳來某種細微的聲響，彷彿遠方海浪的低語，那是六千支矛的手柄輕輕敲擊在握矛人手中的盾牌上所發出來的聲音。慢慢地，聲音愈來愈大，最後逐漸增強的音量匯聚成了震耳欲聾的轟鳴，猶如雷聲在山間迴盪，巨大的聲浪充斥在空中。而後聲音減弱，一絲一絲地逐漸消逝，直至渺無聲息，接著又猝然爆出皇家禮節的呼喊聲。

我心想，那天伊格諾西多半會感到非常自豪，因為就連羅馬皇帝也沒有任何一位曾經有「即將捐軀」的角鬥士如此發自肺腑地表達敬意。

伊格諾西舉起手中的戰斧，回應這震天價響的致敬之舉，接著灰軍便排成三路縱隊啟程出發，軍官不算在內，每路縱隊都有大約一千名戰士。在最後幾排士兵走出大約四百五十多公尺後，伊格諾西來到同樣排成三路縱隊的野牛兵團的最前列，下令出發，我們隨即動身，而我當然是一邊前進一邊以最虔誠的態度祈禱，希望自己能夠在這場戰鬥中安然倖存。我曾經身陷過許多意想不到的險境，但是以前的處境從未如此刻一般糟糕，也沒有一次我平安生還的機會比這次更加渺茫。

在我們抵達山頂平地的邊緣時，灰軍已經下到了半山腰，坡道的盡頭就是那片伸入山彎的舌形草地，就好像馬蹄鐵中間的蹄叉一般。在遠方的平原上，特瓦拉軍營裡的動靜非常大，一個接一個的兵團小跑前進，形成不斷擺盪的一個長列，想在發起攻擊的我軍能夠進入盧城的平原前，搶先到達那片舌形地帶的舌根處。

這片舌形地帶縱深約三百六十多公尺，即使在舌根處或是最寬的部分也不會超過六百五十步寬，而舌尖處則幾乎不到九十步寬。灰軍在順坡下山，朝著舌尖部位前進時，排成了單行縱隊，等到來到再次出現的寬闊地帶時，才又恢復成原本三路縱隊的隊形，然後停了下來，靜立在原地。

接著我們——也就是野牛軍——通過舌尖部位往下移動，來到我們作為預備部隊的位置，亦即灰軍最後一排後方大約九十多公尺的地勢稍高處。這時我們才有空閒觀察特瓦拉手下的整體軍力。經過早上的攻擊後，特瓦拉的兵員顯然已經補充過了，因此儘管有過損失，現在他們的總數不可能少於四萬人，而這些人正在迅速地朝我方前進。

不過隨著他們接近舌根位置，他們開始遲疑，因為他們發現這道山峽一次只能容納一個兵團進入，而且距離峽口大約六十多公尺的地方，除了從正面之外別無其他方向可以進攻，因為那裡除了兩側都是巨礫遍布的山地所形成的高牆外，還站著著名的灰軍兵團，灰軍是庫庫安納軍隊的驕傲與榮耀，他們已經準備好據守峽道阻擋進犯的特瓦拉軍，如同在古羅馬傳說中曾經有三名羅馬人堅守在橋上阻擋成千上萬名敵軍行進一樣。

特瓦拉軍遲疑了，最後他們前進的腳步停了下來；沒人急著想與這三排嚴陣以待、令人望而生畏的戰士矛刃相接。然而過沒多久，一名高大的將領在一群頭領與傳令兵的陪同下出現，他戴著慣有的頭飾，頭飾上的鴕鳥羽毛向下垂落，我想那不是別人，應該就是特瓦拉本人。他下了一道命令，接著最前方的兵團便大喊一聲衝向了灰軍，灰軍一直動也不動地靜立在原地，直到進攻的敵方部隊距離他們已經不到四十公尺，他們的隊列中才噹啷聲不斷，「托勒斯」或說重型飛刀齊發。

接著灰軍突然大吼一聲，一躍向前，舉著手中的矛衝向敵軍，兩軍相接展開了生死大戰。一瞬間盾牌碰撞的巨大聲響彷若雷鳴，傳入我們耳中，平原上似乎到處都是從寒光閃爍的尖矛上所反射出來的亮光。密密層層的士兵搏鬥廝殺，戰線來回拉鋸，不過這種情形並未持續很久。進攻的敵軍人數突然開始減少，接著灰軍慢慢往前推進了一段不短的距離，然後淹沒了敵軍，就如同巨浪掀起，淹沒了沉落的山脊一般。戰鬥結束，那個兵團全軍覆沒，不過如今灰軍也只剩下兩路縱隊而已；第三路縱隊已經全數陣亡。

灰軍收攏隊伍，士兵們肩並著肩再次停留在原地，靜待敵軍的下一次進攻；令我欣喜的是，我看見了柯蒂斯爵士的黃色鬍鬚，他正在來回走動，整理隊列。所以他還活著！

在此同時，我們繼續前進到了剛才兩軍交戰的現場，地上滿是倒臥著的士兵，人數約有四千人，有的已經死了，有的性命垂危，有的受了傷，真的是遍地鮮血。伊格諾西下了一道命令，這道命令很快就被傳達了下去，大意是不許殺害受傷的敵軍，而就我們所能看到的，這道命令徹底被執行了。如果我們有時間去想的話，眼前的景象原本應該是多麼駭人啊。

不過現在，敵軍的第二個兵團即將對灰軍剩餘的兩千名士兵展開攻擊，這個兵團的特徵是頭戴白色羽飾，身穿短褶裙，並且手持盾牌，而灰軍則是如同先前一般，在一片不祥的安靜中站在那裡等待，等到敵軍距離他們不到四十公尺了，他們才以無可抵擋的力量猛然衝向敵軍。盾牌碰撞的可怕巨響再次傳來，同樣的悲劇在我們眼前再度上演。

然而這次，勝負經過更長的時間才變得分明；的確，有段時間灰軍似乎幾乎不可能再次取勝。進攻的敵方兵團是由年輕人所組成，作戰極其勇猛，而且一開始似乎憑藉著純然的力量，就逼得這些灰軍的老兵節節敗退。兩軍之間的搏殺著實激烈，每分鐘都有幾百名士兵倒地；而從戰士們的喊殺聲與瀕死傷兵的呻吟聲中，伴隨著利矛相接的擦撞聲所傳來的是，某種持續不斷的低微嘶嘶聲，那是每個勝利者用手中的矛刺穿他倒下對手的身軀，然後再拔出來時所發出的勝利之聲。

不過，完美的紀律與穩定持續的勇猛戰鬥能夠創造奇蹟，而且一名老兵抵得上兩名年輕的士兵，眼前的局勢很快便顯示出這兩點。就在我們以為灰軍已經毫無機會，正準備待他們一被消滅騰出空間，就要立即上前頂替他們的位置時，我在一片嘈雜聲中聽見了柯蒂斯爵士低沉的嗓音，瞥見他將戰斧高舉在頭頂的羽飾上揮舞。接著局勢發生了變化；灰軍不再往後退；他們如同岩石一般屹立不動，力抗著持矛敵軍的猛烈攻勢，使得敵軍只能一次次地退卻。過沒多久，他們又一次開始移動——這次是往前推進；因為他們沒有火器，所以戰場上並沒有硝煙，我們因此得以將一切都看得很清楚。又過了一會兒，敵軍的攻勢開始逐漸減弱。

伊格諾西在我身邊激動地咬著牙大喊：「啊，這些人是真正的男子漢，一定會再次取勝。看，他們成功了！」

突然間，進攻的敵方兵團猶如從砲口冒出來的一股股硝煙一般潰散，一群群敵兵開始四處竄逃，他們的白色頭飾隨風飄盪在他們身後，而留在戰場上的他們獲勝的對手，確切來說，唉！卻已經不再是一個兵團。四十分鐘前威武的三列縱隊共有三千名壯士投入戰場，而今卻只剩下最多六百人左右，個個渾身血污；其他人則都倒在了地上。

然而，士兵們還是揮舞著手中的矛，發出勝利的歡呼，接著他們並未如我們所預期的向後朝我們靠攏，反而往前跑了將近一百公尺左右，追在竄逃的一組組敵兵後方，佔領了一座圓丘，然後重新排成原本的三列縱隊隊形，圍著圓丘的底部站成了三圈。而在那裡，感謝上帝，有一瞬間我看到了柯蒂斯爵士就站在圓丘頂上，他顯然安然無恙，與他站在一起的還有我們的老朋友因弗杜斯。而後，特瓦拉的軍隊朝著那些在劫難逃的灰軍士兵蜂擁而來，戰鬥再次逼近。

那些閱讀這個故事的人很可能早就看出來，我的膽子實在是有點小，絕不可能熱中於戰鬥，只是不知怎麼的我卻時常因為命運的捉弄而身陷令人不愉快的處境，不得不讓人流血。不過我對於這些事情向來十分厭惡，也盡可能地讓自己沒有流血的機會，有時為了達成這項目的，還會明智地乾脆溜之大吉。然而，此時此刻，我生平第一次感覺自己的胸口燃燒著想要戰鬥的激情。《英戈爾茲比文集》中描寫戰爭的片段，以及《舊約聖經》裡諸多血腥的章節，如同黑暗中的蘑菇一樣突然湧現在我的腦海中；我的血液之前一直都因為驚恐而幾乎凍結，如今卻在我的血管裡奔騰，我的心中升起了某種野蠻的渴望，想要展開屠殺，一個都不放過。

我向後瞥了一眼林立在我們身後的一排排戰士，不知怎的，在剎那間，我開始在心裡想著自己臉上的表情是否就和他們一樣。他們就站在那裡，雙手微微抽動，嘴唇微張，狂熱的臉上滿是對於戰鬥的熱切渴望，眼中的神情就彷彿獵犬在經過長時間的追逐後，發現他的獵物時的目光一樣。

只有伊格諾西的心，從他相形之下顯得十分沉著的外表來判斷，看似一如往常地在他的豹皮斗篷底下平靜地跳動著，不過他還是緊咬著牙就是。而我卻再也忍耐不了了。

我問：「恩波帕——伊格諾西，我們要繼續站在這裡直到生根發芽嗎？我是說，就這樣眼睜睜看著特瓦拉把我們在那裡的兄弟全部殺光？」

他的回答是：「不，馬庫馬贊，看，現在時機才成熟；我們上吧。」

就在他說話時，敵軍又有一個兵團衝過灰軍旁邊接近那座小圓丘，接著轉了個方向從這一邊對灰軍展開了攻擊。

接著，伊格諾西舉起手中的戰斧，發出推進的信號，野牛軍高喊著庫庫安納人狂野的戰鬥口號，猶如洶湧的波濤般向著敵軍衝去。

隨後所發生的一切我無法描述。我能記得的只有亂中有序的衝鋒，彷彿能夠震天動地；

作為衝鋒目標的敵方兵團突然改變正面的方向然後列隊；接著是可怕的衝撞、沉悶的吼聲，以及利矛的寒光在一片鮮紅的血霧中不斷閃現。

等我回過神來，我發現自己正站在灰軍的剩餘人馬中間，距離圓丘頂不遠，而且站在我前面的就是柯蒂斯爵士本人。當時我完全不知道自己是怎麼來到這裡的，不過後來柯蒂斯爵士告訴我，我被野牛軍的第一波猛烈衝鋒帶到了差不多他的腳邊，接著在野牛軍被逼退時，我卻還留在原地。於是他立即衝出隊伍將我拉到了安全的地方。

至於接下來的戰況，誰有辦法描述？大批敵軍一次又一次地衝擊我方每時每刻都在變薄的防線，而我方也一次又一次地將他們擊退。

正如某個人的完美形容：

頑強的持矛戰士仍在堅守，
這片黑暗的矛林無法穿越，
一旦有戰士倒下，
他所站的位置就會有戰友補上。

那些勇敢的士兵一次次越過同袍屍體所形成的障礙衝上前來，有時還會將屍體高舉在身前，以抵擋我方戰士刺出去的矛尖，結果卻是他們自己也成了一具屍體，將逐漸增高的屍堆疊得更高，看到眼前的景象，實在令人感到震撼。老兵因弗杜斯猶如在參加閱兵一般沉著冷靜，他會高聲下達命令、發出嘲弄，甚至開開玩笑，以激勵他所剩無幾的人馬保持高昂的精神。接著，每當敵軍發起進攻，他還會上前來到戰鬥最激烈的地方，為擊退來敵擔起自己的一份責任，他的表現著實英勇。然而柯蒂斯爵士的表現更加英勇，他的鴕鳥毛羽飾已經在某次被刺來的矛尖所挑落，他的黃色長髮因而隨著和風飄揚在他的腦後。這名名符其實的卓越丹麥人就站在那裡，他的雙手、戰斧與鎖甲全都被鮮血所染紅，在他揮舞的斧頭前，無人得以倖存。我一次又一次地看到每當有戰士勇敢地上前挑戰他，他的戰斧就會猛力往下一掄，一邊攻擊他還會一邊大喝：「喔吼咿！喔吼咿！」就像他進入狂暴狀態的祖先一樣，在他的攻擊下，敵兵的盾牌、矛、頭飾、頭髮乃至於頭骨都會被劈碎，直到最後再沒人敢主動靠近這名殺人從不失手的偉岸白人「巫師」為止。

這時突然傳來了一陣呼喊：「特瓦拉，特瓦拉。」從密集的人群中衝出來的不是別人，正是那位身量巨大的獨眼國王本人，他同樣手持戰斧與盾牌，身上穿著鎖子甲。

他大聲嚷著：「因庫布，你這個白人在哪裡？你殺了我的兒子斯奎加，我倒要看看你能不能把我也給殺了！」在此同時，他還對準柯蒂斯爵士擲出了一把重型飛刀，好在柯蒂斯爵士有看到襲來的武器，用手中的盾牌將它給擋住了，飛刀扎入盾牌，牢牢嵌進了獸皮底下的鐵盤裡。

接著，特瓦拉大喊一聲，朝著柯蒂斯爵士直直衝了過去，他手中的戰斧重重地劈向了柯蒂斯爵士，斧頭落在盾牌上的力道非同小可，以致單憑這一斧的力量與衝擊力，便使得柯蒂斯爵士如此健壯的一個人跪倒在地。

然而就在這時，事態停止了進一步的發展，因為在那一瞬間，從緊緊包圍在我們四周的敵軍中傳來了某種像是驚慌的喊叫聲，我抬頭一看便明白了箇中原因。

只見平原的左右兩邊到處都飄盪著衝鋒中戰士頭上的羽飾。從兩翼進行包抄的部隊已經趕來救援。時間選得再好不過。正如伊格諾西所預料的那樣，特瓦拉的所有軍隊都將注意力集中在在灰軍以及野牛軍的殘餘人馬周遭激烈進行著的血腥戰鬥上，如今野牛軍也在不遠處開闢了自己的戰場，這兩個兵團是我軍正面迎敵的力量。

特瓦拉軍做夢也沒想到會有我方的部隊從兩翼包抄過來，直到這兩支部隊即將逼近，因為他們以為這些部隊是作為預備部隊之用，藏在這座月形山的山頂上。而現在，他們連採取適當的防禦隊形都來不及，從兩翼包抄而來的我方部隊，就已經有如灰狗般撲向了他們的側翼。

五分鐘後，勝負已定。特瓦拉的軍隊因為兩翼遭受夾擊，加上灰軍及野牛軍帶給他們十分慘重的傷亡，使得他們士氣低落，士兵們開始潰逃。介於我方與盧城之間的整片平原上，很快就布滿了成群正在逃命的士兵，執行著他們的撤退行動。至於片刻前還圍困著我們及野牛軍的那些敵軍，猶如被施了魔法般不見蹤跡，過沒多久就只剩下我們還站在那裡，就像退潮後露出了水面的礁石一樣。可是，眼前的景象多麼地慘不忍睹啊！在我們周遭躺臥著成堆已經死亡或者瀕臨死亡的士兵，英勇的灰軍如今還能站著的只剩下九十五人，僅僅這一個兵團，就倒下了超過三千四百人，其中大部分人再也沒有站起來。

因弗杜斯趁著包紮他手臂上傷口的空檔，看了看他的兵團還剩下多少人，同時平靜地說：「戰士們，你們守住了我們兵團的名聲，今天的這場戰鬥將為你們的後代子孫所傳頌。」接著他轉身握住了柯蒂斯爵士的手，然後直率地說：「因庫布，你是個很棒的隊長。我在軍隊裡待了這麼多年，認識許多勇士，但我從未見過像你一樣的人。」

這時，野牛軍開始往盧城進發，從我們的身邊經過，同時我們收到了伊格諾西的口信，要求因弗杜斯、柯蒂斯爵士和我本人加入野牛軍的行列。我們便依命與伊格諾西會合。至於灰軍殘存的那九十人，他們已經得到命令，要負責將傷兵加以集中。伊格諾西告訴我們，如果可能的話，他打算直搗盧城抓住特瓦拉，獲取全面的勝利。我們走了沒有多遠，就突然發現古德的身影，他正坐在一座蟻丘上，距離我們大約一百步遠。緊靠在他身邊的是一具庫庫安納人的屍體。

柯蒂斯爵士焦急地說：「他一定是受傷了。」在他說這句話時，一件不幸的事情發生了。那具庫庫安納士兵的屍體，更確切地說看起來像是他的屍體，突然一躍而起，將古德打下蟻丘，古德因而栽倒在地上，然後那名士兵又開始用矛對著古德猛刺。我們驚恐地衝上前去，隨著我們逐漸接近，我們看到那名強壯的戰士一次次地將矛刺向倒在地上的古德，每刺一下，古德的四肢就往上抽搐一下。那名庫庫安納人看到我們靠近，就給古德來了最後也最狠的一下，然後喊了一聲：「吃我一矛吧，巫師！」接著拔腿就跑。

古德躺著一動也不動，根據我們的推斷，我們這位可憐的夥伴應該是凶多吉少了。我們難過地走向他，卻驚訝地發現他雖然的確臉色慘白，身體虛弱，臉上卻帶著平靜的笑容，他的單片眼鏡也仍舊穩穩地戴在臉上。

我們俯身察看他的狀況，他在看到我們的臉時低聲說：「這件鎖甲的品質真是不錯。那傢伙完全被矇住了。」然後他就暈了過去。我們在檢查時發現，在追擊敵軍的過程中，古德的一條腿被飛刀給刺中，傷勢十分嚴重，不過因為有鎖子甲的防護，最後那名用矛攻擊他的士兵只是在他身上製造出很嚴重的瘀青，並沒有對他造成其他任何傷害。古德幸運地逃過了一劫。由於當前無法對他進行任何治療，我們於是將他放到其中一個供傷兵使用的柳條擔架上，帶著他和我們一起走。

我們來到盧城最近的一個城門前方，發現我方的其中一個兵團正遵照來自伊格諾西的命令，監視著盧城的情況。其他兵團同樣守在這座城鎮的不同出入口。這個兵團的指揮官向伊格諾西行了個對國王的致敬禮，然後對他報告說特瓦拉的軍隊已經躲進了這座城鎮，特瓦拉本人也逃進了城裡，不過他認為特瓦拉軍已經完全喪失士氣，應該會拱手投降。

因此，在與我們商量之後，伊格諾西派出使者前往每個城門，下令守城的士兵打開城門，並以國王的名義擔保，所有士兵只要放下武器，就能免於一死並且獲得寬恕，不過他也表示，如果在入夜以前他們沒這麼做，他絕對會燒了這座城鎮，將城門裡的每一個人全都燒死。這項消息果然奏效。半小時後，在野牛軍的呼喊與歡呼聲中，橫跨壕溝的吊橋放了下來，壕溝對面的城門也被用力推開了。

我們採取了適當的防範措施以防有詐後，便往前進入了城鎮。成千上萬名意氣消沉的戰士沿著道路站得滿滿的，他們低著頭，他們的盾牌和矛放在腳邊，在伊格諾西經過時，他們便在軍官的帶領下，向他行對國王的致敬禮。我們繼續前進，直奔特瓦拉的院落。在我們抵達那片寬闊的空間時，就在一、兩天前我們還在這裡看過閱兵與獵巫活動，然而現在我們卻發現這裡已經變得空空蕩蕩。不，並不是完全空蕩蕩，因為在那裡，就在廣場的另一邊，正坐著特瓦拉本人，他就坐在他的住所前面，只有一個人陪在他的身邊，那就是加古爾。

這是一幅令人感傷的畫面，他就坐在那裡，他的戰斧與盾牌放在他的旁邊，他的下巴耷拉在他披蓋著甲衣的胸膛上方，身邊只有一個乾癟的老太婆和他作伴，儘管他罪孽深重，做了很多錯事，但當我看到特瓦拉就這樣「從他的高樓上摔下來」時，我還是不免感到一陣同情。他所有軍隊中沒有一名士兵出現在這裡，昔日圍繞在他身邊卑躬屈膝的數百位朝臣也沒有任何一個人現身，甚至連他的妻妾也全無蹤影，沒人留下來和他一同面對他的命運，或是分擔他失敗的苦楚。真是個可憐的野蠻人！他正在學習命運之神所教授的課程，我們只要活得夠久，其中大多數人就都會上到這門課，那就是聲名狼藉的人對於人們的目光是視而不見的，以及他這個毫無防備的失敗者不會找到多少友情與憐憫。的確，就他的情況而言，他也不值得獲得任何友情或憐憫。

我們排成縱隊穿過院門，越過廣場，朝著這位前國王坐著的地方前進。當我們來到距離他不到大約五十公尺處，隊伍停了下來，我們幾個只在一小隊護衛的陪同下朝著他走去，我們邊走，加古爾邊對著我們破口大罵。隨著我們逐漸接近，特瓦拉第一次抬起了他戴著羽飾的頭，他的獨眼中似乎閃著受到壓抑的怒火，其亮度幾乎足以媲美那顆繫在他額頭上的大鑽石，他死死地盯著他獲勝的對手——伊格諾西。

他尖刻地嘲弄說：「你好啊，國王陛下！你享用過我提供的麵包，如今卻靠著白人魔法的幫助誘騙了我的兵團，打敗了我的軍隊，國王萬歲！再來你打算怎麼處置我呢，國王陛下？」

伊格諾西堅定地回答：「當年你怎麼對待我的父親，現在你就會遭受同樣的命運。這麼多年來你一直都坐在屬於他的王位上！」

「很好，我會讓你看到是怎麼個死法，這樣在你自己的死期到時，你才會記得該怎麼做。看，太陽正在西沉，浸入一片血紅之中。」接著他用他的戰斧指向那顆正在往下落的火球。「這樣很好，我的太陽也會隨之殞落。那麼現在，國王陛下！我已經做好了死亡的準備，但是我請求得到庫庫安納王室成員所應有的恩典，那就是在戰鬥中死去。[1]你不能拒絕我的請求，否則就連今天在戰場上逃跑的那些懦夫都會以你為恥。」

「我同意你的請求。選擇吧——你要和誰決鬥？我自己不能成為你的對手，因為除非是在戰場上，否則國王是不能與人交手的。」

特瓦拉那隻陰沉的獨眼對著我們的隊伍上下掃視，因為他的目光有一會兒停留在我身上，這種處境令我感生了一種新的恐懼感。如果他選擇第一個和我決鬥怎麼辦？對上這樣一個孤注一擲的野蠻人，他體格壯碩，有將近兩百公分高，我有幾分勝算？還不如自己馬上自殺了事。我很快便打定主意要拒絕這場戰鬥，就算因此被趕出庫庫安納王國也在所不惜。我心想，被趕走總比被戰斧大卸八塊來得強。

過沒多久，特瓦拉說話了。

「因庫布，你怎麼說？我們是不是要為今天開始的那場打鬥做個了結？還是我應該叫你懦夫，你這個甚至白到了心肝裡的傢伙？」

伊格諾西立刻插話：「不行，你不能和因庫布決鬥。」

特瓦拉說：「如果他怕了的話，那就算了吧。」

遺憾的是，柯蒂斯爵士聽懂了這句話，他氣得滿臉通紅。

他說：「我會和他決鬥。這樣他才會知道我是不是在害怕。」

我懇求道：「看在上帝份上，別拿你的性命去冒險，和一個亡命之徒拚命。任何看到你今天表現的人都知道你英勇無畏。」

1. 原註：庫庫安納人有條法律規定，所有王室的直屬成員都不得被處死，除非經過他本人的同意，不過只要同意了就絕不能拒絕。他可以在國王同意下一個接一個地選擇對手，與他們決鬥，直到其中一人殺死他為止。

柯蒂斯爵士惱怒地回答：「我會和他決鬥。沒有人可以叫我懦夫，這麼叫的人都死了。現在我已經準備好了！」接著他走上前舉起他的戰斧。

看著這場帶有唐吉軻德風格的荒謬鬧劇，我不禁雙手緊握；不過，如果他決心要將這項行動進行下去，我當然也攔不住他。

伊格諾西充滿感情地將手放在柯蒂斯爵士的胳臂上然後說：「我的白人兄弟，別和他打。你已經戰鬥得夠久的了，如果你在他手下發生任何事情，我的心都會被撕裂成兩半。」

柯蒂斯爵士的回答是：「伊格諾西，我要打。」

「好吧，因庫布，你是位勇士。這將是一場精采的決鬥。看啊，特瓦拉，大象已經準備好要和你一較高下了。」

這位前國王狂笑出聲，他走向前面對柯蒂斯爵士。有一會兒，他們就這樣地站著，落日的餘暉灑落在他們健壯的軀體上，將他們兩人都籠罩在一片火紅之中。他們這對對手確實旗鼓相當。

接著他們開始繞著彼此轉圈，手中的戰斧高高舉起。

柯蒂斯爵士突然衝上前，對著特瓦拉狠狠地劈過去，特瓦拉往旁邊一閃。由於這記攻擊用力極猛，發出攻擊的柯蒂斯爵士因而有些失去平衡，他的對手立刻抓住了這個機會，將手中的巨大戰斧掄過他的頭，然後猛力往下一劈。我的心差點從嘴巴裡蹦出來。我以為決鬥就此宣告終結，然而情況並非如此；柯蒂斯爵士的左臂飛快地往上一抬，他將他的盾牌插進了自己與戰斧之間，結果盾牌的外緣被削掉了一截，戰斧落到了他的左肩上，不過這記攻擊並沒有重到足以造成任何嚴重的傷勢。緊接著柯蒂斯爵士就掄起了第二記攻擊，特瓦拉同樣用手中的盾牌接下了他的攻擊。

接下來兩人一次次地互相攻擊，這些攻擊不是被盾牌擋了下來，就是被對方給閃過。刺激的景象使得現場氣氛緊張，觀戰的部隊忘記了紀律，士兵們靠攏過來，跟著每一記攻擊大吼大叫或是嘆息呻吟。就在這時，一直躺在我旁邊地上的古德也從昏迷中醒來，他坐起身，得知眼前發生了什麼事後立即站了起來，抓住我的手臂，開始用一隻腳跳來跳去，他拖著我跟在他後面，高喊著為柯蒂斯爵士加油——

他大喊：「老友，上啊！漂亮的一記攻擊！朝他腰上砍。」諸如此類的話。

過沒多久，柯蒂斯爵士在剛用盾牌接住了一記攻擊後，卯足全力向對手劈了過去。他這次的攻擊劈開了特瓦拉的盾牌，也劈進了盾牌後方的堅固鎖甲，在特瓦拉的肩膀上造成了一道深長的切口。特瓦拉又痛又怒地大吼一聲，然後用更重的力道加以還擊，他的力量極大，劈斷了他對手戰斧的斧柄，斧柄為犀牛角材質，並曾用鐵條予以加固，還傷到了柯蒂斯爵士的臉。

在我們英雄的巨大戰斧掉落到地上時，從野牛軍中傳來了一陣驚呼聲；特瓦拉則再次舉起他的武器，大吼一聲又朝著柯蒂斯爵士撲去。我閉上了眼睛。當我再次睜開眼睛，只見到柯蒂斯爵士的盾牌倒在地上，而柯蒂斯爵士本人則用他那強壯的胳臂緊緊抱住了特瓦拉的腰。兩個人像兩頭熊一樣緊抱在一起，忽而前進，忽而後退，為了寶貴的生命以及更寶貴的榮譽，用盡全力地扭打成一團。特瓦拉猛地用勁，將這名英國人騰空抱起，接著他們又一起摔倒在地上，在鋪著石灰的地上滾來滾去，特瓦拉掄起戰斧朝著柯蒂斯爵士的頭劈去，柯蒂斯爵士則努力想用他從腰帶上拔出來的飛刀，刺穿特瓦拉的鎖甲。

這真是一場驚心動魄的戰鬥，看得讓人心驚膽跳。

古德大喊：「搶走他的斧頭！」或許我們的勇士聽見了他說的話。

不論如何，結果柯蒂斯爵士扔下了他的飛刀，伸手去搶戰斧，可是這把戰斧卻被一條牛皮繩緊緊綁在特瓦拉的手腕上。他們繼續在地上翻滾，就像兩隻野貓一樣氣喘吁吁地爭搶著那把戰斧。那條皮繩突然斷裂，接著柯蒂斯爵士猛地用勁，將自己掙脫開來，那把武器就抓在他的手中。緊接著他站起身來，紅色的鮮血從他臉上的傷口流下來，特瓦拉也站了起來，然後從腰帶上拔出重型飛刀，朝著柯蒂斯爵士直撲過去，對準他的胸膛攻擊。這一刺正中目標，力道又猛，不過，不論是誰製造了那件鎖子甲，他都很了解自己的手藝，因為這件鎖子甲刀槍不入。

特瓦拉再次狂吼一聲然後用力一刺，然而這把利刃卻又一次地被反彈回來，柯蒂斯爵士搖搖晃晃地往後退。特瓦拉再次逼近，隨著他逐漸接近，我們這位了不起的英國人提起精神，用雙手將那把巨大的戰斧掄過他的頭，然後使盡全身力氣地劈向特瓦拉。

從一千個喉嚨中發出了激動的尖叫聲，隨後，看！特瓦拉的頭像是從他的肩膀上蹦了起來：接著那顆頭落到地上，朝著伊格諾西的方向彈滾過去，正好停在他的腳邊。那具屍體站立了片刻，接著便隨著一聲悶響倒在地上，它脖子上的金項圈隨之滾過地面。這時，柯蒂斯爵士因為體力透支與失血過多而再也支撐不住，他重重地栽倒在死掉的國王屍體上。

他馬上就被扶了起來，許多人熱心地往他臉上倒水。不一會兒，那雙灰色的眼睛睜了開來。

他沒有死。

接著，就在太陽沉落時，我走到落在塵土中的特瓦拉的頭顱旁邊，從死人的額頭上解下那顆鑽石，然後把它交給了伊格諾西。

我說：「拿著吧，你是庫庫安納人的法定國王——不論是出身或作為戰爭中的勝利者，你都是當之無愧的國王。」

伊格諾西將這顆鑽石繫到他的額頭上，接著走上前，用他的腳踩在他無頭對手的寬闊胸膛上，然後突然開始詠唱，更確切地說是唱起了勝利的頌歌，這首頌歌如此美麗，卻又如此充滿了野性，以致我對於能夠適當地翻譯出這首歌的歌詞並不抱希望。

有次我曾經聽過一名聲音十分美妙的學者大聲朗讀希臘詩人荷馬的作品，我記得那些流動的詩句傳入耳中時，我的血液彷彿為之凝結。雖然勞累和各種情緒已經令我感到疲憊不堪，但是伊格諾西的吟詠還是在我身上起了完全相同的作用，他用來表達的語言，就像古希臘語一樣優美響亮。

他唱道：「現在，現在我們的反抗行動已經在勝利中結束，而我們也用力量證明了我們的惡行是正當的。

「壓迫者們在早晨起身伸展身體；他們綁上馬具，做好戰爭的準備。

「他們挺身擲出手中的矛；士兵們向隊長大喊：『來吧，帶領我們』——而隊長們則是對國王發出呼喊：『請指揮這場戰鬥吧。』

「他們得意地笑著，兩萬人，接著又是兩萬人。

「他們的羽飾遮蓋住了山谷，猶如鳥兒的羽毛鋪滿了她的巢；他們搖晃手中的盾牌，高聲叫喊，沒錯，他們在陽光下搖晃手中的盾牌；他們渴望戰鬥，樂於戰鬥。

「他們上山來要對我不利；他們的壯士飛奔來殺我；他們高喊：『哈！哈！他就跟已經死了的人沒兩樣。』

「然後我對著他們呼吸，我的呼吸猶如風的氣息，看！他們退縮了。

「我的閃電穿透他們的身軀；我手中的矛化作閃電汲取他們的力量；我的呼喊恍若雷鳴，將他們震倒在地。

「他們崩潰了——他們四處逃散——他們如同晨霧一般消失了蹤影。

「他們成為了鳶和狐狸的食物，戰場因為他們的鮮血而變得肥沃。

「早晨起身的那些威風之人如今何在？

「那些傲慢之人擲出手中的矛，並且高喊：『他就跟已經死了的人沒兩樣。』這些人如今身在何處？

「他們垂下了他們的頭，但不是因為沉睡；他們躺臥在地上，但不是因為沉睡。

「他們已經被人遺忘；他們已經沉入黑暗之中；他們居住在死寂的月亮上；沒錯，其他人可以領走他們的妻子，而他們的孩子再也不會記得他們。

「至於我！我是國王——有如雄鷹一般找到了自己的巢。

「看！我在黑夜中飛了很遠，但在破曉時分我回到了我年幼時的故鄉。

「各位子民，進入我的羽翼之下獲得庇護吧，我會照顧你們，你們將從此過上幸福的生活。

「現在，美好的時光已經到來，收取戰果的時候到了。

「山裡的牛群屬於我，院落裡的少女屬於我。

「冬季已經隨著風暴遠去，夏季將帶著鮮花到來。

「如今邪惡必須遮掩住自己的面孔，如今仁慈與喜悅將常駐在這片土地上。

「歡欣慶祝吧，我的子民！

「讓所有的星辰一同歡慶之前的暴政已經被推翻，我是這片土地的國王。」

伊格諾西停止吟唱，接著從逐漸濃重的暮色中傳來了低沉的回應——

「你是國王！」

於是，我對使者的預言應驗了，在四十八小時內，特瓦拉的無頭屍體就在他的住所門前逐漸變得僵硬。

第十五章　古德病重

決鬥結束之後，柯蒂斯爵士和古德被抬進特瓦拉的王宮，我也跟了進去。他們都精疲力竭，而且失血頗多，事實上，我自己的狀態也只是略好些而已。我很結實，並且比大多數人更加耐操，或許是因為我體重較輕，而且長期在訓練。但那一夜，我也相當疲憊，而在我精疲力盡時，被獅子咬過的舊傷也讓我開始疼痛不已。我的頭因為上午被打了一棒也很痛。總而言之，那天晚上應該沒有人比我們更悲慘了，差堪安慰的是，我們畢竟還能非常幸運地躺在那裡感受痛苦，而不是就像那一夜成千上萬的勇敢男子一般，變成平原上的死屍。他們那天早上都還挺立強壯。

何況，還有美麗的芙拉塔照顧我們，從我們拯救了她的性命之後，她就自願做我們的女僕，對古德尤其照顧得無微不至，我們設法脫下了鎖子甲，今天它肯定救了我們之中兩個人的性命。如我所料，我們發現，雖然鎖子甲擋住了武器刺入，下面卻是可怕的挫傷。柯蒂斯爵士和古德兩人都傷痕累累，我當然也不例外。芙拉塔帶來了一些搗爛的綠葉，氣味芳香，輕柔地敷在我們的傷口上，讓我們舒緩不少。

儘管傷口疼痛，但是柯蒂斯爵士和古德的傷口更叫我們焦慮。古德「白皙美麗的雙腿」

上被刺了一個洞，流了很多血；而柯蒂斯爵士除了其他傷口之外，下巴上被特拉瓦的戰斧砍了一個很深的傷口。幸運的是，古德是個非常出色的醫生，他的小藥箱一送到，他就開始徹底清洗傷口。雖然庫庫安納小屋中原始油燈的光線昏暗，他首先設法成功地縫合了柯蒂斯爵士的傷口，然後縫合了他自己的。接著他塗抹了一層厚厚的消毒用軟膏，最後我們又用全部的手帕包紮住傷口。

在這同時，芙拉塔為我們準備了一鍋濃郁的肉湯，因為太疲憊了，我們幾乎沒有力氣吃。喝完肉湯以後，我們倒在豪華的皮毛毯上休息，皮毛毯在已經過世的國王王宮裡四處散落。頗為諷刺的是，那天晚上躺在特瓦拉的床上，裹著他的特殊皮毛毯睡覺的人，正是殺死他的柯蒂斯爵士。

我說睡覺，但經過這一整天之後，要入睡的確有困難。首先，空氣中真真確確瀰漫著

「對臨終者的告別，
與對死者的悼念。」

從四面八方傳來婦女的哭喊聲，她們為在決鬥中死去的丈夫、兒子、兄弟哀號。難怪她們哀號，因為有超過一萬二千人，或庫庫安納軍隊人數近五分之一，已在那可怕的戰爭中喪生。這樣悲慘的數字令人撕心裂肺，有多少人悲慟不已。它讓我明白，那一天的人類野心背後有多恐怖。接近午夜時，女性的哭泣聲漸漸減弱，最後安靜了下來。不到幾分鐘的時間，後面的一間小屋響起了一聲刺耳的怒吼，是加古爾為死去的國王特拉瓦在「慟哭」。

後來，我斷斷續續地睡著，一想到過去二十四小時裡經歷的可怕事件，馬上驚醒。一會兒，我好像看到那個我親手殺死的戰士，站在山頂上朝我衝過來；一會兒，我好像置身灰軍陣營中，看見士兵們奮勇殺敵。現在我又看到了特瓦拉的羽毛和血淋淋的頭滾過我腳邊，我看見他咬牙切齒、對我怒目相視。

最後，不知怎麼熬過了這一晚。但是當黎明來臨，我才發現我的同伴們晚上睡得也不比我好。古德的確在發高燒，不久之後開始頭暈，而且讓我擔心的是，他吐血了，顯然他有些內傷，是昨天那個庫庫安納戰士拚命朝他身上狠刺所造成的。不過柯蒂斯爵士儘管臉上的傷口疼痛，讓他進食困難，而且不能笑，精神似乎不錯。

八點鐘左右，因弗杜斯來看我們。儘管經過前一天的激戰，再加上昨晚徹夜未眠，這位堅韌的老戰士依然精神飽滿。他很高興看到我們，親切地一一跟我們握手，但他也很為古德的狀況難過。我注意到，他很敬佩柯蒂斯爵士，言行舉止中，彷彿視他為某種神靈。事實上，正如我們後來發現，整個庫庫安納王國的人都把這個英國人視為神明。士兵們說，沒有人可以在經過一天的戰鬥之後，還能殺了特瓦拉，因為身為國王的特瓦拉，被認為是全國最強的戰士。在一對一的決鬥中，柯蒂斯爵士居然一斧頭就砍斷了他如公牛般的粗壯脖子。的確，這一擊在庫庫安納王國變得眾所周知，日後只要是特殊技藝或壯舉，就會被譽為「因庫布的一擊」。

因弗杜斯告訴我們，特瓦拉所有的軍隊都已歸順了伊格諾西，各地的酋長也陸續從外地前來投降。特瓦拉死於柯蒂斯爵士之手，已經杜絕了任何進一步騷動的機會。因為特瓦拉唯一的兒子斯奎加已死，所以再也沒有爭奪王位的對手了。

我說，伊格諾西不得不踏著血泊取得權力。老將軍聳了聳肩回答，「是的，但庫庫安納人有時候只能透過流血而換得平靜。的確，許多人喪生，但女人們都離開了，而孩子們也必須盡快成長來取代那些死去的人。此後，這片土地就能平靜一段時間了。」

之後，伊格諾西也在上午來拜訪我們，他的額頭上戴著那塊象徵國王權力的鑽石。當我想著他的王者風範，後面跟隨著畢恭畢敬的侍衛，我的腦海裡不禁想起，幾個月前在德爾班，這個高大的祖魯人毛遂自薦要當我們僕人時的模樣。想一想，命運之輪真是無常啊。

「您好，國王！」我起身說道。

「你好，馬庫馬贊，最終我成為國王，都是託你們三位鼎力相助，」他衷心地說。

他告訴我們，一切都進展順利，他希望兩個星期後安排一場盛宴，昭告自己是新國王。

我問他要如何處置古加爾。

「她是這片土地的惡魔天才，」他回答，「我要殺了她，還有她手下所有的巫醫！她活得這麼久，久到沒有人能記得她年輕的時候。就是她一直訓練女獵巫者，讓這片土地的人民受苦。」

「可是，她知道很多事，」我回答，「要摧毀知識比蒐集知識容易多了，伊格諾西。」

「確實如此，」他若有所思地說，「她，只有她，知道『三女巫』山的祕密，那裡是所羅門王大道的盡頭，是歷代國王葬身之地，也是『靜默之神』所在之地。」

「是的，鑽石也是。不要忘記你的承諾，伊格諾西，你必須帶領我們到礦區去，甚至你要想辦法饒了古加爾一命，好讓她帶路。」

「我不會忘記的，馬庫馬贊，我會考慮你說的話。」

伊格諾西來過之後，我去看了古德，發現他神智相當不清。傷口引起高燒，加上內傷，更加重了他的病情。這四、五天他的情況很嚴峻，事實上，我堅信，如果不是因為芙拉塔不知疲倦地照顧他，古德必定難逃一死。

女人就是女人，無論膚色，全世界都一樣。然而，這個黑皮膚的美女夜以繼日地守在古德的床前，無微不至地照顧著病人，動作靈巧溫柔，就像個訓練有素的醫院護士。前兩個晚上我試圖幫她，柯蒂斯爵士傷勢好些、可以行動以後，也想要幫她，可是芙拉塔卻嫌我們礙手礙腳，最後堅持要我們離開，讓她照顧他，還說我們的動作會讓他無法休息，這點我認為是真的。

她沒日沒夜地照顧他，給他唯一的藥物是當地一種用牛奶製成的冷飲，其中加入了鬱金香的球莖榨汁，並且不讓蒼蠅停到他身上。一晚又一晚，在油燈昏暗的光線下，我可以看到：古德翻來覆去，他的形容憔悴，眼睛大而無神，時不時胡言亂語。他的身旁坐著芙拉塔，她背靠著小屋的牆壁，眼睛柔和、身材勻稱的庫庫安納美女。她滿臉倦意，目光卻充滿憐憫之情；或者，這不僅是憐憫之情？

兩天來，我們認為他必定會死，心情沉重。只有芙拉塔不相信。

「他會活下來的。」她說。

古德住在特瓦拉王宮裡。國王下令這裡的人都搬離，只有柯蒂斯爵士和我除外，以免任何噪音干擾到病人；在主要小屋三百碼方圓內，只要躺著患者，就必須保持安靜。有一天晚上，古德生病的第五天，我照慣例在睡前幾小時去對面看看他的情況。

我小心翼翼地進了小屋。放置在地板上的油燈顯露出古德的身形，他不像前幾天翻來覆去，而是動也不動地靜靜躺著。

最終還是來了！我的心痛苦不堪，低聲嗚咽了起來。

「噓！噓！噓！」從古德身後的陰影傳來聲音。

然後，我走近了幾步，原來他沒有死，只是熟睡。芙拉塔尖細的手指被他蒼白的手緊緊抓住。危機已經過去了，他會活下去。他就這樣睡了十八個小時，實在難以置信，但是千真萬確。整個期間，這名少女就這樣坐在他身邊，寸步不離，擔心自己一動就會驚醒他。她一定忍受著抽筋、肌肉痠痛和疲倦，更不用說，一點食物都沒有吃。事實證明，最後他醒過來時，她的四肢僵直，自己無法移動而不得不被抬出去。

一度過了危險期，古德迅速恢復了。直到他幾乎痊癒時，柯蒂斯爵士才告訴他，他能活下來，全歸功於芙拉塔。當他得知為了不驚醒自己，芙拉塔在他身邊文風不動地坐了整整十八個小時，這位正直的水手雙眼飽含熱淚。他連忙去找芙拉塔。為了讓她聽懂自己的話，古德特別叫我去翻譯。不過我敢說，雖然古德的祖魯詞彙少得可憐，但芙拉塔肯定能明白他的心。

「告訴她，」古德說，「我欠她一條命，我到死都不會忘記她的大恩大德。」

我翻譯他的話，她的黝黑皮膚下似乎真的臉紅了。

她轉過身來，動作輕盈又優雅，讓我想起了翩翩飛舞的小鳥。她那雙棕色的大眼睛盯著古德，溫柔地回答：「不，大人不必掛心！我的命是您救的，自然應該服侍大人。」

可以看到，這位小姐似乎已經完全忘了，把她從特瓦拉的魔掌下救出來的，柯蒂斯爵士和我也有功勞。但，這就是女人！我記得我親愛的妻子也一樣。嗯，我悄悄地離開，心中有些難過。我不喜歡芙拉塔小姐溫柔的目光，我知道一般水手向來多情，古德更是如此。

我發現，世界上有兩件事情是無法阻止的：一是你不能阻止好戰的祖魯族戰鬥，二是無法阻止天生多情的水手墜入情網！

幾天後，伊格諾西召開了「Indaba」（國務會議），並獲庫庫安納國的「indunas」（酋長）正式承認為王。登基典禮最有氣勢，其中也包括了盛大的閱兵儀式。閱兵典禮這一天，灰軍剩下的士兵也參與正式遊行，伊格諾西並在全體軍隊面前感謝他們在戰鬥中的英勇行為。國王送了每個人一件大禮：灰軍的每名士兵都獲贈一大群牛，也升了官，並在新的灰軍中擔任指揮官。

此外，他還向全國頒布了一道命令：我們三個人來到庫庫安納王國，是庫庫安納王國的榮耀，我們三個應接受皇家禮炮迎接，並與王室接受相同的禮遇和尊敬，他還授予我們可以定奪生死的權力。伊格諾西也在他的子民面前再次重申，未經審判，絕不可任意殺人，同時自即日起，廢除獵巫的行動。

儀式結束後，我們等著晉見伊格諾西，告訴他，我們現在急於揭開所羅門王大道盡頭寶藏的神祕面紗，問他是否有什麼線索。

「我的朋友們，」他回答，「我已經發現了線索。寶藏正是在三座被稱為『靜默之神』的巨石像那裡。當初特瓦拉就是打算以少女芙拉塔當祭品，獻給『靜默之神』。那裡的山中有一個很深的巨大洞穴，歷代庫庫安納國王就埋葬在此。特瓦拉的屍體也在那裡，跟在他之前死亡的國王同坐。此外，那裡還有一個巨大的深坑，是很早以前的人挖掘的，也許是為了尋找寶石。比如我以前聽金伯利的礦工說過類似的事情，也是在死亡之地有一個藏寶室，知道的人只有國王和加古爾，但知道祕密的特瓦拉已經死了，我並不知道藏寶室的地點，也不知道裡面有什麼。不過，聽說很久以前，很多代了，有一名白人男子被一個女子帶領越過山脈，來到密室，並且看見了其中的財寶。但是他還沒來得及拿走寶藏，她就背叛了他。後來他被當時的國王趕到了山區，從那以後就沒有人進去過那裡了。」

「這個故事肯定是真的，伊格諾西，我們在山上看過白人衣男子。」我說。

「是的，我們找到了他。現在，我答應你，如果你們能找到藏寶室，寶石也在其中的話……。」

「在你額上的寶石足以證明它們的存在，」我指著我從死掉的特瓦拉眉頭上摘下來的大鑽石。

「也許吧，如果它們在那裡，」他說，「果真如此，而且你們要離開我的話，到時候你們想拿多少就帶走多少，我的兄弟。」

「首先，我們必須找到藏寶室、」我說。

「有，只有一個人可以帶路：加古爾。」

「如果她不肯呢？」

「那麼，她就得死，」伊格諾西嚴厲地說，「我留下她的性命，就是為了這一點。等著吧，讓她自己選擇，」然後他命令人把加古爾帶來他跟前。

幾分鐘後，她被兩名侍衛架進來了，她一邊走一邊咒罵。

「放開她，」國王對衛兵說。

侍衛一放手，那個乾癟的老包就癱倒在地，她看起來比任何東西都更像一個包，其中有她兩隻閃爍著邪惡光芒的眼睛，好像一條蛇般，癱到了地板上。

「你想要對我做什麼，伊格諾西？」她尖叫道，「你不敢碰我。如果你敢碰我，我會殺了你。你們當心點，當心我的魔法。」

「你的魔法救不了特瓦拉，老母狼，它也不能傷害我。」他回答。「你給我聽著，你得說出藏有閃亮寶石的藏寶室在哪。」

「哈哈！」她尖聲說道，「除了我，沒有人知道它的祕密，但我絕對不會告訴你。這些白人魔鬼會兩手空空的滾蛋。」

「你必須告訴我，我會讓你告訴我的。」

「怎麼了，國王？你很偉大，但你有什麼辦法可以讓一個女人說實話呢？」

「這的確很困難，但我會讓你說的。」

「什麼辦法啊，國王？」

「如果你不說，就慢慢等死吧。」

「死！」她憤怒且懼怕得尖叫，「你敢碰我，你知道我是誰嗎？你知道我有多老了嗎？我認識你的父親，也認識你父親的父親的父親。這個國家還很年輕的時候，我就在這裡了；有一天這個國家老了，我也還會在這裡。我不能死，除非是意外被殺，因為沒人敢殺死我。」

「不過，我會要你的命的。聽著，加古爾，你這個萬惡之首，你太老了，以致不再珍愛生命。可是生命怎麼能跟你的一樣，沒有身材、沒有頭髮、沒有牙齒，只剩下滿腦子的邪惡和罪惡的雙眼。殺了你，是對你的仁慈，加古爾。」

「你這個笨蛋，」老惡魔尖叫著，「你這個被詛咒的傻瓜！難道你以為只有對年輕人來說，生命才是甜蜜的嗎？不是這樣的，你根本不了解人性。對年輕人而言，確實，有時候並不怕死亡，因為年輕人能感受到他們的愛和痛苦，甚至願意為了所愛的人而死，但老人並非如此，他們不愛，而且，哈！哈！看到有人步入黑暗，他們會笑著觀看在星空下的所有邪惡，他們愛的只有生命，還有溫暖，溫暖的陽光和甜蜜，甜蜜的空氣；他們害怕寒冷與黑暗，哈！哈！哈！哈！」說完，老巫婆在地上扭動著身體狂笑。

「停止你的惡言惡語，回答我，」伊格諾西氣憤地說，「你願意帶我們去寶石所在地，或不說呢？你要是不說，現在，我就要你的命。」然後他抓住一根矛，對準了她。

「我不會說的，我倒看看你敢不敢殺我。殺害我的人會永遠被詛咒！」

伊格諾西慢慢拿著倒放的矛逼近，直到它刺到了地上的那堆破布。

加古爾慘叫著竄出來，一躍而起，然後再次摔倒在地。

「好吧，我會帶路，只是你要讓我活下去，讓我坐在陽光下，並有一點肉可以吸吮，我會帶路。」

「很好。我想我應該已經找到一種跟妳溝通的方法了。明天，你要跟因弗杜斯和我的白人兄弟去那個地方，當心不要壞事了，因為如果你帶錯了路，那麼你將會慢慢死去。聽清楚了嗎？」

「我不會帶錯路的，伊格諾西。我一向說話算話。哈！哈！哈！以前有個女人帶過一名白人男子去那個藏寶室，誰知道！厄運降臨到他身上，」說到這，她的眼睛閃爍著邪惡的光芒。「她的名字也叫加古爾，說不定我就是那個女人。」

「你胡說，」我說，「那已經有十代了。」

「也許，也許吧，一個人活久了，有些事情會記不得，也許是我媽媽媽媽告訴我的，但是她的名字的確叫加古爾。不過記得，你們會在那個地方找到一個裝滿閃亮寶石的袋子，那個男人裝滿了袋子，卻沒有辦法帶走。我說，厄運降臨到他身上了！也許是我媽媽的媽媽告訴我這件事的。這會是一趟愉快的旅程！我們在路上還可以看到那些陣亡的士兵屍體。他們的眼睛現在已經不見了，只剩下空空的骨架。哈！哈！哈！」

第十六章　死亡之地

三天後的晚上，我們在三女巫山腳下的小木屋紮營。三女巫山坐落在所羅門王大道盡頭，三座山呈三角形。我們的團隊除了我們三個人，芙拉塔也跟著來了，她一路上照顧我們，但主要是照顧古德。同行的還有因弗杜斯、加古爾和一群侍衛及僕人，加古爾坐在轎子裡，整天嘴上咒罵個不停。三座山，或說是三座山峰，顯然是因為某次地殼隆起所造成，就如我所說的，它們呈三角形，我們面對著底邊，一座山峰在左，一座山峰在右，一座就在我們的正前方。我永遠不會忘記第二天清晨陽光下所見到的景象，藍色的高空中，三座山峰高聳入雲，峰頂白雪皚皚。在山峰的雪線之下，山坡上長滿了紫色的石楠，前方的所羅門王大道就如同一條白絲帶筆直朝向中央那座山峰，消失在離我們約五哩遠處。那就是大道的終點。

那天早晨我們出發時的心情有多激動，還是留給讀者想像吧。至少我們離這美好的寶藏更近了些，為了這些寶藏，造成三百年前的葡萄牙人達．西維斯特里和我可憐的朋友、他運氣不好的後代喪命，而且我們也擔心，柯蒂斯爵士的弟弟喬治．柯蒂斯也已經因此喪生。經歷過之前種種，我們的命運將會如何？會更好嗎？就像邪惡的老魔鬼加古爾說的，厄運降臨在他們身上，是否也會降臨我們頭上？不知為何，走在美麗的所羅門王大道上最後一段路程上時，我不禁變得有些迷信，我想柯蒂斯爵士和古德也是如此。

我們沿著兩邊長滿石楠的道路走了一個半小時，興奮得健步如飛，以致加古爾的轎夫跟不上我們，轎子裡的加古爾尖叫連連，要我們停下來。

「走慢點，白人們，」她掀開草簾，露出乾癟的猙獰面孔，用邪惡的雙眼盯著我們，「你們這些尋寶人，就這麼想要遇上厄運嗎？」然後她發出可怕的笑聲，讓我打從背脊發涼，也令大家的熱切冷卻了不少。

我們繼續前進，直到我們和山峰之間出現了深約三百呎、周長約半哩的圓形大坑，大坑四面都是斜坡。

「你們能不能猜到這是什麼？」我問柯蒂斯爵士和古德，他們正驚訝地盯著眼前那可怕的東西。

他們搖搖頭。

「那麼，很顯然你們從未見過的金伯利鑽石礦區。照我看，這是所羅門王的鑽石礦。你看那裡，」我指著被坑壁上的雜草和灌木所覆蓋的堅硬藍色黏土，「是一樣的，我可以肯定，如果我們下到坑底，應該可以找到光滑的角礫岩『管道』，看那裡，」我指向一系列水道斜坡上的扁平厚石板，顯然水稻是古人在堅硬的岩石上開鑿出來的。「如果這些東西不是用來洗礦的石板，我就是荷蘭人。」

老達．西維斯特里的地圖上標出了這個大圓坑，所羅門王大道從坑邊一分為二，圍繞著圓坑。順道一提，圍繞圓坑而行的道路有多處是由石塊鋪成，支撐著大坑的邊緣，以防坍塌。由於好奇心驅使，我們沿著這條道路加快腳步，想看看大坑對面那三個高聳、隱約可見的東西是什麼。走近時，我們才看清楚，原來是某種巨石像，在我們眼前的，推測應該就是庫庫安納人敬畏的「靜默之神」。不過要到走得很近時，我們才真正明白這些「靜默之神」的宏偉莊嚴。

在三座巨大的黑色岩石底座上，雕刻著三個全裸的生殖器崇拜標誌，都是坐姿，每座間隔四十幾步距離，俯瞰著橫越盧城平原約六十哩的所羅門王大道。兩座是男性，一座是女性，每座石像從頭頂的冠冕到基座高約三十呎。

女性神像全裸，美麗莊嚴，可惜歷經數百年的風吹日曬，已經嚴重侵蝕，她的頭部兩側各有一個新月形的角。相反的，兩座男神像都穿著衣物，面目猙獰，特別是我們右邊的那一座，就是一張魔鬼臉孔。左邊的神像則一臉安詳，但透著幾分詭異。柯蒂斯爵士說，這是一種非人類的安詳，甚至帶著幾分殘酷，因為古人認為神靈才有這種安詳的神情，祂們看著人間的苦難，即使沒有喜悅，至少也沒有悲哀。這三尊巨石像永遠孤獨地坐在那邊，眺望著整個平原，形成凜然的三位一體。

望著庫庫安納人所稱的「靜默之神」，我們不禁冒出強烈的好奇，究竟是誰雕刻了祂們？又是誰挖了那坑、造了路？我注視著巨石像，突然想到熟悉的《舊約聖經》中提到的：

所羅門王跟著三個奇怪的神祇，我記得祂們的名字是：西頓人的女神亞斯他錄、摩押的神基抹、亞捫人的兒童之神米勒公[1]。我提醒夥伴們，眼前的這些石像或許就代表這些虛假的邪神。

「嗯，」柯蒂斯爵士說，他是個學者，在大學裡研究經典，「有可能：希伯來人說的亞斯他錄就是腓尼基人的阿斯塔特，腓尼基人是所羅門王時代的大商人。阿斯塔特後來成為希臘人的阿芙洛蒂，阿芙洛蒂女神的代表就是眉毛上有半月形的角。也許這些巨石像是管理礦藏的腓尼基官員設計的。誰說得準呢？」[2]

就在我們仔細觀看遠古的這些非凡文物時，因弗杜斯上前來，舉起長茅向「靜默之神」行禮，然後問我們是否要立刻進入「死亡之地」，還是吃過午飯再去。如果我們打算立刻前往，加古爾表示她願意帶路。因為還不到十一點，加上強烈的好奇心驅使，我們宣布打算立刻前往。為了預防滯留在山洞裡，我建議我們應該帶著食物。

1.《舊約．列王記上》第十一章三十三節：「因為他（指所羅門王）離棄我、敬拜西頓人的女神亞斯他錄、摩押的神基抹、和亞捫人的神米勒公、沒有遵從我的道、行我眼中看為正的事、守我的律例典章、像他父親大衛一樣。」

2. 原註：比較彌爾頓《失樂園》第一卷：「隊伍中
亞斯他錄前來，祂被腓尼基人稱為
天堂女神的阿斯塔特，牠有著月牙角；
月明之夜，西頓的處女們，
對她們的偶像發誓、歌唱。」

因此加古爾自己從轎裡出來。同時，芙拉塔應我的要求，準備了一些「肉乾」，或說是獵物的乾肉，兩葫蘆的水，放在一個蘆葦桿編織的籃子裡。在我們正前方，大約巨石像後面五十步遠處，矗立著八十呎高的岩壁，逐漸向上傾斜，直達雪峰頂部，雪峰直上我們之上三千呎高的雲霄。加古爾一下了轎子，就朝我們露出一抹邪惡的笑容，然後就拄著拐杖，蹣跚地朝岩壁走去。我們跟著她，來到一個狹窄的拱型入口前，看上去像是礦坑的入口。

加古爾等著我們，臉上依舊是可怕的邪惡笑容。

「現在，來自星星的白人男子，」她尖聲叫道，「偉大的戰士，因庫布、布格旺和聰明的馬庫馬贊，你們準備好了嗎？聽著，我遵照我的主上的命令，將帶領你們去尋找璀璨的寶石。哈！哈！哈！」

「我們準備好了。」我說。

「好，好！做好心理準備，別被你們看到的東西嚇壞了。你也要一起來嗎，因弗杜斯？你這個背叛了主人的傢伙。」

因弗杜斯回答的時候皺起了眉頭——

「不，我不進去，我不應該進去。但是你，加古爾，小心妳的舌頭，小心侍候我的主人們。我會跟妳要他們的，如果他們毫髮有傷，加古爾，即使妳這女巫法力再高強五十倍，妳也會死。聽到了嗎？」

「我聽到了，因弗杜斯，我太清楚你愛說大話。我記得你小時候就曾嚇唬你自己的母親。但是，不要怕，不要怕，我活著只為了遵從國王的命令行事。我已經服從過許多國王的命令，因弗杜斯，可是最後他們都聽我的。哈！哈！現在我馬上又會再見到他們，特瓦拉也是！走吧，走吧，這裡有燈，」然後她從她的毛皮斗篷下拿出了一只裝滿油的大葫蘆，上面還有一根燈芯。

「你要來嗎，芙拉塔？」古德用他不甚流利的庫庫安納語問，其實在這位少女的教導下，他的庫庫安納語一直都在進步中。

「我擔心，我的主人。」女孩怯生生地回答。

「那就給我籃子。」

「不，我的主人，你去那裡，我也會去那裡。」

「見鬼，你會害怕的！」我心想，「那你會變成我們的負擔。」

事不宜遲，加古爾轉身進入通道，通道足夠兩個人並排走，而且很暗。我們跟著她的聲音走，她尖聲要我們前進，我們實在有些害怕，渾身發抖，突然一陣翅膀拍撲的聲音傳來。

「喂！那是什麼？」古德大叫一聲，「有人打了我的臉。」

「是蝙蝠，」我說，「走你的。」

大約走了五十步，就所能判斷的，我們認為通道裡透出微弱的光亮。又過了一分鐘，我們來到一個讓所有人眼睛一亮、或許是最神奇的地方。

各位讀者請想像，自己置身最宏偉的大教堂之中，確實沒有窗戶，但依稀有昏暗的光線從上面照落。洞頂約一百呎高，呈拱型，外界空氣大概是藉此進出，我們也由這點明白自己置身的巨大洞穴究竟有多大。這是大自然鬼斧神工之作，遠非任何人類興建的大教堂可以比擬。然而這個山洞出奇的不只是其巨大，更讓人嘆為觀止的是一排排的巨大冰柱，事實上，那些冰柱是巨大的鐘乳石。想要傳達這些鐘乳石柱無以倫比之美與壯觀是不可能的，有一些鐘乳石柱直徑不少於二十呎，高聳直達洞頂；還有一些則在成形階段。岩石地面上有些類似的圓柱，柯蒂斯爵士說這些柱子很像古希臘神廟裡倒塌的柱子。此外，依稀可見洞頂上掛著巨大的冰錐。

即使我們凝視著冰柱，依舊能聽到水滴從掛在高處的冰錐上低落到鐘乳石柱上的過程，有些鐘乳石柱上水滴兩三分鐘才滴下一滴，照這樣的速度計算，要形成一根高八十呎直徑十呎的鐘乳石柱，需要多久的時間呢？這過程真的太漫長了，漫長到難以計算。舉個例子來說，我們在一根柱子上發現了一具類似木乃伊的雕刻，其頭部看起來像是埃及神祇，無疑是出自在這裡採礦的古代工人之手。這件藝術作品高度與真人差不多，應該是腓尼基工人或英國人留下的，他們喜歡在大自然中，也就是離地約五呎高處，留下痕跡以讓自己永垂不朽。然而，眼前的這根柱子應該有近三千年的歷史了，卻只有八呎高，還在形成階段。由此可知，形成速度大約是一千年一呎或一百年一吋。我們知道這點是因為站在柱子旁邊時，我們聽見了一滴水滴落。

有時，如果水滴並非一直滴在同一個地方，那麼石筍會變成奇形怪狀。有一塊重約百噸的巨大鐘乳石，形狀好似教堂裡的講壇，外側還裝飾著蕾絲般的花樣。其他的鐘乳石看起來像奇禽異獸，洞壁上則有扇形的象牙白痕跡，有如窗格上的霜葉。

出了寬闊的主過道，兩邊有很多較小的岩洞。柯蒂斯爵士說，這些小岩洞正好就像大教堂旁邊的小教堂。有些岩洞很大，但有一兩個較小些：不論大小，大自然都展現了她精巧的手藝。例如，有個小岩洞，並不比一個尋常的娃娃屋大多少，洞裡卻依然有水滴滴落，掛著小小的冰錐、形成鐘乳石，跟其他岩洞並無二致。

我們很想一一欣賞這個美麗的洞穴，但並沒有足夠的時間。因為不幸的是，加古爾似乎對鐘乳石無動於衷，只渴望完成她的差事罷了。這惹惱了我，因為我很想弄明白：洞裡的光線是從哪裡進來的？以及它究竟是由人類，還是自然成形？古代是不是已經有人用過這個岩洞？似乎有可能。但是，我們只能安慰自己，歸途時會仔細研究這一點，現在只能跟著這個可惡的嚮導繼續前進。在她帶領下，我們直接朝巨大且安靜的洞頂前進，我們在這裡發現了另一個出入口，沒有像第一個出入口的拱形，不過頂端是方形的，有點像埃及神廟的出入口。

「你們準備好進入死亡之地了嗎，白人們？」加古爾問，顯然是故意要讓我們感到不舒服。

「帶路吧，麥克德夫，」古德嚴肅的說，試著讓他自己看起來好像一點也不驚慌，事實上除了芙拉塔，我們都力圖鎮靜，她抓著古德的胳膊以求保護。

「愈來愈可怕了，」柯蒂斯爵士望著闃黑的通道說，「來吧，夸特梅思，長者優先，我們別讓老太太久等了！」說完，他禮貌地讓到一邊，示意我走在前面，我不情願地走向前去。

答，答，加古爾拄著拐杖，沿著通道走，一邊不懷好意地笑著。我有一種不祥的預感，於是腳步慢了下來。

「來吧，快，老友，」古德說，「要不然就追不上我們的好嚮導了。」

我沒辦法，於是開始走下通道。走了約二十步，發現自己在一個陰暗的房間，房間長約四十呎，寬和高各三十呎，顯然是過去手工挖鑿的。這個房間並沒有像之前的鐘乳石岩洞那麼明亮，我第一眼只看見一張巨大的石桌有它的長那麼大，石桌的一頭有白色的龐然大物，龐然大物的旁邊是真人大小的白色人像。接下來，我又看見了一個棕色的東西，坐在石桌中央，等到我習慣了昏暗的光線，看清楚整個房間時，第一個反應是想要拔腿逃跑。

通常我不是會大驚小怪的人，也不迷信，而且認為迷信的人很愚蠢。但我坦承，眼前的景象令我毛骨悚然，如果不是因為柯蒂斯爵士抓住我的衣領，並且抱住我，相信我五分鐘以後已經跑到鐘乳石岩洞外了。就算裡面有全金伯利的鑽石，我也不會再踏進去。但他緊緊抱住我，所以我無法控制自己而停了。這時，他的眼睛適應了光線，他放開了我，並開始擦拭額頭上的冷汗。至於古德，他有氣無力地罵著，而芙拉塔則摟住他的脖子尖叫。

只有加古爾長聲大笑著。

眼前景象觸目驚心。石桌的盡頭坐著一個巨大的人形骷髏雕像，那是死神本人，高度至少有十五呎。他瘦骨嶙峋的手指上拿著一把白色的大矛，高舉過頭頂，彷彿要刺向我們。另一隻瘦骨嶙峋的手擱在前面的石桌上，好似立即要拍桌而起。他的身軀前傾，以致脖子和閃閃發光的頭骨伸向了我們，空洞的眼眶盯著我們，下巴微微張開，好像有話要說。

「天哪！」最後，我有氣無力地說，「那會是什麼？」

「那些東西是什麼？」古德指著桌子周圍的白色東西問道。

「那到底是什麼東西？」柯蒂斯爵士指著坐在桌子上的棕色生物說。

「嘻！嘻！嘻！」加古爾笑著，「進入死亡之殿的人們，惡魔現身。嘻！嘻！嘻！哈！哈！」

「來吧，因庫布，勇敢去戰鬥吧，來見見你親手殺死的人吧，」老怪物伸出皮包骨的手抓住柯蒂斯爵士的外套，把他拉到桌前，我們跟了過去。

她很快停了下來，指了指桌子上的棕色物體。柯蒂斯爵士一看，驚呼著倒退了好幾步。也難怪，因為在那裡，是庫庫安納最後一位前國王特瓦拉的屍體。他全身赤裸，膝蓋上放著被柯蒂斯用戰斧砍下來的頭，看起來醜惡無比。屍體肌肉已經開始萎縮，脊椎骨凸出了足足一吋。整個看起來就像漢密爾頓・泰伊（Hamilton Tighe）黑色傳奇的兩倍。[3] 屍體表面覆蓋著一層薄膜，看起來更加駭人。一開始，我們不是很能理解，直到我們觀察到這個房間的屋

3.「現在你們趕緊，我的侍女們，趕緊去看看他如何坐在那裡，頭枕在膝蓋上怒視。」

頂穩定地滴著水，滴答！落下！滴答！滴到屍體的脖子，從那裡流遍全身，最後從桌上一個很小的洞流進了岩石中。然後，我猜到那層薄膜是什麼了——是為了將特瓦拉的屍體改造成一座鐘乳石。

我看了看石桌周圍的其他白色物體，更加證實了這個看法。它們的確是人體，或者更確切地說，他們是人形鐘乳石了。這是庫庫安納人保存其王室屍體的古老方法：將屍體石化。除了將屍體長時間放在水滴下外，我不知道他們是否還有其他任何確切的方法。眼前的事實是，這些屍體坐在那裡，被冰凍與矽質流體所永久保存。

再說，這一長排威風可觀的死亡王室（其中有二十七位國王，最後一個是伊格諾西的父親），他們每個人都裹在冰般的晶石中，容貌依稀可見，圍坐在桌子周圍，而主人卻是不好客的死神，這樣的場景真是難以想像。根據屍體數量推斷，這種保存國王屍體的方法顯然相當古老。假設每位國王平均在位十五年，且歷代國王屍體都放置在此（但這點顯然不可能，因為有些肯定是在遠離故土的戰爭中就已經腐壞），照這樣計算，應該可以追溯到約四百二十五年前。

但坐在石桌盡頭的巨大死神石像歷史必定更加久遠。要是我沒弄錯的話，死神像和靜默之神應該出自同一個藝術家之手。它是用整塊鐘乳石雕刻而成，看起來就像一件構思獨特且技巧精湛的藝術品。學過解剖學的古德表示，就他所見，骨架的解剖設計即使是最小的古頭都與人體構造絲毫不差。

我自己認為，這件令人毛骨悚然的藝術品是某個古代雕刻家一時的突發奇想，沒想到庫安納人從這件藝術品中獲得啟發，想出了保存王室屍體的方法。或許把它設置在那裡是想嚇走可能的盜寶掠奪者。我不能確定，只能描述它的狀況，讀者必須自己判斷。

無論如何，這就是傳說中的白色死神了！

第十七章　所羅門王的藏寶室

在我們竭力消除恐懼，並研究死亡之地的恐怖奇觀時，加古爾顯然被其他事情佔據了心思。只要她願意，她的動作可以非常靈活，她竟然爬上了大石桌，走向我們的朋友特拉瓦的屍體去看，那裡滴著水。古德說，她要不是在看特拉瓦是怎樣「浸泡保存」的，就是別有目的。

然後，她彎腰親吻他冰冷的嘴唇，彷彿在親熱寒暄之後，蹣跚著回來了，不時停下來念念有詞，其中有我無法聽清楚、說給某人聽的高音，就像在像老友打招呼般。完成這個神祕而可怕的儀式後，她立即蹲坐在那白色死神之下，並開始——就我所能了解的——獻上祈禱。這個邪惡的老怪物對著人類的大敵祈求，無疑會有壞事，我們不由得加快檢查。

「現在，加古爾，」我低聲說，不知何故，大家在這裡都不敢大聲說話，「帶領我們到藏寶室。」

老巫婆立刻從桌上爬下來。

「我的主人們不害怕嗎？」她不懷好意地看著我的臉說。

「帶路。」

「好，我的主人，」她蹣跚地走到偉大的死神後面。「這裡是藏寶室，各位大人點燈進去吧，」她把裝滿燈油的葫蘆放在地上，然後斜倚著山洞岩壁。我拿出一根火柴，盒中還有幾根，匆忙點燃了燈芯，馬上看了看門口，可是眼前除了堅硬的岩石，什麼也沒有。加古爾露齒笑著。「方法就在那裡，我的主人。哈！哈！哈！」

「不要跟我們開玩笑，」我嚴厲地說。

「我不是開玩笑，大人。看！」她指著岩石。

加古爾陰險的笑著說：「入口在這兒，各位大人。」

我們拿起油燈，順著她指的方向望去，只見一塊巨大的岩石緩緩地從地面升起，消失在上方，顯然這裡有個可以容納它的空間。這塊岩石有一扇門的大小，約十呎高，接近五呎厚，推估至少有二、三十噸重。要吊起這樣龐大的岩石，顯然運用了簡單的平衡原理，或許和現代窗戶開關的原理相同。不過我們沒有人看見如何移動巨石，想來是加古爾有意瞞著我們，但我毫不懷疑，其中有一些非常簡單的槓桿，只要輕輕按下某個隱密的機關，巨石的重量作用於另一頭隱藏的物體，巨石就會緩緩地從地面升起。

巨石非常緩慢地升起，直到徹底消失，一個黑洞出現在門原本所在之處。我們興奮無比，因為看到通往所羅門王寶藏的門打開了，我更是激動到開始全身顫抖。我想知道，這究竟是一場騙局，還是老西維斯特里所言不虛？這個黑暗的地方真的藏著會讓我們成為世界上最富有之人的財寶嗎？我們應該很快就會知道答案了。

「進去吧，來自星星的白人們，」加古爾說著，走了進去，「但請你們第一次聽聽你們的僕人老加古爾的話吧，你們會看到閃亮的寶石，那是從靜默之神腳下的大坑挖出來、藏在這裡的，但我不知道是誰，因為這是比我所能記得的時間更早以前的事情了。

「不過那些人進來這裡，藏好寶石就匆忙離去，再也沒有回來過了。寶石的傳說在庫庫安納代代相傳，但是誰也不知道藏寶室的位置，也不知道石門的祕密。後來有個白人男子翻山越嶺抵達這個國家，說不定他也是『從星星來的』。這個白人受到當時那位國王的歡迎，看，就是坐在那邊那位。」她指著石桌前死者中的第五位國王。

「他在當地一名女性的帶領下來到這裡，那個女人偶然中知道了石門的祕密——你們就算搜索一萬年，可能也找不到這個祕密。白人男子和那個女子進來，並發現了寶石，他們用一隻小山羊的皮裝滿寶石，那是原本那個女子用來裝食物的。他要離開藏寶室時，多拿了一顆大寶石，緊握在手裡。」

說到這裡，她停了一下。

「嗯，」我問，我們大家都同樣聽得秉住呼吸，「達．西維斯特里發生了什麼事？」

老女巫聽到這名字愣了一下。

「你怎麼知道死者的名字？」她厲聲問道，然後沒等到任何回覆，就繼續說：「沒有人知道發生了什麼事，但那個白人男子嚇壞了，因為他扔下裝滿寶石的羊皮袋，只留著他手上的那顆寶石就逃出來了。後來國王拿到了那顆寶石，也就是你，馬庫馬贊，從特瓦拉額上取下的那顆。」

「從此都沒有人再進來這裡了嗎？」我看著黑暗的通道問。

「沒有，大人。石門的祕密一直流傳下來，歷代國王都打開看過，但是沒有人進去過。據說，進入的人都會在一個月內死亡，你們不是在山洞裡找到了那個白人的屍體嗎，馬庫馬贊？因此國王們都不會進去。哈！哈！我說的句句屬實啊。」

我們的目光相遇，我對她所說的事情感到陣陣寒意。老女巫是怎麼知道這些事情的？

「進去吧，各位大人。如果我說的是實話，裝有寶石的羊皮袋就會在地上。至於進去的人是否會命喪此地，你們以後就知道了。哈哈哈！」說完，她從門口一拐一拐地走了進去，但我承認，我又猶豫了一下。

「哦，別聽她鬼扯了！」古德說，「走吧。我才不會被這個老怪物嚇到。」他跟著加古爾走進通道之後，芙拉塔跟在他後面，但是芙拉塔顯然很不喜歡這個想法，因為她害怕顫抖著。我們也只好緊跟著進去了。

岩石開鑿的狹窄通道進來幾碼後，加古爾停下了腳步，等著我們。

「看，我的主人，」她把油燈舉在她面前，「藏寶者原本想要採取一些防範措施，避免石門的祕密被人發現，可是沒有時間就得匆忙離開了。」然後她指著一堵方形大岩石砌成的牆，前面砌了兩層，約兩呎三吋高，看起來像是打算堵死洞口。通道兩旁有一些相似的石塊，最奇怪的是，還有一堆砂漿和一對小鏟子。我們仔細研究了這兩把鏟子，從形狀到構造都和今日工人所使用的鏟子類似。

這時，一路上驚恐萬分的芙拉塔，說她覺得頭暈，可能無法再往前走了，想留在這裡等候。因此，我們讓她靠著那面未完工的牆坐下，又把裝有食物的籃子放在她身旁，讓她好好休息。

沿著通道再往前走了十五步左右，我們突然看到了一扇精心彩繪的木門。木門大敞，要不是最後離開的人沒有時間關上它，不然就是忘了要關上。

就在門邊，放著一只羊皮袋，是山羊皮製成的，裡面似乎裝滿了鵝卵石。

「嘻！嘻！白人們，」燈光照在羊皮袋上的時候，加古爾一陣竊笑，「我之前是怎麼說的，那個白人男子離開得很匆忙，丟下了那個女人的袋子！你們看，袋子裡應該會發現寶石。」

古德彎腰拿起袋子，袋子沉甸甸的，並且叮噹作響。

「天哪，我相信裡面裝滿了鑽石，」他敬畏的小聲說著。確實，想到滿滿一小羊皮袋的鑽石，任誰都會吃驚的。

「走吧，」柯蒂斯爵士不耐煩地說，「說到這裡，老太婆，給我油燈，」然後他從加古爾手中接過油燈，走過門口台階，並把它高舉過頭頂。

我們緊跟在他之後進去，暫時忘掉那袋鑽石，發現自己置身在所羅門王的寶藏室。

起初，因為燈光昏暗，我們只看見一間岩石鑿成的房間，顯然不超過十呎見方。接下來映入眼簾的是，在另一個拱形屋頂下方，堆滿了壯麗的象牙。因為看不見後面，所以不知道有多少，不過就我們所估計的，眼前大約有四、五百支象牙，而且品質都是第一流的。光只是這些象牙，就足以讓一個人一輩子過著富裕的生活。我想，也許所羅門王舉世無雙的「象牙寶座」就是取材自這裡。

在藏寶室的另一側放著十幾個木箱，有點像馬蒂尼—亨利（Martini-Henry）彈藥箱，只是更大，且塗成紅色。

「裡面有鑽石，」我大叫，「把油燈帶過來。」

柯蒂斯爵士拿著油燈走過來，湊近箱頂，由於年代久遠，即使環境乾燥，它的蓋子也已經腐爛，上面還有砸過的痕跡，很有可能是達．西維斯特里自己弄的。我把手順著箱子的破洞伸進去，抓了滿手出來，但不是鑽石，而是金幣，一種我們以前沒見過的金幣，上面雕刻著類似希伯來文字的圖樣。

「啊！」我把金幣放回去，「不管怎樣，至少我們不會空手而歸，每個箱子裡一定有兩、三千枚金幣，而這裡有十八個箱子。我想這是支付工人和商人的酬勞吧。」

「是啊，」古德說，「我認為只有這些了。沒看到任何鑽石，除非是那個老葡萄牙人把它們都塞進袋子裡了。」

「請各位大人看看最黑暗的地方，看看那邊是否有寶石，」加古爾說，看來她明白我們的心思。「各位大人可以在那邊角落看到三個石箱子，裡面裝了寶石，兩個封起來，有一個是打開的。」

在對拿著油燈的柯蒂斯爵士翻譯之前，我忍不住問她怎麼會知道這些事，如果自從那個白人進來以後，已經沒有人進入過這裡的話。

「啊，馬庫馬贊，黑夜的守護者，」她嘲弄地回答，「你們不是住在星星上嗎？難道不知道有些人很長壽，還有些人的眼睛可以看穿岩石？哈！哈！哈！」

「看看那個角落，柯蒂斯，」我指著古加爾指出的地方說。

「喂，你們這些傢伙，」他大喊，「這裡有一個凹槽。天哪！看這裡。」

我們趕緊到他所站的角落，那是一個像凸窗般的小凹壁，凹壁放著三只石箱子，每個箱子大約兩呎見方。兩只箱子上有石頭蓋子，第三只的蓋子敞開，靠在一旁。

「看！」他聲音嘶啞地重複，拿著油燈在打開的箱子上。我們看了一下，一時間也沒能做出什麼反應，因為銀色光芒耀眼得讓我們看不清楚。等我們的眼睛適應了，看到箱子裡滿是未切割的大顆鑽石。我彎腰抓了一些。是的，毫無疑問，千真萬確，那是鑽石的滑溜感。

鑽石從我手裡掉落時，我幾乎喘不過氣來。

「我們現在是全世界最富有的人了，」我說，「基度山伯爵（Monte Christo）也比不上我們。」

「鑽石市場要大亂了，」古德說。

「首先要先想想怎麼帶出去吧。」柯蒂斯爵士建議。

我們依舊臉色蒼白的站在那裡互看，在我們中間的油燈和下面發亮的寶石，彷彿我們即將犯下罪行，而不是成為地球上最幸運的人。

「嘻！嘻！嘻！」老加古爾我們身後咯咯笑著，就像隻吸血蝙蝠般走過。「有你們喜愛的耀眼寶石，白人們，想拿多少就拿多少吧！讓它們滑過你們的手指，吃它們，喝它們吧，哈哈！」

在那一刻，想到吃鑽石喝鑽石的樣子，我覺得太荒謬了，於是放聲大笑，另外兩個人雖然莫名，也跟著大笑了起來。我們站在箱子前，對著已經是我們的寶石狂笑了一會兒，也許箱蓋的封蠟上可以隱約看到他們的名字。所羅門王從來沒有得到這些寶石，大衛王沒有，達．西維斯特里也沒有，其他任何人都沒有。我們已經得到了它們：擺在我們面前價值幾百萬英鎊的鑽石，還有價值數以千計英鎊的黃金和象牙，就等著我們帶走。

突然，狂喜過了，我們停止大笑。

「打開另一個櫃子，白人們，」加古爾嘶啞地說，「肯定有更多寶石。拿個夠，白人大人們！哈！哈！拿個夠。」

於是我們開始動手拉開另外兩只箱子的石蓋子，敲碎封蠟，打開第一個箱子時，心中出現了一種褻瀆的感覺。

太好了！至少，第二個箱子也裝滿了寶石，看起來達西維斯特里沒有動過這只箱子。至於第三個箱子，只有約四分之一滿，但寶石都是精挑細選過的，最小也有二十克拉，有些甚至大如鴿蛋。不過，有些較大的鑽石拿到光線下細看，微微發黃，根據金伯利礦工的說法，這樣叫做「成色不佳」。

我們沒有注意到，老加古爾惡狠狠地看著我們，躡手躡腳，悄悄地像條蛇般走出藏寶室，沿著通路爬向石門。

聽！通道裡傳來了一陣陣哭聲。那是芙拉塔的聲音！

「哦，布格旺！救命！救命！岩石要掉下來了！」

「滾開，女孩！要不然——」

「救命啊！救命！她已經刺傷我了！」

我們趕快沿著通道往回跑，這裡也是透出光線的地方，只見石門正慢慢關閉，離地不到三呎。石門旁，芙拉塔和加古爾扭打成一團。芙拉塔身上的鮮血流到了膝蓋，但這勇敢的女孩依舊抓住老巫婆，老巫婆像野貓似地拚命要掙脫。啊！加古爾掙脫了！芙拉塔跌倒了，加古爾撲在地上，像條蛇般扭著身子想通過下降的石門。天啊！太晚了！太晚了！岩石夾住了她，她痛得大叫連連。石門仍在緩緩下降，數十噸的重量全部壓在她身上。她尖聲叫得人毛骨悚然，等我們衝過去時，石門恰好關上。我們被關在裡面了。

所有過程只不過四秒鐘。

然後，我們轉向芙拉塔。可憐的女孩被刺傷了，我估計她活不久了。

「啊！布格旺，我要死了！」美麗的女孩喘著氣。「她躡手躡腳地爬出來，加古爾，我沒有看到她，我那時頭昏了，然後門開始下降，接著，她又回來了看了看通道。這時我看到她想穿過緩緩落下的石門，就抓住她，她刺中了我，我要死了，布格旺！」

「可憐的姑娘！可憐的女孩！」古德苦惱得哭了，然後，因為他束手無策，只能低下頭來親吻她。

「布格旺，」她停了一下，「馬庫馬贊呢？這裡很黑，我看不到。」

「我在這裡，芙拉塔。」

「馬庫馬贊，當一下我的翻譯，我求你了，布格旺聽不懂我的話，臨死前，我想對他說一句話。」

「你說吧，芙拉塔，我會幫你翻譯的。」

「告訴我的主人布格旺，我愛他，我很高興死去，因為我知道自己會拖累他，就像太陽無法與黑暗在一起，白人也無法與黑人在一起。

「告訴他，自從我看到他，我經常覺得我好像心中住著一隻小鳥，希望有一天能展翅高飛，盡情歡唱。即使現在我舉不起雙手，我的意識變模糊，我也不覺得我的心臟好像快死了。我心中充滿了愛，它可以活一千年，依舊年輕。如果我有來生，我還是黑人而他還是白人，我也會去星星找他。不，馬庫馬贊，不用再多說，只要告訴他我愛他。哦，抱緊我，布格旺，我感覺不到你的擁抱……哦，哦！」

「她死了——她死了！」古德喃喃地說，在悲痛中起身，淚水順著他誠實的臉滑落。

「你不用太難過了，老友。」柯蒂斯爵士說。

「呃！」古德驚呼，「你是什麼意思？」

「我的意思是，你很快就會隨她而去。夥計，你還不明白，我們被活埋了嗎？」

直到柯蒂斯爵士說出這些話，我都不認為發生了什麼可怖的事情。因為芙拉塔的死而傷心的我們這才理解，唯一知道石門開關祕密的加古爾被壓得粉身碎骨，這意味著石門可能將永遠緊閉。除非用大量炸藥炸開石門，不然我們根本出不去！

我們站在芙拉塔的屍體旁，心中滿是恐懼。一時間，男子氣概蕩然無存。一想到等待著我們的命運是緩慢而悲慘的結束，打擊很大。我們現在了解了，邪惡的古加爾從一開始就計畫好這個圈套了：這原本是個她會幸災樂禍的玩笑，把三個覬覦寶藏的白人帶進密室，讓他們受困，然後慢慢等死。本來只是個玩笑，而她邪惡的心靈會幸災樂禍，因為她不知為何一直憎惡白人。現在我明白她的讓我們吃鑽石、喝鑽石的真正意涵。也許當年老達·西維斯特里也中了一樣的圈套，才會丟下滿袋的寶石逃離。

「不能這樣坐以待斃，」柯蒂斯爵士嘶啞地說，「油燈快滅了。我們看看能不能找到開啟石門的開關。」

我們用絕望的力量向前撲去，站在血泊中，開始上上下下地摸索石門和通道兩側。但是，我們沒有找到任何旋鈕或機關。

「放心吧，」我說，「從裡面一定打不開的，不然加古爾不會冒險嘗試要爬到石門底下去。該死的老巫婆！」

「無論如何，」柯蒂斯爵士硬擠出一點點笑容，「她的報應很快，可是我們的下場大概也跟她差不多。反正打不開石門，不如回藏寶室去。」

於是我們轉身回去。在沒砌完的牆邊，放著芙拉塔裝食物的籃子。我拿起籃子，回到將成為我們墳墓的藏寶室。接著，我們回頭把芙拉塔的屍體帶回藏寶室，放在裝金幣箱子旁的地上。

接下來我們自己坐下來，背靠著其中裝有無價之寶的三個石箱子。

「我們分配食物吃吧，」柯蒂斯爵士說，「能堅持多久是多久。」我們估計，這些食物可以供給很少很少的四頓餐，對我們來說，夠維持個幾天了。除了「乾肉片」(「獵物肉乾」)，我們還有兩葫蘆的水，每只葫蘆大約有一夸脫水。

「現在，」柯蒂斯爵士淡淡地說，「我們吃喝點東西吧，因為說不定明天我們就會死。」

我們每個人吃了一點乾肉片，喝了一口水。不用說，雖然需要食物，但我們幾乎都沒什麼胃口。不過吃喝過後，感覺好多了。然後，我們站起身來，雖然希望渺茫，我們還是仔細檢查了監獄般的藏寶室牆壁，敲敲打打並細心聆聽，以便找出逃脫的方法。

什麼都沒有。既然是藏寶室，不可能會有任何出口的。

燈開始變得黯淡，油脂幾乎耗盡。

「夸特梅恩，」柯蒂斯爵士說，「什麼時間了？你的手錶幾點？」

我掏出錶看了看，六點。我們是十一點進的山洞。

「因弗杜斯會很著急的，」我說，「如果我們今晚沒有回去，他明天早晨會來找我們的，柯蒂斯。」

「他可能找不到。他不知道石門的祕密，甚至也不知道石門在哪。除了加古爾，沒有活人知道了。就算他真的找到了石門，他也打不開。這扇石門有五呎厚，就算帶來所有庫庫安納的軍隊也沒用，我的朋友，我看不見任何希望了，聽從上帝的安排吧。很多尋寶的人最終都落了個悲慘的下場，我們應該也會步上他們的後塵吧。」

油燈變得愈來愈黯淡。

突然油燈又變亮了，並照亮了整個藏寶室，我們看見了一大堆象牙、裝金幣的箱子、可憐的芙拉塔的屍體、裝滿寶藏的山羊皮袋子、鑽石的朦朧微光，還有三張等死的白人男子狂野的臉。

然後火焰下降、滅了。

第十八章 絕望

接下來的夜晚，我幾乎難以言明有多恐怖。幸運的是，即使在這樣的情況下，疲倦在某種程度上還是勝過了恐懼，雖然不安穩，我們多多少少睡了點。但我無論如何，發現無法睡多久。想到即將面臨死亡的可怕命運，即使地球上最勇敢的人很可能也會心情沉重，更何況我從未自命為勇者，而且藏寶室太安靜了，安靜得讓人無法忍受。

親愛的讀者，你或許也曾夜不能寐，周圍是一片抑鬱的安靜，但我敢肯定，你無法想像什麼是彷彿伸手可觸、完美的徹底安靜。地表總有些聲音或動靜，雖然不易察覺，然而它劃破了絕對安靜的尖銳邊緣。但這裡沒有。我們被埋在一座被雪覆蓋的巨大山峰之中，雖然數千呎的峰頂有新鮮空氣流過，但我們一點聲音也聽不到。我們被一道長長的隧道和五呎厚的岩石與存放死者的密室隔開，死人也不會有任何聲響。我們難道不知道可憐的芙拉塔身邊會躺著誰嗎？天地間所有的大砲齊發，砲聲也不可能傳到身在活人墓的我們耳中。我們與世隔絕，我們是已經踏入墳墓的人。

眼前的情景對我來說真的很諷刺。在我們周圍的寶物足夠還清一個中等國家的債務，足夠建立一支鐵甲艦隊，但我們此刻卻更願意交換一個哪怕最渺茫的逃生機會。很快地，毫無疑問，我們應該會想要交換一點食物或一杯水，甚至之後會願意交換一個快速結束苦難的特權。人類耗費一生所追求的真正財富，其實終究毫無價值可言。

就這樣，夜深了。

「古德，」柯蒂斯爵士的聲音響起，在強烈的寂靜中，聽起來有些可怕，「盒子裡還有幾根火柴？」

「八根，柯蒂斯。」

「劃亮一根，我們看一下時間。」

他劃亮了火柴，在絕對黑暗的密室中，火柴的光亮幾乎讓我們睜不開眼。我的表顯示是五點。美麗的晨曦正映照得我們頭上的雪峰紅紅的，而微風將會吹散山谷裡的夜霧。

「我們最好吃點東西，好保持體力。」我建議。

「吃了有什麼用？」古德回答，「早死早超生。」

「活著就有希望。」柯蒂斯爵士說道。

因此，我們吃了些食物，喝了點水，又過了一段時間。之後柯蒂斯爵士建議，如果我們貼著石門附近盡可能地喊叫，說不定外面的人有機會聽見。由於古德長期在海上生活，聲音宏亮有穿透力，所以他摸索著滑下通道，並開始叫喊。我必須說，他的聲音真是震耳欲聾，我從未聽過這樣的叫喊聲，但外面的人聽起來的效果可能像是蚊子的嗡嗡聲。

過了一會兒，他放棄了，而且回來後很渴，不得不喝水。於是我們停止了叫喊，因為這樣太浪費水了。

於是我們坐下來，再一次背靠著無用的鑽石箱子，面對我們生命中最困難的其中一種情境。而我必須說，對我來說，我在絕望中放棄了。我把頭靠在柯蒂斯爵士寬闊的肩膀上，淚流滿面；我認為我聽到古德在另一頭哽咽，嘶啞地咒罵自己為什麼要這樣做。

啊，這個人多麼好，多麼勇敢，多麼偉大啊！如果我們是受了兩次驚嚇的孩子，他就是我們的護士，他如此溫柔地對待我們。他忘記了他自己同樣身處痛苦的情境，盡一切可能來撫慰幾乎崩潰的我們，告訴我們有人曾置身相似的情況但奇蹟般逃脫的故事；當我們聽完這些故事之後並未受到鼓舞時，他又告訴我們，人終究會有一死，精疲力竭而亡，其實是很仁慈的死法（這並不正確）。然後，就如我以前聽說他做過的，但有點不一樣的方式，他建議我們應該要將自己交給上帝安排，這對我而言，我極樂意。

他就是這樣一個美好的人，相當沉靜但非常堅強。

於是白天就像夜晚一樣過去了。如果身處一片黑暗的我們可以使用這些字的話。當我點燃一根火柴去看時間的時候，是七點鐘。

我們又吃了些東西，突然我冒出了一個想法。

「怎麼回事，」我說，「在這個地方，空氣怎麼還能保持清新？有些悶，可是它完全新鮮。」

「天哪！」古德一下起了身，「我從來沒想到這一點。空氣不可能透過石門，因為它的氣密性。它一定是從某個地方來的，如果沒有流通的空氣，我們在最初進來時，應該已經窒息或中毒了。我們來找看看吧。」

這是非常美妙的改變，這個發現引起了我們希望的火花。不一會兒，我們三個都跪在地上用雙手摸索著，試圖找出最輕微的一點跡象。我的熱切找到了一樣東西。我把我的手放在某樣冰冷的東西上了，是死掉的芙拉塔的臉。

大約一個小時或更久，我們一直在摸索，直到最後我和柯蒂斯爵士在絕望中放棄了，因為我們的頭一直撞到象牙、箱子和牆壁上而傷痕累累。不過古德仍舊堅持著，他說，有事做比沒事做好，這樣會比較快樂。

「我說，你們這些傢伙，」他很快就欣喜的說，「到這裡來。」

不用說，我們爭相快速爬向他。

「夸特梅恩，把你的手放在我的手這邊。現在，你感覺到什麼了嗎？」

「我覺得感受到氣流在上升。」

「現在聽著。」他站起來，在這個地方跺了跺腳，希望的火焰又在我們心中燃起。它聽起來空空的。

我用顫抖的雙手點燃火柴，只剩下三根了，而我們看到自己在室內深處的角落。我們之前檢查時沒有注意到這個空心的地方。藉著燃燒的火柴，我們仔細研究了現場。原來在堅硬的岩石地板上有個接縫，而且，天哪！那裡還嵌著一個石環。我們太激動而說不出話來，我們的心臟因為希望而狂跳，讓我們說不出話。

古德拿出一把刀，刀背上有一把用來剔除馬蹄上的小石頭的鉤子。他打開刀子，挖除石環周圍的泥土。最後，他把它放在石環下，輕輕地利用槓桿，生怕弄斷了鉤子。石環開始鬆動。雖然經過了好幾世紀，但因為是石材，所以它沒有像鐵一般生鏽。很快地它被拉起，然後他用雙手拉住石環，用盡所有的力氣拽，但石環文風不動。

「讓我試試，」我迫不及待地說。石環剛好在拐角處，所以無法讓兩個人同時拉。我抓住石環用力拉，不過沒有用。

然後柯蒂斯爵士試過也失敗了。

古德再次拿出鉤子刮了刮，我們感覺到有空氣從縫隙中流了進來。

「現在，柯蒂斯，」他說，「抓住石環，用盡全力拉，你有兩個人那麼強壯，停，」他拿出一條結實的黑色絲綢手帕，把它穿在石環上。他整潔的習慣可真講究，到現在還帶著手帕。

「夸特梅恩，抱住柯蒂斯的腰，聽我的口令，一起用力拉。開始。」

柯蒂斯爵士竭盡全力，我和古德也一樣，用盡上蒼給我們的力量。

「動了！動了！它動了！」柯蒂斯爵士氣喘吁吁地說，我聽到他背上的骨頭喀啦聲。突然出現了一個吱吱聲響，緊接著一股氣流，我們都仰天跌倒在石板地上，被拔起的石板壓在了我們身上。柯蒂斯爵士真是力大無比。

「點燃一根火柴，夸特梅恩，」我們一爬起來喘了口氣，他就說，「小心點。」

我劃亮了一根火柴。感謝上帝！我們面前出現了一道石梯的第一階。

「現在要怎麼辦？」古德問。

「當然是跟著石梯走，而且，相信上帝吧。」

「等一下！」柯蒂斯爵士說，「夸特梅恩，把剩下的肉乾和水帶著，我們可能用得上。」

於是我就去了，爬回之前的地方拿食物和水，要回頭時，突然閃過一個念頭。過去二十四個小時左右，我們幾乎都沒有想到鑽石，事實上，想到鑽石會覺得深惡痛絕，因為是鑽石害得我們如此。但是我想到，也許能逃出這個可怕的地方，在口袋裡裝些鑽石也不錯。所以，我把拳頭伸進第一口箱子，把所有能塞的口袋都塞滿了，然後又從第三口箱子裡抓了幾把更大顆的鑽石。真是令人快樂的想法。之後想了想，我又在芙拉塔的籃子裡裝了大量的寶石，籃子裡除了一只裝水的葫蘆和一點點肉乾外，是空的。

「我說，你們這些傢伙，」我叫道，「你們不拿些鑽石嗎？我已經把我的口袋和籃子都裝滿了。」

「噢，來吧，夸特梅恩！讓那些鑽石去死吧！」柯蒂斯爵士說，「我希望，我永遠不會再看到鑽石了。」

古德沒有回答。我認為，他正在和深愛著他的可憐女孩做最後的告別。親愛的讀者，如果你們現在坐在家中，你們應該會好奇，我們為何會放棄這筆難以估量的財富呢？我可以向你保證，如果換成你在那個地方不吃不喝待二十八小時，在出現逃生希望時，你就不會在意這些鑽石，會視它們為累贅而不願意帶著它們鑽進未知的世界。由於一輩子的習慣，如果有絲毫機會，我從來不會丟棄任何有價值的東西的習慣，已經成了我的第二天性。我相信，放一點鑽石在口袋和籃子裡並不會造成什麼困擾。

「來吧，夸特梅恩，」已經站在第一個石階上的柯蒂斯爵士重複道，「快，我先走了。」

「注意你的腳下，下面或許是可怕的深淵。」我回答。

「更可能是另一個房間，」柯蒂斯爵士一邊緩緩往下走，一邊計算著台階。

當他走到「十五」時，他停了下來。「到底了，」他說，「謝天謝地！我認為這是一個通道。跟著我下去。」

古德跟著下去了，我走在最後，背著籃子，並在到達底部時，點燃剩下的兩根火柴其中一根。藉著火光，我們看到自己站在一個狹窄的坑道裡，它跟我們剛剛走下來的階梯呈直角，坑道往左右兩邊延伸。我們沒能看得更清楚，火柴便燒到了我的手指，燒完了。接下來，是該往哪個方向走的微妙問題。當然，不可能知道這是什麼樣的隧道，或者它通往何處；也許一條會帶我們走向安全，而另一條通往毀滅。我們完全不知所措，直到古德突然想起來，當我點燃火柴時，火焰被通道裡的氣流吹往了左側。

「我們逆著氣流走吧，」他說，「空氣是從外向內流動的。」

我們接受了這個建議，並一起扶著石壁一步步摸索著前進，就這樣離開了差點要了我們性命的藏寶室。如果再有活人進來的話——但我不認為這有可能，他會發現我們造訪過的痕跡：打開的珠寶箱、空油燈，還有可憐的芙拉塔的白骨。

我們摸索著走了十五分鐘，通道突然急轉彎，繼續前行後不久，又拐了個彎。我們就這樣走了幾個小時，似乎走進了沒有盡頭的石頭迷宮。這些地道究竟是做什麼用的，我不敢肯定，但我們認為它們是古代礦工挖的礦井，忽東忽西地通往礦石所在。這是我們能想到的唯一合理解釋。

終於，我們停了下來，完全精疲力盡，心底的希望也一點一點落空，也吃光了僅剩的一塊乾肉片，喝完了最後一滴水，喉嚨依舊乾得難受。這在我們看來，剛從闃黑的寶藏室死裡逃生的我們，又在黑暗的地道裡遇上了死神。

我們站著，再一次徹底絕望，我以為我聽到了一個聲音，並且叫其他人注意。聲音非常微弱、遙遠，但確實是聲音，微弱的、潺潺的聲音，他們兩人也聽到了。在經過這些時間的可怕全然寂靜之後，這種幸福感難以形容。

「天哪！是流水，」古德說，「來吧。」

我們沿著石壁朝微弱的潺潺聲音方向開始前進。我記得我放下了裝滿鑽石的籃子，希望減輕重量，但轉念一想，又把它拿了起來。我想，窮死不如死了有錢。我們往前走，聲音也愈來愈清晰，直到最後，在一片寧靜中顯得格外響亮，我們甚至可以清楚地聽出湍急的水流打成漩渦的聲音。然而，在這地下深處怎麼可能有水流呢？我們非常接近水流了，帶頭的古德發誓說他都能聞到水的味道了。

「慢點走，古德，」柯蒂斯爵士說，「我們一定靠近水邊了。」撲通一聲，接著傳來古德的叫聲。

他掉下水了。

「古德！古德！你在哪裡？」我們在驚恐緊張中大喊，回應我們焦急呼喊的是發緊的聲音。

「沒事，我抓住了一塊岩石。點一根火柴，讓我看看你們在哪裡。」

我急忙點燃了最後一根火柴。火柴微弱的光亮讓我們看到，腳下是一條漆黑的大河，看不清楚河面有多寬，不遠處可以看到我們的同伴緊抓住一個凸出岩石的黑暗身影。

「靠近點來抓住我，」古德大叫，「我必須游過去。」

然後，我們聽到飛濺的水聲和巨大的划水聲。一分鐘後，古德抓住了柯蒂斯爵士伸出去的手，我們把他拉了上來，拖進了隧道。

「我的天！」他喘著氣說，「太可怕了，如果我沒有設法抓住岩石，而且會游泳的話，我應該已經完蛋了。水流就像磨坊在運行那麼快，而我可以感覺到水深不見底。」

為避免我們又在黑暗中掉下水，看起來沿著河岸前進是不可行了。古德休息了一段時間後，我們也喝過甜甜的地下水了，又洗乾淨了很久沒洗的臉。接著我們開始順著這條非洲冥河的河岸朝隧道走回去。古德溼答答地走在前面。終於，我們來到了另一條向右的地道。

「我們不妨走這條看看，」柯蒂斯爵士疲憊地說，「所有的路都一樣，我們就一直走到必須放棄為止吧。」

慢慢的，很長、很長一段時間，我們踏著沉重的腳步，跌跌撞撞地沿著這條新隧道走。現在換柯蒂斯爵士走在前面。我再次想要放棄那個籃子，但依舊沒這樣做。突然，他停了下來，我們撞上了他。

「看！」他低聲說，「是我頭暈了，還是那個真的是光？」

我們全都睜大了眼睛，有，確實有，在遙遠的前方，是微弱的、若隱若現的光點，跟窗格差不多大小。光點如此微弱，以致我懷疑除了那些像我們這樣連續幾天都處於黑暗的人，沒有任何人可以看得見。

隨著希望被點燃，我們趕快往前走。五分鐘後，我們不再有任何懷疑，那確實是一片微弱的光亮。又走了一分多鐘，迎面撲來一陣清新的空氣。我們繼續努力前進。隧道突然整個收窄，柯蒂斯爵士只好跪下來爬著走。隧道愈來愈窄，最後只有狐狸洞大小。而且你要知道，現在這裡全是泥土，已經沒有岩石。

我們奮力鑽了出去，柯蒂斯爵士出去了，古德也出去了，最後我也在身後拖著芙拉塔的籃子出去了，我們頭上繁星點點，鼻孔裡呼吸的是甜美的空氣。然後，我們突然腳下一滑，滾啊滾的，滾過了草地，滾過了灌木叢，滾過了柔軟而潮濕的泥土。

籃子卡到了東西，於是我停了下來。我坐起來之後，使勁大喊。下面傳來一聲回應的呼喊，快速翻滾的柯蒂斯爵士被一塊高地擋住了。我爬到他身邊，發現他雖然氣喘吁吁卻沒有受傷。然後我們四處找古德。他離我們有點遠，我們發現他也卡在一處分叉的樹根裡。雖然他撞得不輕，但很快就醒過來了。

我們一起坐在草地上，一時之間情緒難以平復，我真的覺得我們要喜極而泣了。我們已經從那個差一點就成為我們墳墓的可怕地牢中逃過一劫。當然，冥冥之中，一定是仁慈的上帝指引我們從這個豺狼洞穴裡逃出來的，因為它已經是隧道的終點。看，曙光染紅了那邊的山，而我們從來沒想過還能見到黎明升起。

很快地，灰色光芒在洞口前照亮了山坡，我們發現自己置身岩洞入口前的大坑，差不多在底部。此刻，我們隱約能辨認出三座巨石像的輪廓。顯然，我們徘徊了漫長一夜的那些可怕通道，最初是和大鑽石礦坑相連的。至於在山中深處的地下河，天知道它是什麼，或從哪裡流出，或要流往哪裡。而我，一點興趣也沒有。

天色愈來愈亮，我們現在可以看清彼此了。我們三個人面容憔悴，眼窩深陷，全身沾滿灰塵和泥土，傷痕累累，到處是擦傷和血跡，一臉驚魂未定。的確，我們這副模樣在光天化日下看起來真的很恐怖。然而，古德的眼鏡仍然好好地架在他臉上。我懷疑他根本沒有摘下過它。無論是在黑暗中，或是掉進了地下河，或是滾下斜坡，他和眼鏡都沒有分開過。

我們很快站了起來，擔心要是繼續停在那裡，四肢會變得僵硬，於是開始緩慢而痛苦地，舉步維艱地竭力爬上巨大坑的斜坡。一個小時或更久，我們堅定不移地爬上藍色陶土，抓著草根和草，拖著身子爬了上去。但現在我不再有任何丟下籃子的想法，除了死亡，沒有任何事物可以將我們分開。

終於爬上去了。我爬出了坑，我們站在所羅門王大道上，大道對面是巨石像。

在路邊大約一百碼遠處，某些木屋前燒起了一堆大火，火堆旁圍著幾個人。我們互相攙扶著蹣跚朝他們走過去，每走幾步就停下來。這幾個人中有人很快看到了我們，看到我們便倒在地上，害怕得哭出來了。

「因弗杜斯，因弗杜斯！是我們，你的朋友啊。」

他站起身，朝我們跑過來，不可思議地盯著我們，害怕得全身發抖。

「哦，天哪，我的主人們，你們真的從死裡復活了！從死神手中逃脫回來了！」

這位老戰士撲倒在我們面前，緊抱住柯蒂斯爵士的膝蓋，大聲地喜極而泣。

第十九章　與伊格諾西道別

十天後，我們又回到了盧城的住所。而且說來也怪，經過這次可怕的經驗，我們幾乎沒有什麼改變，只除了我的頭髮比進寶藏室以前白了不少，而古德因為芙拉塔的死受到很大的打擊，似乎變了個人。我得說，作為一個老人，從世界觀點來看，我認為她的死未必不是件好事，否則日後一定會有問題發生。這個可憐的少女不是普通的當地女孩，而是個偉大的人，我幾乎要說她是端莊、美麗又十分優雅。但是，無論她多麼美麗，多麼優雅，她和古德之間都不會有好結果。因為，正如她自己所說，「陽光怎麼可能跟黑暗在一起，白人也不可能和黑人結婚。」

不用說，我們再也沒有進入所羅門王的寶藏室。休息了四十八小時之後，我們終於從疲勞中恢復，我們又下到大坑裡，希望找到我們爬出來的那個山洞口，但一無所獲。首先，是因為下雨，雨水把我們的足跡沖得一乾二淨；更重要的是，大坑周圍滿是食蟻獸和其他動物的洞穴，要找出救了我們性命的那個洞穴是不可能的。

返回盧城的前一天，我們再一次進入鐘乳石岩洞，更仔細地欣賞這些奇觀，然後在一種惴惴不安的心情下，我們甚至再一次進入那個死神的密室。穿過白色死神的長矛，我們懷著一種難以言傳的感覺凝視著石門。我站在我們逃離的那扇巨大石門前，想起在這扇門後的無價寶藏，想起那個被石門壓得粉身碎骨的老巫婆，想起葬身在石門邊的美麗少女。我說凝視著石門，因為就像我們仔細檢視過的，找不到石門的接縫。說真的，我們偶然發現了石門的祕密，現在已經完全找不到它是如何運作的了。儘管我們嘗試了一個多小時，卻毫無所獲。在遙遠的古代，人們就能設計出這麼巧妙的機關，如此巨大但原理卻如此簡單，我懷疑，世界上還會有這樣設計的另一個機關。

最後我們不得不放棄了。不過，即使石門在我們眼前突然升起，甚至裡面無以計數的寶石唾手可得，我懷疑我們是否有勇氣跨過古加爾的破碎屍體，再次進入藏寶室。然而，一想到要留下那可能是世界史上單一地點能找到的最大寶藏，我不免心有未甘。但是，沒有用的，只有用炸藥才能炸開這堅硬的五呎厚石門。

因此，我們離開了它。也許，在遙遠的未來，會有更幸運的探險家偶然間發現「芝麻開門」的祕密，讓這批寶石重見天日。但是，我自己對此深表懷疑。不知怎的，我隱約覺得這三箱價值千萬英鎊的鑽石，永遠不會閃耀在地球美人的脖子上。它們將和芙拉塔的屍骨永遠留在冰冷的山洞裡，直到世界末日。

我們失望的嘆了口氣，邁向回去的路，次日返回盧城。但我們這樣失望確實太忘恩負義了，因為正如讀者記得的，在離開藏寶室之前，我靈機一動，往我的打獵服口袋和褲子裝滿了寶石，也用芙拉塔的籃子裝滿了寶石，而籃子儘管因為水瓶占了些空間，可以裝的還有兩倍多。

我們滾下大坑邊時，許多這樣的鑽石都掉了，包括我放在上衣口袋最上面的幾顆最大的鑽石。但是，相較而言，還剩下不少大鑽石，其中包括九十三顆重量從兩百到七十克拉的大鑽石。我的舊打獵上衣和籃子裡仍有足夠讓我們稱富美國的寶藏，如果不是百萬富翁，至少也是相當有錢的人。而且，我們每個人都至少擁有在歐洲數一數二的三套好寶石，所以，我們做得也不壞。

一抵達盧城，我們受到伊格諾西的熱情接待，我們發現他一切順利，忙於鞏固他的權力，以及重組在與特瓦拉的偉大戰爭中死傷慘重的軍隊。

他懷著濃厚的興趣聽著我們的精彩故事，但是當我們告訴他老古加爾的慘死時，他變得若有所思。

「你到這裡來。」他朝一個很老的委員（Induna）喊道，官員們遠遠地圍著國王坐成一圈，但聽不清楚國王說話。老人起身上前，敬禮後坐了下來。

「你是個老人。」伊格諾西說。

「哎，國王陛下！你父親的父親和我出生在同一天。」

「告訴我，你年輕的時候，也認識女巫加古爾嗎？」

「哎，國王陛下！」

「她當時怎麼樣？像你一樣年輕嗎？」

「事實並非如此，國王陛下，她當時甚至就像現在一樣，就像她在我曾祖父那年代一樣，又老又醜又乾癟，而且非常惡毒。」

「她沒有以後了，她已經死了。」

「所以，國王陛下！我們國家此後就少了一個古老的禍患了。」

「下去吧！」

「庫姆！我下去。年輕的國王陛下為我們剷除禍患，庫姆！」

「聽到了吧？兄弟們。」伊格諾西說，「這是個奇怪的女巫，我很高興她已經死了。她設計要讓你們死在黑暗之中，然後要再想辦法殺害我，就像她當年殺害我我父親，擁立她的黑心腸所偏愛的特瓦拉一樣。現在繼續講故事吧，我很確定沒有像它一樣精彩的故事了！」

我說完所有的逃生故事後，因為我們之間已經取得協議，於是我趁機告訴伊格諾西，我們要離開庫庫安納王國。

「現在，伊格諾西，」我說，「已經到了我們該向你告別、啟程回自己家鄉的時刻了。看哪，伊格諾西，當初跟我們一起出發的時候，你是我們的僕人；現在你卻是個有權有勢的國王。如果你對我們心存感激的話，記得當初許下的承諾：公正地統治國家，尊重法治，絕不濫殺無辜。只有這樣，國家才能繁榮富強。明天，休息過一天以後，伊格諾西，你願意派人護送我們翻越山嶺嗎，國王陛下？」

伊格諾西用雙手捂住了臉，過了好一會兒才回答。

「我很難過，」他最後說，「你的話讓我心碎。我對你們做錯了什麼嗎，因庫布、馬庫馬贊和布格旺，以致你們要離我而去？你們在叛亂中跟我並肩戰鬥，卻要單獨將我留在和平與勝利中嗎？你們想要什麼？妻子嗎？請從這些少女中挑選吧；看，你們視線所及的土地都是你們的；想要白人的房子嗎？你們可以教我的人民如何蓋房子？想要生產牛肉和牛奶的牛群？每一個已婚男人都可以送你們一頭公牛或乳牛。想要狩獵？不是有走過我的林地的大象，還有在河邊蘆葦叢裡睡覺的河馬嗎？你們想要打仗嗎？我的軍隊隨時待命。只要我可以給的，我都會給你們。」

「不，伊格諾西，我們並不想要這些東西，」我回答，「我們會尋找自己所需。」

「現在我明白了，」伊格諾西痛苦地說，眼裡閃爍著淚光，「你們喜愛閃亮的寶石勝過你們的朋友。現在你們已經得到寶石了，會去納塔爾，穿過黑河，把寶石拿去賣，發一筆大財。這就是貪心的白人想要的。我詛咒白色的寶石，詛咒那些尋找寶石的人。踏進死亡之地的人，死神一定會降臨在他身上。我說完了，白人，你們可以走了。」

我把手搭在他的胳膊上。

「伊格諾西，」我說，「告訴我們，當你徘徊在祖魯蘭和納塔爾的白人之際，你是否曾想念你的母親告訴你的那片土地？那是你的家鄉，是你小時候玩耍、有你熟悉風景的地方，那才是你的故土。」

「確實如此，馬庫馬贊。」

「我們跟你一樣，伊格諾西，我們也想回到家鄉，回到自己所屬的地方。」

然後是一陣沉默。當伊格諾西開口時，他的聲音變了。

「我明白你所說的，你總是這麼有智慧和充滿理性，馬庫馬贊。飛翔在天空的，不愛在地上跑；白人不愛跟黑人平起平坐。好吧，你們必須離去，留下心碎的我，之後就天各一方，音訊全無了。」

「但是，聽著，把我的話轉告所有的白人。此後，任何白人都不要跨越這些山脈，即使有人可以活著走到這麼遠也不行；任何白人都不可以在我的國家販賣槍和酒。否則，我的人民會跟他們的祖先一樣，拿起矛作戰。我不要見到任何傳教士，不要他們把對死亡的恐懼傳輸給人民，鼓動他們造反，為後繼來侵占國土的白人鋪路。如果一個白人男子來到我門前，我會送他回去；如果有一百個前來，我也會把他們都送回去；如果軍隊來了，我會全力用戰爭來對付他們，他們絕不可能戰勝我。誰都不能打閃亮寶石的主意，即使軍隊來了也不行，因為如果他們來了，我會派軍隊填平大坑，打斷岩洞裡的白色柱子，並用岩石堵住洞口，完全沒有人能到達那扇門前，移動的方法也將完全消失。但你們三位，因庫布、馬庫馬贊和布格旺，道路始終為你們敞開。記住，你們永遠是我最親愛、最重要的人。」

「你們走吧。我的叔叔因弗杜斯，也是我的委員，會帶領一支軍隊護送你們。還有就是，我已經知道另一個穿越山脈的方式，他會告訴你。再見了，我的兄弟們，勇敢的白人。別讓我再見到你們，因為我的心臟會承受不住。我會頒布一項法令，並傳布到各個山區。你們的名字——因庫布、馬庫馬贊和布格旺，應該像去世的國王的名字一樣，提及國王名字的人就必須死。[1]因此，關於你們的記憶會永遠保留在這片土地上。

「現在就走吧，趁我還沒有像個女人般落淚。有時當你們回想過往的生活時，或者當你們老後因為太陽不夠溫暖而聚集在火爐邊取暖時，希望你們會想到我們如何肩並肩，用你的智慧謀劃、面對那場偉大的戰役，馬庫馬贊；布格旺，你如何英勇地身先士卒，讓特瓦拉的側翼受重創；而因庫布，你站在灰軍的包圍圈之中，激勵戰士向前，而你的斧頭就像玉米之前的鐮刀，啊，你還打敗了野牛般強壯的特瓦拉，讓他的傲氣消失殆盡。祝你們永遠平安，因庫布、馬庫馬贊和布格旺，我的主人，和我的朋友。」

伊格諾西站起身來，真摯地望著我們幾秒鐘。然後，他用他的毛皮斗篷一角遮住他的頭，好蓋住他的臉，不讓我們看見。我們默默地離去。

第二天天一亮，我們離開盧城，我們的老朋友因弗杜斯離情依依地率領野牛軍，護送我們出發。時間雖然還早，全城所有主要街道兩旁都已列隊站滿了人，我們經過時，他們以皇家禮儀向我們致敬；而婦女們則把鮮花撒在我們經過的路上，感謝我們除掉了特瓦拉。場面真的很感人，這種場景在原住民族群中很少見。

然而，這時發生了一件可笑的事，讓我們哈哈大笑。

1. 這種顯示出強烈尊重的非同尋常但消極的方式，絕不是非洲人民所未知的，於是，一如過往，問題中如果有這樣一個字，這個意義必須由一個成語或其他字來表達。他們以這種方式代代保留記憶，或直到新字完全取代了舊字。

就在我們到達之前的小鎮時，一個漂亮的少女跑向古德，將手裡拿著的美麗百合花獻給他（不知何故，她們似乎都喜歡古德，我覺得這是因為他的眼鏡和半鬍讓他有種虛構的價值），然後說出她有個請求。

「說吧，」他回答。

「大人，能否讓您的僕人看看您美麗白皙的雙腿？這名僕人只要看一眼，就會永遠記住，並且會告訴她的孩子。他的僕人走了四天的路程，就是想要親眼看一看您那雙名聞遐邇的美腿。」

「如果要我這樣做，除非殺了我！」古德激動地叫道。

「別這樣，來吧，親愛的，」柯蒂斯爵士說，「你不能這樣拒絕一位女士。」

「我不要，」古德倔強地回答，「這實在太不體面了。」

不過，最後他還是答應了，把他的褲管拉到膝蓋上，所有在場的女性，尤其是提出請求的少女，全都歡天喜地。他就這樣步行著走到城外。

我恐怕，古德的腿絕不會再在其他地方受到這樣的盛讚。庫庫安納人可能會忘記他會動的牙齒，甚至他透明的眼睛，但他們永遠不會忘記他的美腿。

途中，因弗杜斯告訴我們，還有一條路可以翻山越嶺，往北通向所羅門王大道，或者更確切地說，在庫庫安納王國和沙漠之間，有道難以攀爬的峭壁阻隔。有個地方可能可以爬過它，抵達示巴女王雙峰山。

好像在兩年多前，有群庫庫安納獵人沿著這條道路前往沙漠搜索鴕鳥，因為鴕鳥羽毛製的戰鬥頭飾相當珍貴。就在狩獵過程中，他們遠離了高山，遇上了缺水的困境。他們在地平線上看到樹木，於是走過去，結果發現了一片方圓數哩的肥沃綠洲，水源充足。

弗杜斯建議我們應該走這條路。這個想法聽起來不錯，因為可以避開險阻重重的高山。隊伍中有些以往走過這條路的獵人，他們願意當我們的嚮導，並說他們可以在沙漠中找到其他肥沃的綠洲。2

這趟旅程很順利。第四天晚上，我們發現自己再一次來到分隔庫庫安納王國高山頂峰和沙漠的峭壁，沙浪在我們腳下翻滾，這裡離示巴女王雙峰山北側約二十五哩。

第二天黎明時分，我們被帶到一個非常陡峭的峽谷，懸崖下兩千多呎就是平原了。我們在這裡跟我們真正的朋友、堅強的老戰士因弗杜斯道別。他鄭重地祝福我們一切順利，悲傷得幾乎哭泣。

「永別了，我的主人，」他說，「希望我的老眼能再看到你們。啊！那因庫布在戰鬥中奮勇殺敵的模樣！啊！看到他俐落地砍下我哥哥特瓦拉的頭，那景象多麼震撼！做得太漂亮！

2. 要了解伊格諾西的母親如何能背著孩子穿越山脈和沙漠，常常讓我們感到很困惑，因為那麼危險，我們單獨前往都幾乎是致命的。既然我產生這種想法，我就提供讀者這件事哪裡值得注意：她必然走了第二條路線，就像夏甲進入曠野。如果她這麼做了，那麼就不會再有這則莫名其妙的故事，因為正如伊格諾西自己說的，她在她自己或孩子疲憊不堪之前，就已經被一些鴕鳥獵人救起，被他們帶到了綠洲和肥沃的土地，然後緩慢地往南走向祖魯蘭。

——艾倫・夸特梅恩

太漂亮了！我永遠不會再看到這樣的景象，只有在幸福的夢中或許可能見到。」

我們很遺憾地跟他分開。古德非常感動，所以把他的東西送給他做紀念。猜猜是什麼？單眼鏡片。後來，我們發現這是他備用的眼鏡。因弗杜斯很高興，預見到擁有這樣的物品會大大增加他的威望，但他試過好幾次，才戴好了眼鏡。我從未見過有任何事情比老戰士戴著眼鏡更不倫不類的。眼鏡和豹皮斗篷、黑色鴕鳥羽飾實在太格格不入。

我們接過嚮導準備充分的水和補給品，並接受了野牛軍雷鳴般的致敬告別後，我們緊握因弗杜斯的手道別，然後開始往下爬。整個過程分艱鉅，但不論如何，當天晚上，我們平安抵達山腳下。

那天晚上，當我們圍坐在火堆旁，仰望著頭上的懸崖，柯蒂斯爵士說，「你們知道嗎，我認為這世界上沒有比庫庫安納王國更糟糕的地方了，而且雖然我以前有過比過去這一兩個月更不快樂的時光，但真的沒有過這樣奇怪的。哎！你們說呢？」

「我真希望我還能回來。」古德嘆了口氣說。

至於我自己，我想起一句話：結果好，一切都好。但在我這一生之中，雖然閱歷豐富，卻從沒有過這樣生死一線間的經驗。那場戰爭讓我覺得不寒而慄，更別提我們在寶藏室的經驗了！

第二天早上，我們開始辛苦跋涉穿越沙漠，幸好五位嚮導為我們準備了充足的水。晚上風餐露宿，次日在黎明時繼續前進。

到了第三天中午，我們看見了嚮導提過的綠洲的樹木，同時在日落前一個小時，我們再一次到草地上散步，聆聽流水聲。

第二十章 重逢

接下來，我要說的是這趟奇特冒險中可能最奇怪的事，而這件事讓我們不禁認為，所有的事都是命定。

我靜靜地沿著河岸走在另外兩個人前面，小河流經綠洲，直到消失在乾旱的沙漠中。突然我停下腳步，揉揉眼睛，不敢相信眼前的景象。在那裡，就在我面前不到二十碼外，出現了一個迷人的場景：無花果樹蔭下，有一棟面向小河的溫馨小屋，小屋用茅草和藤條搭建，樣式跟卡菲爾人的房屋有幾分相似，不同的是門洞改成了正常尺寸的門。

「這到底是什麼地方？」我自言自語著，「這裡怎麼會有一間小屋？」這時，小屋的門打開了，一個身穿獸皮的白人一瘸一拐地走了出來，他蓄著大黑鬍。我想，我肯定是中暑了，這是不可能的。永遠沒有獵人可以來到這樣的地方，更不會有獵人會定居在這裡。我一直盯著他，他也盯著我，就在那時，柯蒂斯爵士和古德跟上來了。

「看這裡，夥伴們，」我說，「真的是一個白人嗎，還是我瘋了？」

柯蒂斯爵士和古德看著他，突然黑鬍子瘸子白人大叫了一聲，開始步履蹣跚地朝我們走來。等他接近時，他突然一下子跌倒在地，昏了過去。

柯蒂斯爵士迅速跑到他身邊。

「上帝啊！」他喊道，「是我的弟弟喬治！」

聽到外面的動靜，另一個同樣穿著獸皮的人，手裡拿著槍，從小屋跑向我們。一看到我，他也大叫了一聲。

「馬庫馬贊，」他大叫，「難道你不認識我了嗎，老闆？我是獵人吉姆。我弄丟了你寫給主人的信，我們在這裡已經快兩年了。」然後他撲倒在我腳邊，並且喜極而泣。

「你這個不小心的蠢蛋！」我說，「我應該好好教訓你一頓。」

與此同時，昏倒的黑鬍子男子醒了過來，他和柯蒂斯爵士彼此緊握雙手，顯然說不出話來。但無論他們過去發生爭吵的原因是什麼，顯然此刻已經忘得一乾二淨。雖然沒問，但我懷疑是為了一位小姐。

「親愛的老弟，」最後柯蒂斯爵士說話了，「我還以為你已經死了，我一直在所羅門王山區找你，我已經放棄了再見到你的所有希望，現在我卻在沙漠中遇到了你，你就像隻老禿鷹（assvögel）般棲息在沙漠裡。」

「快兩年前，我試圖穿越所羅門王山脈，」他回答得斷斷續續，可能是因為平常很少有機會說話，「但是在我到達這裡時，一塊巨石壓斷了我的腿，我既沒有辦法爬山，也回不去了。」

然後，我走上前去問道，「你好嗎，納維爾先生？你還記得我嗎？」

「啊，」他說，「這不是獵人夸特梅恩嗎？哎，還有古德？等等，你們這些傢伙，我又頭暈了，對一個已經絕望的人來說，這一切都那麼奇怪，實在很開心！」

那天晚上，喬治．柯蒂斯在篝火旁告訴我們他的故事。他和我們一樣，經歷了無數艱難險阻，不過我就長話短說吧。

快兩年前，他從西坦達村開始，打算前往蘇里曼的山區。至於我讓吉姆給他的說明信，被吉姆弄丟了，直到今天才知道有這件事。但是根據他從當地人收到的資料，他不是前往示巴女王雙峰山，而是走了我們剛剛走的那條像梯子般蜿蜒向下的小路。這條路顯然比老達．西維斯特里標示的路線要更好走。

他和吉姆在沙漠中遭遇到一場巨大的意外，但他們終於抵達了這片綠洲。可是喬治．柯蒂斯又在這裡碰上了可怕的意外。就在他們到達的那一天，他坐在河邊休息，吉姆正從一個在沙漠可見的無刺蜂蜂窩裡採蜜。蜂窩就在喬治上方，吉姆不小心把一個大石塊踢了下來，岩石砸中了喬治．柯蒂斯的右腿，傷勢嚴重。從那天起，他一直瘸著腳，他發現自己不可能向前走，也無法回去了，只好留在綠洲裡，因為死在沙漠的機率當然高一些。

至於食物，非常充足，因為他們有足夠的彈藥，而綠洲經常（尤其是在夜間）會有大量為了取水而來的獵物通過。他們或射殺，或設陷阱，總是能取得新鮮的食品用肉；等到衣服磨破之後，他們就穿獸皮。

「所以，」喬治．柯蒂斯做結，「我們已經住了近兩年，就像第二個魯濱遜和他的助手星期五一樣。我們抱著一線希望，有當地人會來這裡幫助我們離開，但沒有人來過。昨天晚上我們討論了一下，決定讓吉姆想辦法去西坦達的村莊求援。他打算明天出發，但我也不期待他能平安歸來。而現在，你，我認為已經遺忘了我、並在老英格蘭舒適生活的你，居然冒險來找我，並在最意想不到的地方找到我，這是我所聽過最美妙的事情，你對我太仁慈了。」

隨後柯蒂斯爵士開始對他說明我們沿途的冒險事實，直到深夜。

「天哪！」在我給他看了一些鑽石時，喬治．柯蒂斯說，「嗯，至少你們的辛苦有收穫，不像我，毫無所獲。」

柯蒂斯爵士笑了。「鑽石是屬於夸特梅恩和古德的，這是我們一開始就談好的條件，他們應該平分這次所得的寶藏。」

這句話讓我陷入思考，跟古德討論過後，我告訴柯蒂斯爵士，這是我們共同的心願，他應該拿走第三份鑽石，或者，如果他不要，他的份應該轉交他弟弟，因為他比我們吃了更多苦。最後，我們說服了他同意這樣的安排，但喬治．柯蒂斯並不知情，直到一段時間之後。

寫到此，我認為我應該結束我的故事了。我們穿越沙漠回到西坦達村莊的旅程一路困難重重，加上要照顧右腿還很虛弱的喬治．柯蒂斯，困難度的確不斷增加。但我們終於辦到了，但過程細節跟之前的經歷很相似，所以我不再重複。

我們抵達了西坦達村莊，我們在這裡發現槍枝和其他物品都相當完好，但負責幫忙保管的老流氓看到我們安然無恙很不開心，不情不願地把物品一一歸還給我們。之後六個月，我又回到我在德班附近的伯里亞的家，就在那裡寫作。接著，我告別了所有的夥伴，他們陪我走過一趟漫長而豐富、最奇特的旅程。

註：就在我寫下最後一個字的時候，一名卡菲爾人來到我的橘子園，從郵局幫我送來了一封信。是柯蒂斯爵士的信。原文如下：

一八八四年十月一日

布拉里舍，約克郡。

親愛的夸特梅恩：

我寫信給你，通知你，我們三個人，喬治、古德和我自己，已經平安回到英國。我們在南安普敦下了船，進了城裡。你真該看看古德第二天神氣的模樣，他的鬍子刮得乾乾淨淨，衣著筆挺，換上了新的眼鏡。我跟他去公園散步，遇見了幾個熟人，立刻告訴他們「白皙美腿」的故事。

因為某個居心不良的人把故事登在報紙上，他非常憤怒。

言歸正傳。古德和我安排好了，把鑽石送到斯特里特去鑑定。我真的不敢告訴你，他們估的簡直是天文數字。他們說這只是估計，因為市面上從未出現過這樣多的寶石。看來，除了一兩顆最大的鑽石以外，這些鑽石的水準是最好的，跟巴西寶石相較也毫不遜色。我問他們是否願意購買，但他們說這超出了他們的能力，並建議我們分批出售，以免市場動盪。不過，他們願意出價十八萬英鎊買一小部分的鑽石。

你必須回家，夸特梅恩，回來看看這些東西，尤其是如果你堅持要把三分之一的鑽石送給我的兄弟喬治的話，因為這份禮物太過龐大珍貴。至於古德，他的情況不太妙，他花了太多時間在刮鬍子和打扮上。但我覺得他還是惦記著芙拉塔。他告訴我，這次回家以後，他沒有見過一個能跟她媲美的女子，無論是身材或甜美的神情。

我要你回家，我親愛的老友，並在這附近買棟房子。你辛苦了一輩子，現在有錢了，應該好好享受生活了。這附近剛好有一棟適合你的房子要賣，你一定要來，愈快愈好。你可以在船上寫完我們的歷險故事。在你完成之前，我們不會跟任何人提起這個故事，以免別人認為我們在說謊。如果你收到信以後就啟程，聖誕節之前你就會抵達這裡，我一定會好好招待你的。古德會來，喬治會來，順便一提，你兒子哈利也會來（這是在籠絡你）。我讓他來這裡打獵一個星期，我很喜歡他。他是一個很酷的年輕新手，一槍打到我腿上，不過很快他就把子彈取出了，還說這是帶著一個醫學院學生打獵的好處！

再見了，老友，我先寫到這裡。我知道你會來的，就當我欠你一個人情。

您真誠的朋友，亨利・柯蒂斯

又：殺死可憐的基瓦的那頭大象的象牙現在掛在我的客廳，下面還掛著你送我的那對水牛角，顯得一派富麗堂皇；我砍掉特瓦拉的頭的斧頭掛在書桌上方。要是那時候我們有設法帶走鎖子甲就好了。千萬不要丟掉你帶走鑽石的可憐的芙拉塔的籃子。

H. C.

今天是星期二。週五會有一般蒸汽船開往英國，我真的認為我必須聽柯蒂斯的話，搭船回英國，就只是為了看看你，哈利，我的孩子，另外還要處理這段故事的出版事宜，這任務我不放心交給別人去辦。

艾倫・夸特梅恩

（全文完）

國家圖書館出版品預行編目資料

所羅門王的寶藏 / 亨利．萊德．海格德 (H. Rider Haggard) 著 ; 余佳玲譯 .
-- 初版 . -- 臺北市 : 商周出版 : 家庭傳媒城邦分公司發行 , 2016.06
面 ; 公分 . --(商周經典名著 ; 53)
譯自 : King Solomon's mines

ISBN 978-986-477-046-5 (平裝)

873.57 105010352

商周經典名著 53

所羅門王的寶藏

作　　者 / 亨利．萊德．海格德（H. Rider Haggard）
企劃選書 / 余筱嵐
責任編輯 / 黃靖卉

版　　權 / 吳亭儀、江欣瑜
行銷業務 / 周佑潔、賴正祐、賴玉嵐
總 編 輯 / 黃靖卉
總 經 理 / 彭之琬
事業群總經理 / 黃淑貞
發 行 人 / 何飛鵬
法律顧問 / 元禾法律事務所 王子文律師
出　　版 / 商周出版
台北市104民生東路二段141號9樓
電話：(02) 25007008　傳真：(02)25007759
E-mail：bwp.service@cite.com.tw
Blog：http://bwp25007008.pixnet.net/blog
發　　行 / 英屬蓋曼群島商家庭傳媒股份有限公司 城邦分公司
台北市中山區民生東路二段141號2樓
書虫客服服務專線：02-25007718；25007719
服務時間：週一至週五上午09:30-12:00；下午13:30-17:00
24小時傳真專線：02-25001990；25001991
劃撥帳號：19863813；戶名：書虫股份有限公司
讀者服務信箱：service@readingclub.com.tw
城邦讀書花園：www.cite.com.tw
香港發行所 / 城邦（香港）出版集團有限公司
香港灣仔駱克道193號東超商業中心1樓；E-mail：hkcite@biznetvigator.com
電話：(852) 25086231　傳真：(852) 25789337
馬新發行所 / 城邦（馬新）出版集團 Cite (M) Sdn. Bhd.
41, Jalan Radin Anum, Bandar Baru Sri Petaling,
57000 Kuala Lumpur, Malaysia.
Tel: (603) 90563833 Fax: (603) 90576622 Email: services@cite.my

封面設計 / 廖韡
排　　版 / 極翔企業有限公司
印　　刷 / 中原造像股份有限公司
經 銷 商 / 聯合發行股份有限公司
電話:(02)2917-8022　傳真（02）2911-0053
地址:新北市231新店區寶橋路235巷6弄6號2樓

■2016年7月 5 日初版一刷
■2023年9月13日初版3.5刷
定價300元

Printed in Taiwan

城邦讀書花園
www.cite.com.tw

商周出版

廣　告　回　函
北區郵政管理登記證
北臺字第000791號
郵資已付，免貼郵票

104　台北市民生東路二段141號2樓

英屬蓋曼群島商家庭傳媒股份有限公司城邦分公司　收

請沿虛線對摺，謝謝！

商周出版

書號：BU6053　書名：所羅門王的寶藏　編碼：

請於此處用膠水黏貼

商周出版

讀者回函卡

線上版讀者回函卡

感謝您購買我們出版的書籍！請費心填寫此回函卡，我們將不定期寄上城邦集團最新的出版訊息。

姓名：________________________ 性別：□男 □女

生日：西元__________年__________月__________日

地址：____

聯絡電話：____________________ 傳真：____________________

E-mail ：

學歷：□ 1. 小學 □ 2. 國中 □ 3. 高中 □ 4. 大學 □ 5. 研究所以上

職業：□ 1. 學生 □ 2. 軍公教 □ 3. 服務 □ 4. 金融 □ 5. 製造 □ 6. 資訊

□ 7. 傳播 □ 8. 自由業 □ 9. 農漁牧 □ 10. 家管 □ 11. 退休

□ 12. 其他________________________________

您從何種方式得知本書消息？

□ 1. 書店 □ 2. 網路 □ 3. 報紙 □ 4. 雜誌 □ 5. 廣播 □ 6. 電視

□ 7. 親友推薦 □ 8. 其他________________________

您通常以何種方式購書？

□ 1. 書店 □ 2. 網路 □ 3. 傳真訂購 □ 4. 郵局劃撥 □ 5. 其他______

您喜歡閱讀那些類別的書籍？

□ 1. 財經商業 □ 2. 自然科學 □ 3. 歷史 □ 4. 法律 □ 5. 文學

□ 6. 休閒旅遊 □ 7. 小說 □ 8. 人物傳記 □ 9. 生活、勵志 □ 10. 其他

對我們的建議：________________________________

____

____

請於此處用膠水黏貼